FINAL FANTASY® XI
ONLINE

DER STERNENSCHWUR

Miyabi Hasegawa

Die Deutsche Bibliothek – CIP-Einheitsaufnahme
Ein Titeldatensatz für diese Publikation ist bei der Deutschen Bibliothek erhältlich.

Dieses Buch wurde auf chlorfreiem, umweltfreundlich hergestelltem Papier gedruckt.
In neuer Rechtschreibung.

Japanische Originalausgabe: „FINAL FANTASY XI: An Oath of Stars"
by Miyabi Hasegawa,
Illustrations by Eiji Kaneda.

Übersetzung: Kaoru Iriyama-Gürtler und Stephan Gürtler
Lektorat: Media-Agentur Gaby Hoffmann
Redaktion: Mathias Ulinski, Holger Wiest
Chefredaktion: Jo Löffler
Umschlaggestaltung: tab indivisuell, Stuttgart
Satz: Greiner & Reichel, Köln
Druck: Nørhaven Paperback A/S, Viborg, DK
Printed in Denmark

ISBN 10: 3-8332-1456-2
ISBN 13: 978-3-8332-1456-1
1. Auflage, Dezember 2006

www.paninicomics.de/videogame

FINAL FANTASY XI ~ Der Sternenschwur ~
mit Illustrationen von Eiji Kaneda

Max (Maximus)
Ritter vom Stamm der Galka. Er ist Iris' Beschützer und liebt sie wie eine eigene Tochter.
Jed (Gerald)
Rotmagier vom Stamm der Elvaaner. Er redet nicht viel, aber er ist ein wahrer Meister des Schwertes.
Shera (Mirth Sheratte)
Katzenhafte Räuberin vom Stamm der Mithra. Ihre Vergangenheit ist rätselhaft. Sie behauptet Schatzsucherin zu sein.
Peta (Perutata-Porutata-Prompta)
Schwarzmagierin vom Stamm der Tarutaru. Sie ist zwar von kleiner Statur, aber ihr Wissen scheint riesig zu sein.

Iris
Weißmagierin vom Stamm der Hume. Sie ist außerordentlich hübsch und mindestens eben so temperamentvoll
Al (Alfred)
Ein junger Kämpfer vom Stamm der Hume. Trotz seiner Jugend ist er bereits ein Bündnisführer.

Leysha

Fahrende Sängerin vom Stamm der Elvaaner. Eine wahre Schönheit, die Al und seine Kameraden auf einem Linienschiff zwischen Serbina und Maula kennen lernen.

Chitto

Ein Faustkämpfer vom Stamm der Tarutaru. Al und seine Kameraden müssen ihn mehr als einmal aus verhängnisvollen Situationen retten.

FINAL FANTASY® XI
ONLINE

DER STERNENSCHWUR

MIYABI HASEGAWA

PANINI BOOKS

Inhalt

DÜNEN VON VALKURM

PROLOG

Es war eine windstille Nacht.

Al und seine Kameraden befanden sich auf einer Oase, einer grünen Insel, die in dem weißen Sandmeer der Valkurm-Dünen schwebte. Sie lagerten auf einem kleinen Hügel, auf dem vereinzelt dornige Pflanzen wuchsen.

Der Himmel schien ganz nah zu sein. Kein Mond leuchtete, aber zahllose Sterne funkelten da oben. Ein klirrend kalter, klarer Himmel.

Al, der zum Himmel aufblickte, durchlief ein kurzes Zittern.

Das Sandmeer konnte die Hitze nicht speichern. Sobald die Sonne untergegangen war, sank die Temperatur ins Bodenlose. Im Norden des Kontinents war es noch Spätsommer, doch wenn man die Nacht in der Wüste verbrachte, schien es bereits Winter zu sein.

Bibbernd vor Kälte rückte Al ein bisschen näher ans Feuer, das rot aufloderte.

„Ist dir kalt?"

Bei dieser Frage hob Al seinen Kopf.

Ein junger Mann mit schmalem Gesicht, langgezogenen Ohren und silberfarbenem Haar blickte ihn von der anderen Seite des Lagerfeuers her an.

„Ein bisschen." Nachdem Al das zugegeben hatte, schämte er sich. *Ich bin doch ein Abenteurer – und noch dazu ein Kämpfer. Warum jammere ich dann herum wie ein Schwächling?*

Der Schwertkämpfer vom Stamm Elvaan, der ihm gegenüber saß, verzog dagegen keine Miene. Vor dem dunklen Hintergrund leuchtete sein vom Feuer angestrahltes Gesicht so klar wie die Sterne am tiefschwarzen Himmel.

Während er den Schwertkämpfer Jed verstohlen betrachtete, stieß Al einen leisen Seufzer aus.

„Lass deine Hände nicht auskühlen!" Wieder eine von Jeds knappen Bemerkungen.

Hastig schob Al seine Hände an den Körper, mit denen er sich links und rechts auf den Boden gestützt hatte. Der kalte Sandboden hatte ihnen jegliche Wärme geraubt, sie fühlten sich steif an. Al legte die Hände zusammen und blies seinen warmen Atem darauf. Dann rieb er sie aneinander und wärmte sie am Feuer.

Er betrachtete Jed, der seine Hände gefaltet hatte, als ob er sie einpacken wollte.

Es war einer jener Momente, in denen Al sein Langschwert, das er an der Hüfte trug, sinnlos vorkam. Er hatte immer noch nicht genug Übung. Obwohl bereits ein Monat vergangen war, seit er als Abenteurer lebte.

Während er in das lodernde Feuer blickte, tauchten in den Flammen die einzelnen Ereignisse der vergangenen Wochen auf, dann verschwanden sie wieder eines nach dem anderen.

„Wie alt?“ Jed hatte den Mund geöffnet und wieder eine kurze Frage ausgespuckt.

Al überfiel zunächst ein Gefühl von Verlegenheit. Erst nach einiger Zeit, etwa nach zwei Atemzügen, begriff er, dass Jed nach seinem Alter gefragt hatte. Was dieser wortkarge Schwertkämpfer meinte, war manchmal äußerst schwer verständlich.

„Ich bin 17 Jahre alt geworden.“

„Aha. Genauso alt wie …“

„Bitte?“ Was – beziehungsweise wer – genauso alt wie er sein sollte, blieb Al verborgen.

Denn Jed machte plötzlich ein Gesicht, als ob er dringend über etwas nachdenken müsste und schwieg.

Al hielt es für unpassend, noch einmal nachzufragen. Wenn der wortkarge junge Mann so plötzlich schwieg, dann musste schon etwas dahinterstecken.

Ein Holzscheit im Feuer zerbarst und Funken sprühten auf.

Trotz seiner Schweigsamkeit hatte Al sich schon etwas an seinen seltsamen Kameraden gewöhnt. Da ihre Konversation so plötzlich abgebrochen war, wandte er seinen Kopf nach den anderen um.

Es waren vier, die gerade ihren kurzen Schlaf genossen. Sie alle schliefen ruhig. Da lag der hünenhafte Ritter Max vom Stamm Galka auf dem Rücken und schnarchte laut. Sein Großschwert, das er sonst auf dem Rücken trug, hatte er neben den Kopf gepackt.

Daneben schlief ein Mädchen, eine Hume, so wie Al: Iris. Sie hatte die Wolldecke über die Brust gezogen und lag zusammengekauert da. Ihr glattes Haar war hinten zusammengebunden. Einige lose Strähnen klebten am Nacken. Dadurch wirkte sie so zerbrechlich im Schlaf, dass Al sich unwillkürlich Sorgen um sie machte. Ihr Mund, der sich unentwegt öffnete, wenn sie wach war, blieb jetzt fest geschlossen.

Obwohl, gerade hatte sie sogar im Schlaf noch leise gemeckert: „So geht das nicht, Al!“ Und andere Worte so in der Art etwa.

Oh Mann, wovon träumte sie wohl gerade?

Von ihrem hübschen schlafenden Gesicht durfte man sich nicht täuschen lassen. Dieses Mädchen war zwei Jahre jünger als Al und trotz ihres Aussehens eine Abenteuerin wie er. Sie war eine Weißmagierin, die den Heilzauber beherrschte.

Aber nicht nur das: Genauso gut, wie sie einen heilen konnte, konnte sie einen auch fertig machen.

„… was hast du eben gesagt!?“

Bei diesen Worten, die Iris im Schlaf vor sich hinmurmelte, zuckte Al vor Schreck zusammen. Fast hätte er schon eine Ausrede gestammelt, da schluckte er sie hastig wieder hinunter. Das Mädchen musste tief im Schlaf sein. Sie schlief doch, oder? Al beschloss, sie nicht länger anzustarren.

Eng an Iris gekauert ruhte Shera, die Räuberin vom

Stamm Mithra, und daneben lag Peta, die Schwarzmagierin vom Stamm Tarutaru. Peta, die nur halb so groß war wie Shera, kuschelte sich eng an diese, sodass es fast so aussah, als ob Shera sie auf dem Bauch trüge. Solche Nähe war natürlich nur unter Frauen erlaubt.

Peta wirkte wie ein Kleinkind, das von seiner Mutter, nein, seiner großen Schwester – beziehungsweise einer „edlen Dame" (denn Shera bestand manchmal darauf, so angeredet zu werden) – beschützt wurde. Doch Petas Alter blieb ein Geheimnis. Es konnte durchaus sein, dass sie sogar älter als Shera war. Die Leute vom Stamm Tarutaru bewahrten ihr kindliches Aussehen auch, wenn sie erwachsen waren. Ihre Größe und ihre Gesichtszüge änderten sich von Kindheit an kaum mehr. Von ihrem Aussehen konnte man also keineswegs auf ihr Alter schließen.

Die Leute vom Stamm Mithra, die Ohren wie Katzen und einen langen Schwanz besaßen, und der Stamm Tarutaru, diese ewigen Kinder, waren Bewohner des Kontinents Mindartia, der neben dem Kontinent Quon lag, auf dem Al geboren wurde. Aber es gab vieles an Peta und Shera, was Al noch nicht wusste.

Zu diesem Kontinent, von dem die beiden stammen, sind wir jetzt unterwegs … In dem Moment, als Als Gedanken sich mit ihrer Reise und dem, was noch alles auf sie zukommen mochte, beschäftigten, zerriss ein merkwürdiger Ton die Stille der Nacht.

„Klick." Ein leises Geräusch schreckte Al hoch.

Hastig drehte er den Kopf zurück und registrierte, dass Jed aufgesprungen war.

Das Geräusch war offensichtlich entstanden, als Jed den Sicherheitshaken seines Schwertes gelöst hatte. Mit geschlossenen Augen lauschte er in die Dunkelheit.

Unbewusst legte auch Al seine Hand auf das Schwert an seiner Hüfte. Er spürte, dass jemand da war. Nein. Er ahnte, dass Mordlust in der Luft lag.

In diesem Augenblick schwoll die tödliche Spannung an.

Dass Jeds Augen sich öffneten und sein schmales Schwert wie ein Lichtstrahl in die Dunkelheit flog, geschah genau gleichzeitig.

Das Schwert, das von unten nach oben schwang wie beim Wasserschöpfen, durchschnitt etwas mit einem Geräusch.

Dieses Etwas fiel ins Lagerfeuer.

Die Flamme, dankbar über die neue Nahrung, loderte ein wenig kräftiger auf. Es war ein in der Mitte gespaltener Holzpfeil.

„Aufwachen! Wir werden angegriffen!" Nach diesem Warnruf spurtete Al, den Sand aufwirbelnd, in die Richtung, aus der der Pfeil vermutlich stammte. *Es kann nicht besonders weit weg sein.* Er schätzte, dass der Pfeil hinter den gerade aufragenden, schmalen Pflanzen abgeschossen worden war.

Jed rannte von der anderen Seite darauf zu, damit sie den Gegner von beiden Seiten umzingeln konnten.

Al schlich sich im Schatten der stachligen Pflanzen an.

Da war er!

„Ein Goblin!“, schrie Al, um seine Kameraden zu warnen.

„Noch einer!“

Zugleich mit Jeds Warnung hörte Al, dass hinter ihm jemand herlief. „Mis…!“ Er dachte, sie hätten es nur mit einem Goblin zu tun. Aber da war noch ein weiterer. Hinter ihm. Den hatte er nicht bemerkt.

„Konzentrier dich!“

Bei Jeds Ermahnung richtete Al seine Konzentration wieder auf den Goblin, der vor ihm stand.

„GRRR!“ Dieser ließ, nachdem er einen lauten Schrei in Als Richtung ausgestoßen hatte, seine kleine Armbrust fallen und griff nach dem Beil, das an seiner Hüfte hing.

Die Kreaturen vom Stamm der Goblins sahen aus wie große Hunde, die auf zwei Beinen gingen und dichtes, langes Fell besaßen. Sie gehörten zum Volk der Beastmen.

Dieser Goblin trug am ganzen Körper einen schwarzen Panzer und auf dem Kopf hatte er einen schwarzen Eisenhelm mit zwei Löchern, durch die seine Augen blickten, die nur aus Pupillen bestanden.

An diesen Augen erkannte man gleich, dass ihr Besitzer dem blutrünstigen Volk der Dunkelheit angehörte. In diesen Augen wohnte ein fast instinktiver Hass auf das Volk, das dem Licht diente.

Inzwischen hatten sie sich ziemlich weit vom Lagerfeuer entfernt.

Der schwarze Panzer des Goblins verschmolz fast mit der nächtlichen Dunkelheit.

„Ein Heckenschütze“, vernahm Al Jeds gedämpfte, tiefe Stimme.

Al, Jed und der Goblin warteten alle drei auf eine günstige Gelegenheit zum Angriff. Durch tänzelnde Bewegungen versuchten sie, in eine gute Position zu kommen, um mit ihrer Waffe zuzuschlagen.

Jetzt nahmen auch Als Kameraden am Lagerfeuer am Kampf teil.

„Was ist denn los?“ Das war die Stimme von Iris. *Oh Mann, sie war immer noch halb im Schlaf!*

Petas Stimme, die Zauberworte ausstieß, und die von Max, der die Gegner provozierte, ertönten ebenfalls. Al konnte es von seiner Position aus nicht sehen, aber auch Shera musste bereits aufgestanden sein.

„GRRR!“ Der Goblin schlug mit seinem Beil zu.

Al versuchte, den Schlag mit seinem Schild abzufangen. Der Schild – wo war er bloß!? *Oh nein! Ich habe ihn am Feuer liegen lassen!*

Mit knapper Not wehrte er das Beil mit dem Schwert

ab, das er an den Körper herangezogen hatte. Als Schwert und Beil aufeinander prallten, sprühten Funken in die Dunkelheit.

Dann legten sich die Klingen aneinander, und beide drückten mit ganzer Kraft zu.

Der Goblin war kleiner als Al. Aber es gelang ihm, Als Langschwert zurückzupressen. Er war sehr stark.

Al konnte ihm nicht genug entgegensetzen. „Verdammt!“ Er konnte nicht einmal mehr sein Schwert zurückziehen. Sonst schnitt er sich selber. Das schnauzenförmige Maul des Goblins, das unter dem Eisenhelm hervorlugte, verzerrte sich zu einem fiesen Grinsen.

„Hier kommt der Giftzauber!“

In dem Moment, als Jeds Stimme erklang, bemerkte Al einen grünen Nebel, der den Goblin umgab und in ihn eindrang. Al spürte, wie sich die Hände, die das Beil umklammerten, etwas lösten. Jeds Giftzauber schwächte den Goblin. Jed war ein Schwertkämpfer, der auch die Zauberei beherrschte: ein Rotmagier.

In diesem Augenblick sprang Al zurück, um sich für einen neuen Angriff vorzubereiten.

„GRRR!“ Der Goblin wandte sich dem neuen Gegner zu, der ihn verzaubert hatte.

Das war ein günstiger Augenblick für Al. Er schlug zu. Sein Schwert prallte auf den Panzer, und ein trockener Knall ertönte.

Jetzt. Der Goblin drehte sich wieder zu ihm um. Speichel verspritzend brüllte er auf, dann begann er, seinen Körper nach links und rechts zu winden. Mit wirbelndem Beil griff er Al ungestüm an.

Dem von links heransausenden Beil wich Al aus, indem er schnell ein Bein nach hinten zog und den Oberkörper drehte. Den nächsten Schlag, der von der rechten Seite kam, konnte er mit dem Schwert zur Seite ablenken. Jetzt schwang die Klinge wieder von links auf ihn zu. Al entging ihr knapp, indem er sich duckte. So weit schaffte er es noch.

Aber gleich danach rammte ihn der Goblin mit der Schulter.

Da der Stoß Al mitten in den Bauch traf, stockte ihm für einen Moment der Atem. Plötzlich schwebte er in der Luft, dann schlug er unsanft mit dem Hintern auf dem Boden auf.

Unwillkürlich schloss Al seine Augen. Als er sie wieder öffnete, sah er den matten Glanz des Beils, das auf ihn herabschoss. Zur Seite rollend, wich er aus.

Jetzt schlug Jed mit seinem Schwert zu und lenkte den Goblin ab.

Al schaffte es, wieder aufzustehen. Sand war ihm in den Mund gedrungen. Er spuckte aus. Aber immer noch knirschten ihm Sandkörner zwischen den Zähnen.

Während Jed den Goblin attackierte, verdichtete er gleichzeitig seine innere Energie. Sie strahlte von ihm aus, als ob heiße Luft um seinen Körper flimmerte. Dieses Flimmern kroch Stück für Stück bis zur Spitze des Schwertes.

Der Goblin beschloss, sich jetzt nur noch Jed vorzunehmen.

Diesen Augenblick nutzend, in dem sein Gegner nicht auf ihn achtete, beruhigte Al seinen Atem und sammelte seine innere Energie.

„Al, ‚Roter Lotus'!" Was Jed da verlangte, war ganz schön schwierig. Unter den Techniken, bei denen die innere Energie auf das Schwert übertragen wurde, hatte Al mit dieser Methode bisher noch nie Erfolg gehabt. Aber er musste es jetzt riskieren. Ihm blieb keine andere Wahl. Denn dieser Goblin wirkte außergewöhnlich stark und gefährlich. Al ließ die gesammelte Energie in das Langschwert in seiner Hand fließen. Die Klinge des Schwertes begann, rot zu glühen. Aber das genügte noch nicht.

„Jetzt! Mach schon!"

„Bitte!? Nein! No... noch nicht!"

Jeds Schwert riss die Form eines V in die Dunkelheit. Das war die „Schnelle Klinge".

Der Goblin, der von den Schultern bis zum Bauch zweimal getroffen wurde, warf seinen Kopf zurück und stampfte mehrmals auf den Boden. Da er die innere Energie des Volkes Altana, das dem Guten diente, in seinem Körper fühlte, ächzte er vor Schmerz. Die Schnittstellen an seinem Körper umgab die bläuliche Energie von Jed.

Bevor dieser Schimmer verschwand, versuchte Al, mit „Roter Lotus" zuzuschlagen.

Endlich umhüllte Feuer seine Schwertklinge: Der „Rote Lotus"! Mit flammendem Schwert schlug er zu.

Zu spät!

Als Al den Goblin traf, hatte sich Jeds innere Energie, die den Goblin soeben noch umgeben hatte, bereits wieder völlig verflüchtigt. So fiel die Wirkung von Als Schlag zu schwach aus. Die inneren Energien gelangten nämlich erst dann voll zur Geltung, wenn sie gewissermaßen übereinander geschichtet wurden. Al schimpfte innerlich mit sich selbst.

Dem Goblin rutschte das Beil aus der Hand. Er spuckte Blut auf den weißen Sand. Von dem lodernden Schwert im Rücken getroffen, krümmte er sich und schwankte hin und her. Aber er stürzte nicht!

In diesem Augenblick hatte Al seine gesamte Energie verbraucht. Er nahm gerade noch wahr, wie sein Gegner sich umdrehte und etwas schrie. Auch, dass er unter seinem Panzer etwas Schwarzes, Rundes hervorholte, bemerkte er.

„Schnell weg! Eine Bombe!"

Jeds Warnung hörte Al nur wie aus weiter Ferne. *Eine Bombe – das, was ich damals in der Mine gesehen habe. Dieses Zeug, das explodiert, wenn man es anzündet! Ich muss schnell weg hier*, dachte Al. Aber sein Körper ließ sich überhaupt nicht bewegen.

Im diesem Moment zog vor seinen Augen eine silberne Spur vorbei.

Das war der „Harte Schlitzer“! Ein riesiges beidhändiges Schwert sauste in gerader Linie auf den Goblin herab. Ein Langschwert, das vollständig mit verdichteter innerer Energie aufgeladen war. Es durchschnitt den Panzer des Goblins, dann sein Fleisch und seine Knochen.

Da stand der Galka-Ritter Max. Die innere Energie von Max hatte sich gerade noch mit den letzten Resten von Als Energie verbunden.

Ein Todesschrei ertönte. Der Goblin erstarrte wie eingefroren. Langsam kippte er um und plumpste mit dem Rücken zu Boden.

„Hui …“ Endlich stieß Al die Luft aus. Auf einmal fielen seine Knie auf den Sand. Er hörte schnelle Schritte, die sich ihm näherten. Dann stand jemand neben ihm.

„O Mann! Was soll denn das?!“

Wie Al schon geahnt hatte, war das Iris. „Ja … Tut mir leid“, entschuldigte er sich brav. Er konnte sich schon vorstellen, was Iris ihm gleich alles an den Kopf werfen würde. Er wusste aber auch, dass – während sie ihn noch beschimpfte – der weiße Schimmer ihres Heilzaubers „Heilen“ seinen Körper umgeben würde.

Noch immer auf dem Boden kniend ließ Al den Zauber auf sich wirken.

„Ständig versagst du im letzten, entscheidenden Moment!“ Sie schien ihren Ärger immer noch nicht zügeln zu können. Ihre Worte trugen spitze Stacheln.

„Einmal entschlossen, bleib dabei!“, knurrte Jed.

Al begriff, dass auch diese Worte ihm galten.

Als er seine innere Energie in das Schwert fließen ließ, hatte er nämlich gezögert, ob er nicht doch zu der vertrauten Technik „Brennende Klinge“ wechseln sollte. Deshalb war er zu spät gewesen. Jed durchschaute alles. Al konnte mal wieder nichts anderes tun, als nicken. In diesem Augenblick bemerkte er etwas, was am Rand seines Blicksfeldes lag.

Das Etwas lag gleich neben dem toten Goblin. In der Dunkelheit war es nur undeutlich zu erkennen, aber er sah trotzdem, dass es sich um eine schwarze Kugel handelte. Er strengte seine Augen an. Seitlich kam eine Schnur heraus, und an deren Ende hing etwas, das wie ein Bleigewicht aussah.

„Alles in Ordnung?“

Auf Max' besorgte Frage nickte er, ohne die schwarze Kugel aus den Augen zu lassen. *Beruhige dich, Al. Das Ding ist ungefährlich. Sollte es zumindest sein. Schließlich ist es noch nicht angezündet.* Allerdings hatte er auch keine Ahnung, wie es gezündet wurde. Vielleicht explodierte es ja automatisch? Sein Herz klopfte laut. Sein Hals war wie ausgetrocknet. *Ihr alle … – bitte – schnell weg …* Bevor Al diese Warnung rufen konnte, hob eine schmale Hand die Kugel völlig sorglos vom Boden auf.

„*Die* haben aber ganz schön gefährliches Spielzeug!"

„Das ist ja eine von diesen ‚Bomben', wie sie die Goblins jetzt benutzen."

Shera hatte die Handgranate hochgehoben. Neben ihr beleuchtete Peta mit einer Fackel die Szenerie. Al bemerkte, dass alle seine Kameraden im Kreis des Lichtes standen. Sie blickten auf das, was Shera in der Hand wog.

Al war wohl der Einzige, der sich erst jetzt Gedanken um die Handgranate machte.

„Tu doch endlich was!", rief Iris mit spitzer Stimme.

„Jo, jo!", antwortete Shera lässig. Sie packte mit Daumen und Zeigefinger das Bleigewicht an der Schnur, dann zog sie daran.

Funken sprühten, die Zündschnur brannte. Das Bleigewicht diente wohl als Zünder.

„Wow!", klatschte Peta begeistert in die Hände.

„Bitte, bitte!" In Iris' Stimme mischte sich endlich ein flehender Ton.

Genau! Schließlich handelt es sich hier nicht um ein Feuerwerk, dachte Al zustimmend.

Er verfügte über keine guten Erinnerungen an Explosionen. Wenn er von einer Bombe erwischt würde, genügte kein „Heilen" mehr, selbst wenn es mehrmals durchgeführt werden würde – das wusste er.

Nachdem sie noch einige Male mit der brennenden Granate jongliert hatte, nahm Shera eine Wurfposition ein und schleuderte sie weit weg.

Die schwarze Kugel zeichnete einen Halbkreis, dann fiel sie etwa 20 Schritte entfernt in den Sand. Im selben Moment ertönte ein dumpfer Knall – Dong. Die Handgranate des Goblins war explodiert.

Der Sand wurde in Form einer Krone in den Himmel geschleudert.

Als der kreisförmige Sandvorhang wieder zu Boden gefallen war, hatte sich dort ein Krater von fast fünf Schritt Durchmesser gebildet. Nach dieser Größe zu schließen, hätte es sie alle erwischt. In der Luft schwebte schwacher Pulvergeruch.

„Tja. Das war's! Erledigt!“, Shera klopfte sich triumphierend die Hände ab.

„Aber ... das war ganz schön gefährlich!“, konnte Al gerade noch stammeln, wobei er seinen ausgetrockneten Mund nur mit großer Mühe bewegte. Als er das gesagt hatte, bemerkte er, dass Iris' Gesicht, die neben ihm stand, sich schon wieder entspannt hatte.

Erst jetzt wurde ihm klar, warum er so verkrampft war, obwohl der Kampf längst vorüber war. Al und Jed waren kurz davor gewesen, von diesem Ding getroffen zu werden.

Jemand klopfte Al, der immer noch im Sand kniete, auf die Schulter.

„Schau, dort! Die Lichter von Selbina!“

Als Al seinen Kopf in die Richtung wandte, in die Petas Finger wies, entdeckte er direkt hinter dem Bombenkrater einzelne Lichter in der Ferne. Sie sahen aus, als hätte man orangefarbene Perlen auf die Linie des Horizonts gereiht.

Die Feuer der Fischerboote im Hafen von Selbina.

„Morgen Vormittag können wir schon dort sein."

Bei Petas Worten stierten alle für einen Moment schweigend auf die Lichter.

Morgen würden sie diesen Kontinent verlassen. Weit in die Ferne, zum Kontinent Mindartia würde die Reise gehen.

Al schaute heimlich in Iris' Gesicht.

Ihre Eltern waren ums Leben gekommen, als sie vom Hafen von Selbina zum Kontinent Mindartia unterwegs gewesen waren.

Von ihrem Gesicht, das den Lichtern von Selbina zugewandt war, konnte Al nicht ablesen, was wohl gerade in ihr vorging. Sie starrte unverwandt auf die Lichter.

Auch Al guckte wieder auf die Feuer der Fischerboote und zuckte vor Schreck zusammen.

Die Lichter gingen aus, eines nach dem anderen. Als würde menschliches Leben ausgelöscht.

„Bald kommt die Morgendämmerung", Shera hob ihren Kopf nach oben. Der östliche Himmels begann bereits, hell zu schimmern.

Al hätte eigentlich aufatmen können. Aber … Die Unruhe, die ihn soeben befallen hatte, wollte aus irgendeinem Grund nicht weichen.

S K E L E T T

KAPITEL 1

I

Der Laden für Magierbedarf lag an der Straße, die zum Kai führte.

Über nebeneinanderstehende Kisten hatte man Holzbretter platziert, und auf den so entstandenen Regalen befanden sich die aufgereihten Waren. Die Regale, die zur Straße zeigten, waren stufenförmig aufgebaut.

Es war die Zeit der Windstille – die kurze Spanne, wenn der Wind, der zum Meer hinwehte, aufgehört und der Wind, der vom Meer herwehte, noch nicht begonnen hatte. Die Sonne neigte sich bereits am westlichen Himmel. Bald würde die Abenddämmerung kommen.

Die Leute am Hafen waren schon mit der Vorbereitung fürs Abendessen beschäftigt. Die Straße wirkte wie leergefegt, kein Mensch war unterwegs.

Auch im Laden für Magierbedarf stand nur eine einzige Kundin vor den Regalen: Iris.

Al wartete einige Schritte entfernt auf sie. Auf beiden Armen trug er einen schweren Ledersack, der vor lauter Einkäufen zum Bersten gefüllt war.

„Hm … Was soll ich bloß nehmen?"

Bei diesen zum x-ten Mal wiederholten Worten stieß Al heimlich einen Seufzer aus. Er hatte es unterschätzt. Er war vergesslich und leichtsinnig. Er hatte nicht bedacht, wie es war, eine Frau beim Einkaufen zu begleiten!

Entscheide dich doch endlich! Nur innerlich schrie er auf. Zwar wusste Al, der selber ein Kämpfer war, nicht so genau über die Magie Bescheid. Aber er wusste trotzdem, dass Iris zu lange brauchte, um sich zu entschließen.

Flüchtig blickte Al auf die Erläuterungen der Waren.

Die Namen der Zaubertechniken entstammten der Sprache der Tarutaru. Auf den oberen Regalen sah Al das Wort „Cearu" geschrieben. Das kannte sogar er. Wenn es sich um einfache Wörter handelte, konnte er sie verstehen, da sie auch in den Geschichten seiner Großmutter immer wieder aufgetaucht waren. „Cearu" bedeutete in seiner Sprache soviel wie „Heilung".

Ungefähr in der Mitte des Wandregals las er „Cearu II" und gleich darunter „Cearu III". Demnach wurden die Zaubertechniken wohl umso anspruchsvoller, je weiter es nach unten ging. Vermutlich war das der Grund dafür, dass die Preise dafür umso mehr in die Höhe schnellten.

Aber was hatten die Ziffern II und III zu bedeuten? Im Unterbewusstsein wunderte sich Al.

Waren diese Zaubertechniken etwa dreimal so wirksam? Hatte das denn jemand gemessen? Aber wie sollte das gehen, schließlich war es unmöglich, den Grad einer Verletzung so genau zu bestimmen. Solche dummen Gedanken schossen Al durch den Kopf. Vielleicht lag es auch einfach nur daran, dass es zu kompliziert war, sich neue Namen auszudenken? Bei genauerer Betrachtung fiel Al auf, dass auch andere magische Techniken mit Ziffern versehen waren.

Ohnehin war es nicht leicht zu verstehen, was die Magier überhaupt dachten.

Al langweilte sich allmählich. Nur deshalb machte er sich über solch komisches Zeug so viele Gedanken.

„Hm …!“ Mit verschränkten Armen und zusammengezogenen Augenbrauen zerbrach Iris sich noch immer den Kopf.

„Hey, Iris! Bald fährt unser Schiff ab.“

„Hm, ja, verstehe!“

Sie verstand überhaupt nicht. Iris war doch sowieso eine Weißmagierin im Anfängerstadium. Deshalb konnte sie nur Zaubertechniken der einfachsten Sorte anwenden. Die komplizierteren Zaubereien, die sich in den unteren Regalen befanden, kamen also gar nicht in Frage. Außerdem besaßen sie kein Geld dafür.

Iris hatte selber gesagt: „Es gibt nur ungefähr drei Techniken, mit denen ich umgehen könnte.“ Brauchte man denn eine halbe Stunde, um von drei Sachen eine auszuwählen?

Am Kai ertönte ein Pfiff. Ein Signal dafür, dass die Abfahrtszeit näherrückte.

„IRIS!“

Beim besten Willen, er konnte nicht länger warten. Es fuhren nur drei Schiffe am Tag, die zwischen den beiden Kontinenten verkehrten.

Iris löste ihre verschränkten Arme und wählte zwei Sachen aus. „Die hätte ich gern."

Der Verkäufer, ein Junge, übergab ihr für das Geld zwei Schrifttrollen aus Schafsleder. Was Iris ausgewählt hatte, war unter „Cearu II" und „Cearu III" eingeordnet gewesen.

Während sie die Rollen in ihren Kittel steckte, sagte Iris: „Die Grundlagen sind immer am wichtigsten, stimmt's?"

Warum hat es dann so lange gedauert!? Al unterdrückte abermals seinen Drang, laut zu schreien. Heimlich seufzend lud er sich erneut den schweren Ledersack auf die Arme.

Im diesem Moment begann Iris bereits, die Straße entlangzulaufen. „Schnell, Al! Sonst kommen wir zu spät!"

„Na warte!"

Sofort flitzte Al ihr hinterher. Gleich hatte er sie eingeholt, dann überholte er sie.

Die Straße endete schon bald mit der Treppe, die nach einigen engen Zick-Zack-Kurven den Kai erreichte.

Al rannte hinunter, wobei er jede zweite Stufe übersprang.

„Warte!"

Obwohl er Iris' Stimme hinter sich hörte, drehte er sich nicht um. *Er* war es, der das schwere Gepäck trug. *Er* hatte warten müssen. Also hatte er jetzt das gute Recht, dieses kleine Überlegenheitsgefühl zu genießen. Beim

Laufen konnte es so leicht keiner mit ihm aufnehmen. *Ich benehme mich wie ein Kind*, dachte Al und rannte weiter die Treppe hinunter.

In seinem Heimatdorf hatte einmal ein Mädchen zu ihm gesagt: „Al nimmt immer alles tierisch ernst." Auch wenn sie in seinem Alter gewesen war, hatte sie einen Tonfall wie eine Erwachsene gehabt. Obwohl die beiden bis dahin zusammen auf dem Feld und in den Bergen herumgetobt hatten. Vor drei Jahren hatte sie einen Mann aus dem Nachbardorf geheiratet. Seitdem hatte er nichts mehr von ihr gehört.

Da ist unser Schiff! Al bog um die letzte Ecke des Treppenflurs. Die letzten fünf, sechs Stufen hüpfte er auf einmal hinab. Jetzt lag noch ein Stück normalen Wegs zum Kai vor ihm!

Er wollte gerade wieder losspurten, da fiel ihm auf, dass hinter ihm keine Schritte mehr zu hören waren. Er drehte sich um, aber niemand war zu sehen. Als er aufblickte, bemerkte er Iris auf einer Treppenstufe, die um zwei Zickzack-Kurven hinter ihm lag. Sie befand sich ziemlich hoch – genau über ihm.

Iris blickte kurz hinunter, dann trat sie ein paar Schritte zurück. Al wusste, was sie jetzt plante.

„Nein! Halt, halt!!"

Aber leichtfüßig nahm sie Anlauf und sprang mit flatternder Robe. Sie warf sich in die Brust und versetzte sich so einen Rückstoß, der sie über einen Vorsprung in der Wand hinwegtrug. Doch hier unten bestand der Boden aus Kopfsteinpflaster. Selbst wenn sie auf den Füßen landete, könnte sie mit den Knöcheln umknicken. Und was, wenn sie aus dem Gleichgewicht geriet?

Sofort warf Al den Ledersack hinter sich. Ein lautes Poltern von den Sachen, die aus dem Sack herausgeschleudert wurden, dröhnte über das Pflaster. Dieses Geräusch vernahm Al nur am Rande mit einem Ohr, er streckte seine Arme aus.

Mit festgeschlossenem Mund kam Iris herunter. Ihr langes, schwarzes Haar wurde hochgewirbelt. Es sah aus, als ob vor dem blauen Himmel eine schwarze Flamme tanzen würde.

Sie fiel, ohne mit der Wimper zu zucken, genau in Als Arme.

Dass sie in dem Augenblick lächelte, als Al sie auffing, fand er irgendwie ärgerlich.

Er konnte sich nicht halten und plumpste auf den Hintern.

Schwer atmend sagte Iris, die immer noch in seinen Armen lag: „Siehst du, jetzt habe dich doch eingeholt!“

Auf dem Kopfsteinpflaster rollten noch die Büchsen, die aus dem Sack geschleudert worden waren. Dann kippten sie um und blieben still liegen.

Noch einmal ertönte der Pfiff.

„Beeil dich!“

„Ja, ja!“

Gemeinsam sammelten sie die verstreuten Büchsen ein.

Al warf die letzte – eine in den Metallwerken hergestellte Spezialaufbewahrungsbüchse mit einer Spezialität aus Selbina: Sandeidechsenschwanzeintopf – in den Lederbeutel, dann sauste er zum Schiff los.

Sie trampelten laut über das Verbindungsbrett und rannten durch die Tür, die sich an der Seitenwand des Schiffes befand und zu den Kabinen sowie zum Lagerraum führte.

Gleich danach ertönte der letzte Pfiff, dann schloss sich die Tür.

Das Schiff fing an, sich langsam zu bewegen.

„Mensch, wo bleibt ihr denn? Wir haben uns ganz schön Sorgen gemacht!"

Sheras Stimme ließ Al aufblicken. Da standen alle seine Kameraden.

„War nicht nötig. Wir haben es doch geschafft!", erwiderte Iris triumphierend, während sie versuchte, ihren Atem zu beruhigen.

Al konnte ihr nicht widersprechen – denn er war völlig erschöpft. In jeder Hinsicht.

„Und? Hast du es nicht vergessen?" Shera warf Iris einen bedeutungsvollen Blick zu.

Auch Petas Augen strahlten, warum auch immer, voller Erwartung.

Iris grinste, dann holte sie einige Büchsen aus dem Ledersack heraus, den Al noch immer auf den Armen trug, und warf sie den beiden zu.

Als Shera ihre auffing, stieß sie einen kurzen Pfiff aus: „Dieses Zeugs ist in Mindartia leider nicht aufzutreiben."

Und Peta jubelte: „So viel kann ich mitnehmen! Jeepeeh!"

Auf die Dankesworte der beiden nickte Iris. „Es war ganz schön schwer, so viel auf einmal einzukaufen!" Dann warf sie sich stolz, so wie immer, in die nicht sonderlich große Brust.

Wer es schwer hatte, war ich! Anstatt dies zu sagen, brach Al jetzt zusammen. Wegen des Gewichtes des Lederbeutels waren seine Arme wie taub.

Max und Jed machten sich bereits kopfschüttelnd auf den Weg zu den Kabinen, die ihnen zugeteilt worden waren.

Die anderen Fahrgäste, ungefähr 15 oder 16, folgten ihnen.

Während er Shera und Peta anschaute, die noch sichtlich begeistert mit ihren Büchsen jonglierten, dachte Al über den weiteren Verlauf dieser Reise nach.

Jetzt bin ich auf dem Weg zu einem Kontinent, auf dem es vor Leuten mit so einem Temperament geradezu wimmelt.

Al schien es, als ob der Schwierigkeitsgrad seiner Mission auf einmal enorm in die Höhe gesprungen war.

„Wollen wir nicht unser Gepäck verstauen und dann an Deck gehen?“ Iris schlenderte vor ihm los.

Immer noch schwankend taperte Al ihr hinterher.

+ + +

„Also dann, bis später.“ Mit diesen Worten verschwand sie in einer Kabine, die sich am Ende eines schmalen Ganges befand.

Auch Al zog eine Tür auf, vor der er gerade stand.

Ein riesiger Mann blickte auf, der sichtlich beengt auf dem Bett saß. Denn der schmale Streifen zwischen den Betten war überfüllt mit Gepäck: Max.

Als er merkte, dass es Al war, der gerade ins Zimmer trat, widmete er sich wieder dem Gepäck am Boden. Al war also in der richtigen Kabine gelandet, denn er sollte sich mit Max einen Raum teilen.

Das Linienschiff, das zwischen Selbina und Mhaura verkehrte, war nicht unbedingt für Passagiere gedacht. Eigentlich galt es als Frachtschiff. Auch die Fahrgäste wurden als ein Teil der Fracht betrachtet. Daher verfügte es über keine richtigen Kabinen. Alle Kabinen waren nur karge Zimmer mit zwei Betten, in denen es genauso aussah wie in den Räumen der Schiffsbesatzung. Es hätte auch noch ein Mehrbettzimmer gegeben, aber weil die Preise sich kaum unterschieden und sie vor allem an ihre Sicherheit dachten, hatten sie sich dagegen entschieden.

Al und seine Kameraden hatten den Auftrag, der Regierung von Windurst eine wichtige Sache zu überbringen. Auch wenn es nicht so aussehen mochte.

Iris und Shera teilten sich ein Zimmer. Genau wie Jed und Peta.

Wenn man es sich genauer überlegte, teilten sich Jed und Peta – ein Mann und eine Frau – immer ein Zimmer. Niemand hatte je danach gefragt, erinnerte sich Al.

Ursprünglich waren die beiden zusammen unterwegs gewesen und hatten damals ein Zimmer im Moghaus gemietet. Deshalb war dieses Mal die Zimmerzuteilung schon ganz selbstverständlich passiert.

Auch als sie die Fahrkarten kauften, fragte das zuständige Personal nicht nach, ob sie ein Ehepaar wären. Aber sie wirkten bestimmt auch nicht wie ein Elternteil und ein Kind – überhaupt, wer wäre da der Erwachsene und wer das Kind?

Immerhin hat man sofort erkannt, dass wir Abenteurer sind, die ein Bündnis bilden, dachte Al. Die Leute mochten auch nicht so viel Zeit haben, um sich wegen so etwas den Kopf zu zerbrechen. Vielleicht wäre es anders, wenn es um Iris und ihn ginge. Seine Gedanken kamen bis hierhin, dann schüttelte er verblüfft seinen Kopf.

Statt weiter darüber zu grübeln, schaute er sich lieber genauer in ihrer Kabine um. An der Vorderseite befand sich ein Bullauge. An den beiden Seitenwänden standen die Betten, deren Kopfteile zum Bullauge zeigten. Obwohl es ansonsten keine Möbel gab, war es in der Kabine ziemlich eng. Der Raum zwischen den Betten war gerade mal so breit, dass man sich mit Mühe und Not durchquetschen konnte.

„Äh … ganz schön eng hier."

„Sieht so aus, als hätten sie hier mit Gewalt eine Kabine eingebaut, obwohl es keinen Platz dafür gab", antwortete der riesige Max, während er sich vorsichtig bewegte. Er fühlte sich sichtlich eingeengt.

„Kann man das nicht verschieben?"

Al legte seine Hand auf ein Bett, musste aber feststellen, dass es an der Seitenwand festgeschraubt war. Er bemerkte auch, dass sich unter jedem Bett ein leerer, verrosteter Eimer befand.

„Weil es so schwankt", erklärte Max und überprüfte, ohne dabei sein Gesicht zu heben, weiter sein Gepäck. Fackeln, Proviant, eine Landkarte … Wohl weil er sehr reiseerfahren war, lagen da nur wenige Sachen, die er auf dem Bett nebeneinander ausgepackt hatte. Er überprüfte jedes einzelne Teil noch einmal und stopfte es dann in den Rucksack zurück. Anschließend begann er, sein beidhändiges Schwert, das er hütete wie einen Schatz, mit einem trockenen Tuch sorgfältig zu polieren.

„Es schwankt?", hakte Al nach.

„Ja. Bei einem Sturm auf hoher See kippt alles um, wenn es nicht am Bett festgebunden ist. Deine Sachen solltest du alle irgendwo fixieren. Sonst bist du sie los."

Bei einem Sturm auf hoher See? Da erinnerte sich Al: „Ah, genau … wir sind ja auf dem Meer!“

Er hatte es immer für selbstverständlich gehalten, festen Boden unter den Füßen zu haben.

Aber hier gab es keinen festen Boden, auf dem er stehen konnte.

Unter den Füßen war nichts als Wasser, endlos tief. Wasser war alles andere als fest, man konnte nicht darauf stehen und gehen. Nur untergehen konnte man. Ertrinken und versinken konnte man im Wasser. Weit, weit, in endloser Tiefe. Auf einmal fühlte sich Al schrecklich unsicher.

„Was hast du denn?“

Erst als Max ihn ansprach, kam er wieder zu sich und merkte, dass er seine Augen geschlossen hielt.

Er öffnete sie wieder

Hinter dem Bullauge schwappte das Meer. Die Horizontlinie war schief.

„Üü…!“

„Ist dir übel?“, sorgte sich Max.

Jetzt erst fiel es Al auf: Irgendwie fühlte er sich schlecht. War er vielleicht seekrank? Nachdem ihm die Übelkeit einmal bewusst geworden war, konnte er sie nicht mehr unterdrücken. „Uuups …“ Nur für ein paar Augenblicke konnte er das Würgen unterdrücken. Gleich darauf musste er von dem Eimer Gebrauch machen und übergab sich, bis sein Bauch leer war.

Da Max ihm empfohlen hatte, er würde sich vielleicht besser fühlen, wenn er draußen frische Luft schnappte, beschloss Al, an Deck zu gehen. Gleichzeitig erinnerte er sich, dass er dort auch mit Iris verabredet war.

Er verließ die Kabine und schlenderte den schmalen Gang entlang. Er unterdrückte seine Übelkeit und starrte nur auf seine Füße, die sich Schritt für Schritt vorwärts bewegten. Nachdem er die Treppe hochgestiegen war, gelangte er zu der Tür, die an Deck führte. Das Würgen im Hals ignorierend öffnete Al sie.

Der Wind wehte ihm entgegen. Ein kühler Wind, der ihm gegen die Wangen peitschte und das Haar zerwühlte. Unwillkürlich schloss Al die Augen. Er atmete tief ein. Die Meeresluft floss in seine Lunge und dehnte sie. „Hui …“ Die Augen noch geschlossen, lehnte er sich an die Tür, die er gerade geöffnet hatte. Nachdem er noch ein paar Mal kräftig durchgeatmet hatte, fühlte er sich viel besser.

Als er dann die Augen wieder öffnete, bemerkte er endlich, dass die Sonne – die Abendsonne – direkt vor seinen Augen stand. „Wow!“

Die Sonne, die fast auf dem Horizont lag, umgaben einige Schleierwölkchen, als ob sie sich darauf niederlassen wollten. Diese Wolken waren feuerrot.

„Das Abendrot!“

Der Himmel vor Als Augen glühte, so weit seine Augen reichten.

Das Meer, auf dem nichts die Sicht versperrte, war glatt wie ein Spiegel. Es warf den abendroten Himmel zurück. Das Meer war nicht blau. Es glühte feuerrot. Die Sonne sah jetzt viel größer aus als am hellen Tag. Es schien so, als wollte diese riesige rote Sonne das ganze Meer und den Himmel in Brand setzen.

Al hielt den Atem an und starrte auf dieses Schauspiel. „Die Sonne geht unter …“ Seine eigenen Worte brachten ihn wieder zu sich.

Al fing an, das Deck nach Iris abzusuchen. Er lief von der Backbordseite, wo er sich gerade befand, in Fahrtrichtung zum Bug. Dabei überlegte er, ob Iris vielleicht schon wieder in ihre Kabine zurückgekehrt war.

Das Schiff hatte die Bucht bereits verlassen und fuhr auf offener See. Der Hafen von Selbina lag weit hinter ihnen. Gerade hatte das Schiff den Kontinent Quon zur Linken und fuhr in Richtung Süden. Es würde die Halbinsel umrunden und danach Kurs auf Mindartia nehmen. Al erinnerte sich an die Karte, die Max ihm gezeigt hatte.

Neugierig erkundete er das Schiff. Es war das erste Mal, dass er mit einem so großen Schiff fuhr. Alles, was er sah, fand er interessant.

Die Hektik der Abreise hatte sich bereits gelegt. Die Mannschaft verrichtete schweigend ihre Arbeit. Einige andere Passagiere kamen ebenfalls an Deck. Es gab sogar ein paar, die ihre Angelruten auswarfen.

Sie wurden von der Mannschaft nachdrücklich gebeten: „Bitte holen Sie keine seltsamen Sachen aus dem Meer!"

Einer der Angler erwiderte darauf: „Wenn schon, denn schon!" Wobei er auf sein Schwert klopfte, das er an der Hüfte trug. Er war wohl ein Abenteuer wie Al.

Seit dem großen Krieg gegen die Beastmen vor zwanzig Jahren, dem Kristallkrieg, bestand der größte Teil der Passagiere aus Händlern und Abenteurern.

Sie hatten Gegenwind. Er kam ungefähr von rechts vorne. Al wunderte sich plötzlich, warum ihr Schiff trotzdem vorankam.

Es sah aus wie ein ganz normales Segelschiff, das vom Wind getrieben wurde. Mehrere Segel befanden sich am Heck. Aber nirgendwo war ein Dreiecks-Segel zu sehen, wie es in den Geschichten seiner Großmutter auftauchte. Daher war es wohl doch kein ganz normales Segelschiff, überlegte Al.

Vielleicht hatte die Windrichtung bei diesem Schiff keine große Bedeutung. Al beschloss, sich darüber keine Gedanken mehr zu machen, da er ohnehin nichts davon verstand.

Vom Bug her war eine vertraute Stimme zu hören.

Dort war das Deck um eine Stufe erhöht, sodass man den besten Ausblick hatte. In dieser Richtung, nach Süden, waren der Himmel und das Meer noch blau.

An dieser Stelle erblickte er Iris.

Fast wollte Al sie ansprechen, dann ließ er es.

Iris stand mit gerade aufgerichtetem Rücken und hielt mit beiden Händen die geöffnete Schriftrolle für eine Zaubertechnik vor sich, die sie in Selbina gekauft hatte. Sie trug ein blaues Kleid. Seine Farbe glich Himmel und Meer, sodass sie sich fast aufzulösen schien.

Das war nicht die Robe, die sie sonst immer trug. Am Saum war das Kleid etwas weiter und flatterte sanft im Wind. Bei jedem Windstoß wurden ihre Knie entblößt, dann waren sie wieder verdeckt. Um die Taille trug sie ein schmales Band, dessen beide Enden im Wind flatterten. Ein Kleid, in dem sie irgendwie schutzlos wirkte.

Unbewusst sorgte sich Al, dass es um die Brust gar nicht gepanzert war und keinerlei Schutzfunktion bot. Am Hals war es rund ausgeschnitten, und darunter zeichnete sich die weiche Wölbung der Brüste deutlich ab. Als Herz begann, schneller zu schlagen.

Er sah das Kleid zum ersten Mal. Während sie zusammen unterwegs gewesen waren und Abenteuer bestanden, hatte sie es nie getragen. Hatte sie sich extra für die Schiffsreise umgezogen?

Iris hielt den Wind mit dem Rücken ab, damit er die ausgerollte Schrift nicht wegwehte. Aber ihr Blick war gar nicht auf die Schriftrolle gerichtet.

Sie hatte ihre Augen geschlossen. Mit voller Konzentration erhob sie ihre Stimme, hoch und tief, als sänge sie ein Lied. Ihr langes Haar wehte der Wind nach vorne, und es fiel über die Schriftrolle. Da sie ohnehin ihre Augen geschlossen hatte, schien sie das nicht zu stören.

Al begriff nur, dass sie Zauberworte rezitierte. Aber es hörte sich diesmal etwas anders an als sonst. Al steckte seine Finger in die Ohren und prüfte, ob sie in Ordnung waren. Denn es klang so, als ob in Iris' Stimme noch weitere, seltsame Töne mitschwangen. Obwohl außer ihr sich niemand am Bug befand.

Erstaunt ließ er seinen Blick von links nach rechts wandern. Aber da war niemand.

Leise näherte er sich ihr.

Er schlich hinter sie und spähte über ihre Schulter auf die Schriftrolle, die sie in den Händen hielt. Unglaublich! Al traute fast seinen Augen nicht. Der Rolle war mit Schriftzeichen bedeckt. Da die Worte der gemeinsamen Sprache aller Völker von Altana entstammten, konnte Al sie lesen und verstehen. So war es geregelt, damit jedem Magier, unabhängig woher er kam und zu welchem Stamm er gehörte, die Schriften der Magie zugänglich waren.

Was Al überraschte, waren die Schriftzeichen selbst.

Als sein Blick darauf fiel, war die Schriftrolle von der Mitte bis zum Ende voll geschrieben. Er hatte sich gewundert, warum die obere Hälfte leer war. Den Grund dafür erfuhr er gleich.

Je mehr Zauberworte Iris rezitierte, desto mehr Schriftzeichen verschwanden von der Rolle.

Eins nach dem anderen.

Ohne es zu wollen, stieß Al hervor: „Wa… war… warum?"

Iris zuckte zusammen. Ihre Beschwörung brach ab, und der Meerwind nahm ihre letzten Worte mit sich. Ihr Kopf drehte sich, und ihr Gesicht wandte sich ihm zu.

Da Al noch über ihre Schulter auf die Schriftrolle starrte, stießen fast ihre Nasen zusammen.

In solcher Nähe trafen sich ihre Blicke.

Iris riss ihre großen Augen auf, und ihr Mund öffnete sich weit vor Schreck.

Sie hat aber lange Wimpern, dachte Al. Es war wie in Zeitlupe.

Diese Wimpern klimperten zwei-, dreimal auf und ab.

„NEIIIIIIIIIIIIIIIIIN!"

Mit diesem Schrei bekam Al einen kräftigen Stoß gegen die Brust. Er landete mit dem Hintern auf dem Deck. Er verzog sein Gesicht vor Schmerzen.

„Was soll denn das, Al!"

„Was habe ich denn gemacht?" Das würde er wirklich gerne wissen, was er jetzt schon wieder angerichtet hatte.

„Dass dein Ge… Gesicht plötzlich so nah war."

„Nah?"

„Äh … genau! Außerdem hast du mich gestört – beim Zaubern!" Sie fuchtelte mit ihrer Schriftrolle wild herum und schrie ihn an: „Fast hätte ich es geschafft!" Dann hielte sie ihm die geöffnete Rolle vor die Nase. „Jetzt muss ich wieder von vorne anfangen! Wie willst du das wieder gutmachen?!"

Zu Als grenzenloser Verwunderung kehrten sämtliche Zeichen, die vorhin verschwunden waren, wieder auf die Schriftrolle zurück. Von oben bis unten standen jetzt die Worte der Zaubersprüche dicht nebeneinander.

Al begriff zwar nicht so genau, was da vor sich ging, aber er dachte, es wäre auf jeden Fall besser, sich gleich zu entschuldigen. Denn Iris, die auf das Deck stampfte und Al mit einem von der Abendsonne reflektierten wutroten Gesicht anstarrte, wirkte richtig furchterregend.

„Äh … Iris … ich meine …" *Es tut mir leid*, hatte er sagen wollen.

„Was macht ihr denn da?" Es war Peta, die Als Entschuldigung zuvorkam. Mit Trippelschritten tänzelte die Schwarzmagierin vom Stamm Tarutaru auf die beiden zu. Als sie bei Iris angelangt war, blickte sie auf und lächelte sie heiter an.

„Ah, Peta! Du bist es. Kann ich dir etwas erzählen? Al hat mir etwas richtig Schlimmes angetan."

„Hmm? Na klar. Erzähl ruhig! Ich höre zu."

Bei Petas fröhlicher Antwort ließ Al seine Schultern hängen. *Na, jetzt wird es wohl nichts mehr mit der Entschuldigung.*

„Was macht ihr denn alle da?" Hinter Peta tauchte noch jemand auf. Der Galka-Ritter Max. Al, der immer noch dasaß, richtete sich hastig auf. In dem Augenblick fiel ihm ein: Max war praktisch der Beschützer von Iris. Was würde er wohl denken, wenn er gerade ihr Geschrei gehört hatte. Wenn Al in Ruhe darüber nachdachte, sah es wohl nicht allzu gut für ihn aus. „Äh … ich meine …“

„Hat Iris wieder etwas angerichtet?“ Max machte ein Gesicht, als wollte er für sie um Entschuldigung bitten.

Al war erleichtert. *Iris, wir scheinen beide nur wenig Vertrauen zu genießen.*

„Wow, das ist aber gefährlich!“

„Nicht wahr, findest du auch?“

Die Stimmen von Iris und Peta drangen an Als Ohren.

„Gefährlich?“, Al neigte seinen Kopf fragend zur Seite.

Daraufhin zog Peta ein verwundertes Gesicht. „Na ja. Bestimmt hast du zum ersten Mal gesehen, wie jemand eine magische Schrift benutzt.“

Auf ihren sorglosen Ton antwortete Al: „Ja, äh, stimmt!“

„Hm, verstehe. Das Wichtigste beim Zaubern ist … Al, hörst du mir zu?“

„Ich höre zu.“ Immer wenn Peta auf diese Weise einen Vortrag begann, war Al ganz Ohr und straffte – zu seiner eigenen Verwunderung – seinen Rücken. Das erinnerte ihn daran, wie er in seinem Heimatdorf von seiner Großmutter getadelt wurde – aus irgendeinem Grund.

„Zunächst, muss man sich völlig konzentrieren. Dann rezitiert man in der richtigen Tonfolge den Zauberspruch“, erklärte Peta und zeigte mit zwei Fingern in die

Luft. „Eigentlich kann jeder die Zaubersprüche lesen und sogar ziemlich schnell auswendig lernen. Auch du könntest in einer Nacht drei oder vier lernen, Al."

„Ich?"

„Genau. Auch du!"

„Ah! So einfach ist das also!"

Als Al das so leichtsinnig sagte, warf Iris ihm einen verärgerten Blick zu.

Aber er tat so, als hätte er es nicht bemerkt und konzentrierte sich wieder auf Peta.

„Die Schwierigkeit besteht darin, dass du die korrekte Tonfolge ganz genau einhalten musst. Das gelingt dir erst, wenn du es unzählige Male geübt hast."

Nachdem Peta das erläutert hatte, summte sie kurz ein Liedchen, das irgendwie merkwürdig klang.

Dann wunderte er sich: Gerade noch hatte er Petas Liedchen nur für etwas misstönend gehalten. Doch plötzlich kam es ihm so vor, als klänge es so ähnlich wie vorhin Iris' Stimme:

Es hörte sich an, als würde jeder Ton von einem weiteren Ton begleitet.

„Die magischen Schriften werden so hergestellt, dass die Schriftzeichen eins nach dem anderen verschwinden, wenn der Magier sie in der richtigen Tonfolge vorgelesen hat. Daran lässt sich erkennen, ob wir uns eine Zaubertechnik wirklich angeeignet haben."

Iris nickte zustimmend. „Wenn alle Zeichen verschwunden sind, kannst du davon ausgehen, dass du diese Zaubertechnik gemeistert hast. Obwohl das natürlich noch gar nichts nützt, wenn du nicht die Fähigkeit hast, den Zauber in Bewegung zu setzen“, warf Iris belehrend ein.

So so. Das ist ja ziemlich praktisch, dachte Al. Wenn er Schwerttechniken lernte, wusste er erst bei einem richtigen Kampf, ob er sie wirklich beherrschte. „Und was war daran gefährlich?“

„Wenn du die richtige Tonfolge eingehalten hast, kannst du den Zauber auch erfolgreich durchführen. Deshalb halten wir beim Üben unsere Augen geschlossen.“

Wenn man den Zauber auf jemanden anwenden wollte, musste man ihn direkt anblicken. Mit geschlossenen Augen funktionierte der Zauber nicht – so weit wusste Al Bescheid. „Das hieß …“

„Nehmen wir an: Ich übe gerade einen Feuer-Zauber, und du stehst vor mir. Wenn ich meine Augen dann öffne, erwischt es dich. Du brennst wie eine Fackel!“, sagte Peta überaus begeistert, als handelte es sich um einen lustigen Scherz.

„Ist das etwa nicht gefährlich?“

Al nickte eifrig. Das war ja wirklich gefährlich! „Aber“, fiel ihm ein, „einen Moment … In diesem Fall ging es doch um einen ‚Heilzauber‘, oder nicht?“ Dann wäre es nämlich gar nicht gefährlich gewesen, dachte Al und blickte verstohlen auf Iris.

Sie wandte sich schnell ab.

Aber Al merkte, dass sie ihm heimlich ihre Zunge herausstreckte. *Hey, du kleiner Teufel!*

„Und? Fühlst du dich jetzt besser?“, witzelte Max, als ob er die Stimmung zwischen den beiden aufheitern wollte.

„Ja, danke. Mir geht es wieder ganz …“ *Gut*, hatte er sagen wollen. Aber das Schicksal war heute sehr gemein zu ihm. In diesem Moment – als hätte es darauf gewartet – schwankte das Schiff einmal heftig. Gleichzeitig begann sich alles vor Als Augen zu drehen. Schon wieder landete er auf seinem Allerwertesten.

„Was ist los, Al? Bist du seekrank?“ Iris' Stimme meldete sich von oben.

Aber warum klang sie so begeistert?

„… geht es dir etwa nicht schlecht?“

„Quatsch! Nur *du* bist seekrank.“ Damit hatte sie den Nagel auf den Kopf getroffen. So war es wohl. Al konnte nichts anderes machen, als seinen Kopf zwischen die Knie zu senken und Schwindel und Übelkeit zu unterdrücken.

„Hey, Iris. Sei nicht so gemein zu ihm!“

„Na gut. Da lässt sich schon etwas machen. Also dann …“

Dann waren die Stimmen von Peta und Iris zu hören. Aber bevor sie ihren Zauberspruch beenden konnten, drang der Klang einer Harfe an Als Ohren.

Gleich darauf begann ein Lied. Gesungen von der klaren, volltönenden Stimme einer Frau:

Wenn Ihr das Gebet einer Jungfrau empfangen habt, edler Herr,

Mit hocherhobenem Schwert stürmt Ihr los!

Überschäumende Kraft in den Händen

Mit hocherhobenem Schwert, vorwärts zum Sieg!

Al fühlte, wie sich die Luft veränderte. Es war bereits Abend. Der Wind, der seine Wangen streichelte, wurde kühler. Trotzdem – in diesem Lied zirpte eine Melodie, die den Zuhörer einlullte und tief im Inneren das Herz erwärmte.

„Hm. Das ist doch … ein *magisches Lied?* Ich glaube ‚Triumphlied der Kämpfer‘ heißt es.“

Auch ein normales Lied konnte helfen, einen schlimmen Seelenzustand zu heilen. Doch die Wirkung eines magischen Liedes ging weit darüber hinaus. Als Schwindelgefühl verschwand. Selbst die Übelkeit wirkte wie weggeblasen. Leise Schritte näherten sich ihm. Er hob seinen Kopf, der noch zwischen den Knien steckte.

Langsam verschwand das Abendrot am westlichen Himmel. Die untergehende Sonne im Rücken stand eine Dame mit einer Harfe im Arm vor ihm.

„Fühlt Ihr Euch jetzt etwas besser?“, fragte sie, ihren Kopf ein bisschen neigend. Der Wind wehte ihre langen silbernen Strähnen fließend zur Seite. Im Gegenlicht lag ein weißer Schimmer um ihr Haar, das über die Schultern auf den Rücken fiel. Ihr ganzer Oberkörper schien von weißem Licht umfangen.

„Äh … äh …“ Al wusste nicht, was er erwidern sollte.

Diese Dame gehörte zum Stamm Elvaan. Ihre Ohren waren lang, sie war sehr groß, aber trotzdem schmal und zierlich. Sie trug ein purpurfarbenes Kleid aus dünnem Seidenstoff, durch das man die Umrisse ihres Körpers deutlich erkennen konnte.

Abermals schlug Als Herz heftig.

Still und mit geneigtem Kopf betrachtete ihn diese Dame.

„Ihr seid …?“

Als Frage zauberte ein Lächeln um ihre Augen und Lippen, das ihr einen Ausdruck äußerster Klugheit verlieh. Sie strahlte eine elegante Gelassenheit aus. „Ich heiße Leysha.“

Mit dieser Antwort lüpfte sie ihr Kleid ein wenig, zog mit geradem Rücken einen Fuß nach hinten und beugte sich von der Hüfte ab ein kleines Bisschen nach vorne. Sanft und leise flatterte der Saum ihres Kleides. Sozusagen eine Edeldamen-Begrüßung. So war Al noch nie geehrt worden.

Verlegen salutierte er auf die in Bastok übliche Art. Aber irgendwie erschien ihm das gleich danach äußerst unpassend. Seine Wangen glühten.

Peta, die anscheinend von „vornehmer Zurückhaltung“

noch nie etwas vernommen hatte, hüpfte um Leysha herum und fragte: „Du bist bestimmt eine fahrende Sängerin, oder?“

„Ja.“

„Das dachte ich mir schon. Dass wir uns jetzt so gut fühlen, beweist, dass du sogar eine ziemlich gute Sängerin bist.“

„Vielen Dank für Euer Lob“, antwortete Leysha ruhig, ohne sich von der Tarutaru-Magierin aus der Ruhe bringen zu lassen, die sie unverhohlen betrachtete.

„Be…“ *Benimm dich doch nicht so unverschämt!*, wollte Al Peta ermahnen, da spürte er auf seinem Hals einen brennenden Blick. Als er sich umdrehte, wandte sich Iris gerade ärgerlich ab.

Al legte nachdenklich seinen Kopf schräg. Hatte er denn etwas getan, das sie verärgert hatte? Ihm fiel nichts ein.

„Hey, ihr alle! Langsam wird es Zeit fürs Abendessen!“

Das war Shera, die Mithra-Räuberin, die sich mit ihrer lauten Ankündigung zu Al und seinen Kameraden gesellte.

Kaum hatte sie das Wort „Abendessen“ ausgesprochen, lief Peta auch schon los.

Max brummte ein zufriedenes „Hm!“ und schlug vor: „Gut, dann lasst uns essen gehen!“

Alle schienen sich wirklich aufs Abendessen zu freuen. Al auch. Zumal es ihm jetzt viel besser ging, als bis vor Kurzem. Während ihm so übel gewesen war, hätte er sich am liebsten ruhig in seine Kabine gelegt, aber jetzt überfiel ihn mächtigen Hunger.

„Äh … vielen Dank. Durch Euer Lied fühle ich mich wirklich besser“, Al verneigte sich höflich. Wenn ihm jemand half, sollte er sich sofort bedanken. Das hatte seine Großmutter ihm oft genug eingebläut.

„Das war nur eine Kleinigkeit. Aber, ah … Herr … Kämpfer.“

Offensichtlich meinte sie ihn. Al wurde ganz verlegen. Noch nie hatte ihn jemand als „Herr“ bezeichnet. Es gab sogar einen gewissen Jemand, der ihn einfach mit „hey du“ ansprach!

„Ich bin Alfred. Äh, bitte nennt mich einfach Al.“

„Herr Al. Äh …“, erkundigte sie sich, äußerst zurückhaltend, dass es schon beinahe schüchtern anmutete, „nur wenn es Euch wirklich nichts ausmacht – dürfte ich mich Euch beim Abendessen vielleicht anschließen?“

Al fand keinen Grund abzulehnen.

Leysha hakte sich bei ihm unter, als wäre er ihr Beschützer, und so spazierten sie Schulter an Schulter zusammen zum Speiseraum.

Al streckte seinen Rücken so lang wie möglich, weil Leysha ein wenig größer war als er, wenn sie so nebeneinander hergingen. Irgendwie kam er sich ganz klein vor.

„Was soll das denn?“

„Frag mich nicht!“

Shera und Iris tuschelten hinter ihnen. Doch Al war völlig in Anspruch genommen von Leyshas zierlicher, schmaler Hand auf seinem Ellbogen, sodass er kaum wahrnahm, was die beiden miteinander flüsterten.

+ + +

„Hu, hu, hu …“, machte Shera mit furchterregender Stimme. Überhaupt benahm sie sich in jeder Hinsicht zu auffällig im Speiseraum. Sie saß vor einem lebenden Fisch, der auf einem weißen Teller noch heftig mit dem Schwanz schlug. Sie streckte ihren rechten kleinen Finger gerade nach oben. Ihre Augen strahlten.

Die anderen Gäste warfen ihr einen kurzen Blick zu, dann wandten sie sich peinlich berührt wieder ab.

Al und seine Kameraden saßen an einem von insgesamt fünf Tischen.

„Vielleicht solltest du ihn abschneiden?“, meinte Al, als er den glänzenden Fingernagel an Sheras kleinem Finger bemerkte. Das passte nicht zu einer Räuberin. Denn der Nagel war mehr als halb so lang wie der ganze Finger.

„Du Dummkopf!“

Plötzlich bekam Al Prügel. Seine Augen wurden feucht. Sie musste doch nicht extra vom Stuhl aufstehen, um ihn auf den Kopf zu schlagen. Wie peinlich!

„Natürlich ist es ein Kunstnagel! Was glaubst du denn?!“, keifte Shera und hielt ihm ihren furchteinflößenden glänzenden Nagel direkt unter die Nase.

Al senkte hastig seinen Kopf: *Entschuldigung! Wie dumm von mir. Aber bitte, komm mit diesem Ding nicht so nahe an meinen Hals!* Als sie sich, immer noch sauer, wieder auf ihren Stuhl setzte, fragte Al die „verehrte Dame“ Shera stotternd: „Wa… was ist denn ein Kunstnagel?“

„Ein künstlicher Nagel.“

Ja, das verstehe ich auch. „Aber wozu?“ Wozu musste sie sich extra einen Kunstnagel ankleben? Auf diese Frage konnte Al nicht verzichten. Vielleicht war es eine typische Tischsitte des Stammes Mithra? Al traute seinen Augen kaum, als er entdeckte, dass das, was er sich halb im Scherz schon ausgemalt hatte, der Wahrheit ziemlich entsprach.

Ohne Erklärung zog Shera ihren Teller zu sich, packte mit der linken Hand den Schwanz des Fisches und setzte die Spitze des rechten kleinen Fingers am Schwanzansatz an. Als sie mit einer leichten Bewegung ihre rechte Hand zur Seite schob, schlitzte sie dem Fisch den Bauch auf. Nachdem sie mit der Spitze des langen Kunstnagels die Eingeweide herausgeholt hatte, glitt sie mit dem Nagel an den Gräten entlang. Leicht ließ sich das Fleisch von den Gräten ablösen.

Aha, das war also ein Ersatz für ein Messer!

Shera hob den Fischschwanz ein bisschen an und löste auch das Fleisch auf der anderen Seite von den Gräten. Im Nu war der Fisch aufgeteilt in die rechte und linke Hälfte, Gräten und Eingeweide.

„Lange habe ich keinen so frischen Fisch gegessen!"

„Tja, klar. Er ist gerade erst geangelt worden", murmelte Iris trocken, die neben Al saß. Ihre Laune hatte sich noch immer nicht gebessert.

„Ich werde das nie verstehen. Ist roher Fisch wirklich so köstlich?", fragte Max, der rechts neben Shera hockte.

„So etwas sagt ausgerechnet ein Galka, der rohes Fleisch isst", erwiderte sie.

Tatsächlich war das Fleisch, das Max gerade verspeiste, nicht gebraten. Auf dem Schiff briet man normalerweise mit Hilfe eines Flammenkristalls, da man fürchtete, sonst könnte Feuer ausbrechen.

Aber Max hatte das abgelehnt. „Ich esse es so", hatte er bestimmt.

Genauso war es bei Shera.

Also bekam Max ein Stück noch bluttriefendes Fleisch aufgetischt, und vor Shera stand ein Teller mit einem Fisch, der direkt vom Angelhaken kam. Al und Iris verspeisten hingegen ein Stück geschmortes Fleisch und in Butter gebratenen Fisch.

Noch immer ließ Al eine Frage nicht los: „Warum benutzt du dafür kein Messer?"

Auch Iris und Leysha, links und rechts von ihm, teilten mit einem Messer geschickt ihren gebratenen Fisch.

Iris war – was man manchmal vergaß – ein Mädchen aus einem wohlhabenden, guten Haus und von der Kirche sehr streng erzogen worden. Man erkannte das auch daran, dass sie tadellos mit dem Besteck umgehen konnte.

Leysha stand ihr da in nichts nach und verwendete Messer und Gabel, ohne das geringste unangenehme Geräusch zu verursachen.

Überhaupt gaben beide seit einiger Zeit gar keinen Laut von sich, als ob sie darum wetteiferten, wer von ihnen leiser wäre.

Wenn es darum ging, kein Geräusch zu verursachen, war auch Jed nicht schlecht, der links neben Shera saß.

Doch Al empfand das Schweigen der beiden Frauen irgendwie als viel bedrohlicher.

„Nö, nö! Wenn du so ein Zeug benutzt, schmeckt der Fisch nach Metall", antwortete Shera und nahm ein Stück von dem zerteilten Fisch. Dann warf sie es sich in den Mund.

„Ach … macht das wirklich so viel aus?", wunderte sich Al zweifelnd.

„Gar kein Vergleich!", Shera schmiss sich die andere Hälfte in den Mund. Dann schob sie auch noch den Schwanz und die Wirbelsäule mit den Gräten hinterher, an der noch der Kopf hing, und zerkaute alles geräuschvoll. Während Al sie entsetzt anstarrte, schluckte sie auch schnell die Eingeweide hinunter, die als Letztes auf dem Teller lagen.

„Lecker!"

Wenn du sowieso alles isst, wieso hast du den Fisch vorher geteilt? Diese Frage stellte er lieber nicht laut – so viel Vernunft besaß er immerhin. Es war für sie beide besser, wenn er an ihrer fremden Esskultur keine Kritik übte. Er hatte keinen Grund, auf seine Tischmanieren stolz zu sein, überlegte Al, als er den gnadenlos zerstückelten Fischmatsch auf seinem Teller betrachtete.

Shera lächelte sichtlich zufrieden und leckte sich schnell mit ihrer weit herausgestreckten, roten Zunge über die Lippen. Anschließend machte sie sich über die anderen Gerichte her. Diesmal verwendete sie allerdings doch Messer und Gabel. Es war also nicht so, dass sie mit Besteck nicht umgehen konnte.

„Oh je! Ihr habt schon angefangen!", klagte Peta. Al hatte sich schon gewundert, wo sie so lange blieb, obwohl sie doch als Erste zum Speiseraum aufgebrochen war. Sie befand sich in Begleitung eines Mannes in mittlerem Alter.

„Seid Ihr mit unserer Küche zufrieden?", forschte der Mann höflich, ein Lächeln auf seinem sonnenverbrannten Gesicht.

Während sie zu ihm hochblickte, stellte Peta ihn Al vor: „Al, dieser Herr ist der Kapitän des Schiffes!"

„Bitte bleibt doch sitzen!“, hielt der Kapitän Al zurück, als dieser sich zur Begrüßung erheben wollte.

Mit einem höflichen Nicken ließ Al sich wieder nieder.

„Du, der Herr Kapitän hat gesagt, schon morgen Vormittag könnten wir im Hafen von Mhaura sein!“, sagte Peta zu Al.

Al begriff, dass sie sich gerade darüber unterhalten hatten.

Denn bei Petas Worten nickte der Kapitän: „Dieses Schiff ist ein Dampfer neuesten Modells, das gerade erst entwickelt wurde. Da beim Motor die modernste Technik aus den Metallwerken eingesetzt wurde, ist er sehr schnell“, sagte der Kapitän sichtlich stolz.

Aber im nächsten Moment ließ er seine Schultern hängen: „Obwohl, egal, wie schnell ein Schiff fährt, gegen das Flugschiff hat es keine Chance.“

Zur Zeit gab es in Vana'diel kein Fahrzeug, das es mit dem fliegenden Schiff – dem Flugschiff – aufnehmen konnte, das es vom Großfürstenstaat Jueno bis zu den Hauptstädten der anderen Staaten in einem halben Tag schaffte.

Man erzählte sich, beim Antriebsmotor des Flugschiffs, das in Jueno erfunden worden war, hätte eine geheime Technik Anwendung gefünden, die keiner nachmachen könnte. Nur deswegen war das Flugschiff noch nicht allgemein verbreitet – zum Glück für die normalen Schiffe.

Doch wenn Cid, der Leiter der Metallwerke in Bastok, Als Heimatstaat, ernst machte, würde sich das ändern. Al war davon überzeugt, dass diesem als genial bekannten Ingenieur nichts unmöglich war. Irgendwann würde das Flugschiff zu einem üblichen Fahrzeug werden, so wie jetzt die Schiffe. Vielleicht gehörte dann eine Schiffsreise der Vergangenheit an.

Der Kapitän wünschte eine angenehme Fahrt, dann verließ er ihren Tisch.

Peta sprang hoch und plumpste auf einen Stuhl, der ihr im Stehen bis zur Brust reichte. Sie kauerte neben Jed. Dann begann sie, Salat, Fleisch und gebratenen Fisch ungestüm zu verschlingen.

Al wandte seinen Blick von ihr ab. Er befürchtete, dass ihm wieder übel würde, wenn er Peta weiter beim Essen beobachtete.

Wieder ein Seufzer. Der kam von Iris. „Wenn wir mit dem Flugschiff fahren könnten, wären wir viel schneller", sie legte Messer und Gabel beiseite. In ihrer Stimme schwang eine Spur von Ärger mit.

Von der Hauptstadt San'doria, wo ihre Reise begonnen hatte, bis zur Hauptstadt von Windurst hätten sie mit dem Flugschiff nur einen Tag gebraucht, selbst wenn sie über Jueno fliegen mussten.

In der Zeit, in der sie zu Fuß von der Stadt San'doria bis zum Hafen von Selbina marschiert waren, hätten sie ihr Ziel bereits erreicht.

„Aber wir haben doch keinen Berechtigungs-Ausweis für das Flugschiff", gab Al zu bedenken.

Ein reicher Kaufmann konnte es sich vielleicht gerade leisten – aber für Abenteurer wie sie war die Fahrt mit dem Flugschiff ohne Berechtigungs-Ausweis viel zu teuer. Einfach unerschwinglich besonders für einen Neuling unter den Abenteurern. Doch auch Al war klar, dass das nur die halbe Wahrheit war.

Wie er schon erwartet hatte, widersprach Iris: „Natürlich, wir können es uns nicht leisten. Aber sie hätten die Kosten auch übernehmen können." Ihre beiden Ellbogen auf den Tisch gestützt und ihr Kinn auf die gekreuzten Hände gelegt, schob Iris schmollend die Lippen nach vorne.

Was für schlechte Tischmanieren sie doch manchmal hatte – verstohlen schaute Al auf ihren Teller. Der war leer. Plötzlich!

„Sie verlangen alles Mögliche von uns, und dann lassen sie uns einfach im Stich." Iris schien sich an die letzten Tage zu erinnern, an denen sie sich mit der Regierung von San'doria herumgeschlagen hatten. Sie seufzte, dann schimpfte sie weiter: „Eine Unverschämtheit ist das! Dieser herzlose Typ!" Iris zog über den Premierminister von San'doria her, der Al und seine Kameraden einfach abgewimmelt hatte. Das Mädchen stammte zwar aus San'doria, doch in einem solchen Fall kannte sie keine Gnade. Es war viel schwieriger, ein Blatt Papier auf ihren

Mund zu legen, als einen Deckel auf einen übersiedenden Topf.

„Oh Mann, wenn man so einem den Posten des Premierministers anvertraut, sehe ich Schwarz für San'doria ... Oh, entschuldige, Jed." Iris hatte wohl das Gefühl, dass der Elvaaner Jed sich beleidigt fühlen könnte und entschuldigte sich.

Das Land San'doria gehörte den Elvaanern. Nicht den Hume. Auch Al war mit der hochmütigen Meinung des Premierministers – „Die Elvaaner sind immer die besten" – nicht besonders glücklich gewesen. Doch vielleicht hörte Jed es nicht gern, wenn andere über die Zukunft seines Königreiches schlecht redeten.

Iris war zwar ein kompromissloses Mädchen, aber gemein war sie nicht.

„Mach dir keine Gedanken!", erwiderte Jed kurz.

In diesem Moment fiel Al auf, dass Jed sein Essen kaum angerührt hatte. Al fragte sich besorgt, ob es ihm vielleicht nicht gut ginge. Es war nämlich Jed, der immer gesagt hatte: „Iss, wenn du was hast!" Jed war vor Peta als Vorletzter an den Esstisch gekommen, und wenn Al es sich genau überlegte, stimmte seither etwas nicht mit ihm.

Jed hatte ihnen allen ins Gesicht geschaut, dann hatte er sich schließlich Al zugewandt und eine Miene gemacht, als wolle er ihm etwas mitteilen. Schließlich hatte er sich wortlos gesetzt und angefangen zu essen. Bekümmerte ihn vielleicht irgendetwas? Aber so wie Al ihn kannte, würde er es schon zu gegebener Zeit sagen, wenn er etwas auf dem Herzen hatte.

„Entschuldigung …"

Die sanfte Stimme holte Al wieder in die Gegenwart.

„Wohin führt Euch alle die Reise, wenn ich fragen darf?" Es war Leysha. Bis jetzt hatte sie kein Wort gesagt. Aber nun hatte sie ihr Essen beendet und fragte etwas, wobei sie ihr Gesicht Max zuwandte.

„Öh. Humpfmn …", schmatzte Peta mit ihrer Gabel herumfuchtelnd. Was sie damit meinte, war unmöglich zu verstehen, da ihr Mund mit Essen vollgestopft war.

„Wie bitte?" Auf Leyshas Gesicht tauchte ein ratloser Ausdruck auf. Dann warf sie schnell einen Blick auf Jed, der ihr gegenüber saß.

Nachdem sie ihr Essen auf einmal hinuntergeschluckt hatte, sagte Peta: „Nein, nein, nicht ihn!"

Iris fing an zu lachen.

Was ist denn hier los? Al wandte den Kopf zwischen Leysha und Peta hin und her und schaute hilflos auf die Gesichter der beiden. Er begriff überhaupt nicht, worum es hier ging.

Peta schluckte noch einmal geräuschvoll etwas hinunter, dann meinte sie zu Leysha: „Wenn du eine solche Frage stellst, dann ihm."

Dabei zeigte sie mit der Gabel auf Al.

Leyshas Gesicht errötete. „Äh … bitte verzeiht mir!"

Endlich verstand auch Al: Leysha hatte Max oder Jed für den Bündnisführer gehalten.

Das war absolut nachvollziehbar. Al war das durchaus bewusst. Trotzdem ... „Das macht überhaupt nichts!“ Al versuchte, seine Verwirrung zu verbergen.

„Sei nicht so verlegen!“, Iris klopft ihm einmal leicht auf den Rücken.

Das brachte ihn wieder zu sich, und er richtete sich gerade auf. „Äh, wir sind unterwegs nach Windurst.“

Leysha nickte und antwortete: „Ich verstehe.“

Obwohl Al wiederum nicht kapierte, was sie meinte. Aber vielleicht war auch sie einfach verlegen.

Der Nachtisch und eine Tasse Dufttee wurden serviert.

Leyshas weiße Fingern umschlossen den Henkel ihrer Teetasse. Dann hob sie die Tasse mit geschlossenen Augen unter die Nase, als würde sie den köstlichen Duft genießen.

Mit der freien, linken Hand klemmte sie einige Haare, die ihr über die Wangen gefallen waren, hinter die Ohren – Al zuckte zurück, da Leyshas Ellbogen ihn fast berührt hätte. In diesem Moment warf sie ihm einen kurzen Blick zu. Sie setzte die Tasse an die Lippen, behielt den Tee für eine kleine Weile im Mund und schluckte ihn dann mit geschlossenen Augen hinunter. Ihr langer Hals bewegte sich ein wenig.

Als Herz pochte.

„Wenn ich Euch richtig verstehe, dann befindet Ihr

Euch also gerade auf einer wichtigen Mission?“, Leysha guckte Al direkt ins Gesicht.

„Äh … Ich meine …“

Klirr! Ein lautes Scheppern ertönte. Jed war seine Gabel auf den Teller gefallen. Etwas, das ihm äußerst selten passierte.

Al drehte sich erneut zu Leysha um: „Nein, so ist es nicht. Wir befinden uns gerade bloß auf einer ganz normalen Abenteuerreise.“

„Oh“, murmelte Leysha leise, als wäre sie enttäuscht.

„Aber …“

„Und Ihr, Frau Leysha, wohin seid Ihr denn unterwegs?“, erkundigte sich Iris in ausgesucht höflichem Ton.

Leysha antwortete ohne Zögern: „Ich bin auf dem Weg nach Mhaura, um eine *wichtige* Sache dorthin zu bringen.“

„Hm?“

Max sah auf und sagte: „Das heißt, Ihr seid nicht nur eine fahrende Sängerin, sondern auch eine Abenteurerin. Da Ihr vorhin ein so ausgezeichnetes magisches Lied gesungen habt, dachte ich mir das schon.“

„Aber nein … so gut war es nicht. Ich habe Euer Lob nicht verdient.“

„Habt Ihr denn gar kein Bündnis?“, staunte Iris.

Jeder Abenteurer besaß seine Stärken und auch seine Schwächen. Um Letztere zu kompensieren, bildeten die

Abenteurer normalerweise ein Bündnis mit einigen Kameraden, die ihnen halfen, ihre Abenteuer zu bestehen. So wie Al und seine Kameraden es gerade taten.

„Nein. Denn ich soll diese Sache lediglich nach Mhaura bringen“, antwortete Leysha.

„Ach so“, zuckte Iris die Achseln.

„Um sie nicht zu verlieren, trage ich sie immer bei mir“, Leysha legte ihre Hand auf das Herz. Dann betrachtete sie Al für eine Weile.

Der schüttelte unwillkürlich seinen Kopf. *Werde ich gerade angeschaut? Ich? Aber warum?*

„Tja. Es gab einmal jemanden, der hat wichtige Unterlagen zerrissen, obwohl er sie immer bei sich trug“, Iris warf ihm einen bedeutungsvollen Blick zu.

„Na ja, das lag nur daran, dass da plötzlich eine Amöbe auftauchte.“ Al vergaß für einen Moment, was seine Großmutter, die Ausreden hasste, ihm beigebracht hatte und rechtfertigte sich. Einmal hatte er gegen ein Monster kämpfen müssen, wobei er wichtige Unterlagen unter seinem Panzer trug. Er hatte den Kampf zwar gewonnen, aber die Bambusrolle, in der sich die Unterlagen befanden, wurde abgeknickt und die Papiere waren beschädigt.

Als Iris die Geschichte zu Ende erzählt hatte, begannen Peta und Shera, ohne Rücksicht auf Al aus vollem Hals zu lachen.

Als Al zu Leysha blickte, die neben ihm saß, sah er,

dass auch sie leise lachte, obgleich sie sich eine Hand vor den Mund hielt. Al wurde rot bis über beide Ohren.

„Das gab ziemliche Probleme“, redete Iris weiter.

„Ist doch jetzt egal“, zischte Al etwas beleidigt.

„Immerhin, dafür dass du die Unterlagen immer bei dir getragen hast, dafür erteile ich dir ein Lob!“

„Na, na! Es ist ja schon lange her. Mach dir darüber keine Gedanken mehr, Al!“, meinte Peta tröstend. Allerdings lachten ihre Augen immer noch, deshalb empfand er das nicht als richtigen Trost. „Du kannst ja in Zukunft vorsichtiger sein.“

„Ist er aber nicht. Heute hat er mich doch bei meinen Zauberübungen gestört.“

„Na, das war …!“ Diesmal bremste Al seine Ausrede. Er beschloss, das Gesprächsthema zu wechseln. Wenn es so weiterging, dann würde er sich noch ein eigenes Grab schaufeln, das tiefer war als das Meer. „Aber, ist es eigentlich in Ordnung, dass du jetzt erst die Grundlagen des Heilzaubers studierst?“

Damit hatte er wohl genau den wunden Punkt getroffen. Sofort lief Iris’ Gesicht rot an.

„Hi, hi, hi!“ Das hatte gesessen! Al lachte sich heimlich ins Fäustchen. Er wusste noch genau, welche Zaubersprüche Iris sich gekauft hatte: Cearu II und III.

Außerdem war es *verdächtig*, dass sie sich II und III auf einmal besorgt hatte.

„Äh, tut mir leid. Das ist meine Schuld!“ Diese Bemerkung kam von unerwarteter Seite. Von Peta. „Ich hatte Iris damals darum gebeten, zunächst den *Schutzra* zu meistern, da *Cearu* auch Jed durchführen kann. Deshalb dachte ich, es wäre nicht notwendig, wenn sie noch weitere Heilzauber erlernen würde."

„*Schutzra*?" Al wandte ihr sein fragendes Gesicht zu.

„Sie meint damit den Zauber ‚Schutz breite sich aus'. Den habe ich doch durchgeführt, als wir in das Fort der Orks einmarschiert sind", erklärte Iris etwas ungehalten, wobei sie den Zauberbegriff für Al in die allgemein verständliche Sprache des Volkes von Altana übersetzte.

„Schutz breite sich aus!" war ein Schutzzauber, der alle Kameraden umgab und somit einen größeren Wirkungsbereich entfaltete. Das bedeutete, dass Iris versucht hatte, sich zuerst eine Zaubertechnik anzueignen, die das gesamte Bündnis absichern konnte.

So war das also. Dieses Mal war Al daran, rot anzulaufen.

„Wenn ich daran zurückdenke, glaube ich, wir hätten damals doch ‚Cearu II' nehmen sollen. Na ja. Wir hatten ja keine Ahnung, dass wir es mit einem solchen *Ding* zu tun bekommen, das uns ernsthaft verletzten könnte", äußerte Peta nachdenklich, weil sie wohl an den letzten heftigen Kampf dachte. Mit dem „Ding" meinte sie den Panzer, den die Orks insgeheim hergestellt hatten. Eine neue Waffe der Beastmen, die schließlich auch zum Auslöser ihrer jetzigen Reise geworden war.

Als Peta einen dramatischen Seufzer ausstieß, riefen Al und Iris: „Aha. So ist das also ...“ „Nein, nein, du kannst nichts dafür! Wenn ich ihn doch bloß früher gelernt hätte!“

Die beiden sprachen genau gleichzeitig. Dann registrierten sie, dass Peta auf einmal zufrieden grinste, woraufhin sie schwiegen – abermals gleichzeitig. Irgendwie war ihnen das peinlich.

„Und, hast du jetzt diese sogenannten ‚Grundlagen‘ des Heilzaubers gemeistert?“, fragte Shera.

Auch Max schien daran interessiert zu sein und spitzte die Ohren.

„Ja. Habe ich – wenn Al mich nicht gestört hätte, hätte ich Nummer II bis zum Ende rezitieren können. Für III brauche ich aber noch ein bisschen.“

Max nickte zufrieden.

„So so. Dann können wir uns also nächstes Mal doppelt so schwer verletzen, wie?“, grinste Shera. Ein Gedanke, der Al bekannt vorkam.

„Doppelt so schwer verletzen?“, kreischte Peta entsetzt: „Was soll das denn heißen?“

„Na ja, zum Beispiel zweimal von einem Schwert getroffen werden oder zwei Stockhiebe kassieren, so etwas eben“, quatschte Shera unsinniges Zeug. Schließlich heilte der Heilzauber nicht eine Verletzung nach der anderen, sondern er beschleunigte den Heilungsprozess des gesamten Körpers.

Das wusste sogar Al.

Wie erwartet, brach Peta in Gelächter aus.

„Nein, nein. So ist es nicht!“

„Dann vielleicht so, dass eine Verletzung doppelt so schnell heilt?“

Jetzt mischte sich Iris kopfschüttelnd ein: „Nein! Es ist nicht so, dass eine Verletzung mit ‚Starke Heilung (Cearu II)‘ oder ‚Mächtige Heilung (Cearu III)‘ doppelt so viele Wunden oder dreimal so schnell heilt …“

„Sondern …“, fuhr Peta fort, „wenn du den Heilzauber mehrmals rezitierst, heilen sogar tiefe Verletzungen. Aber das kostet Zeit, nicht wahr? Glaubst du nicht, dass die Heilung noch bessere Fortschritte macht, wenn man gleichzeitig zweimal rezitiert?“ So fing der lehrerhafte Vortrag von Peta an.

Während Al darüber nachdachte, was Peta da gerade erwähnt hatte, fiel ihm etwas ein:

„Gleichzeitig zweimal rezitieren?“ Wie das? Ein Mensch hatte schließlich nur eine Kehle, wunderte sich Al.

„Wir nennen es ‚einweben‘. Das bedeutet, du musst einen Heilzauber mit unterschiedlichen Tonfolgen gleichzeitig rezitieren. Darf ich dich bitten, Leysha?“

Leysha, die zu wissen schien, was Peta meinte, nickte leise und nahm die Harfe auf, die zu ihren Füßen stand. Dann begann sie, mit der rechten Hand eine leise Melodie zu spielen.

Peta sang dazu. „Danke. Bis hierher. Jetzt bitte mit der linken Hand."

Leysha schlug, wie gebeten, die Saiten mit der linken Hand an. Die Melodie klang zwar irgendwie ähnlich wie vorhin, aber die Töne bargen eine etwas schwerere Stimmung.

Peta sang wieder dazu. Allerdings klang es dieses Mal wie ein Summen, wie etwas, das ihr gerade einfiel.

„Dieses Lied heißt ‚Heimat'. Es wird unter den Schäfern von La Theine überliefert." Nachdem sie das erklärt hatte, begann Leysha mit beiden Händen die Saiten zu zupfen. Die klare Melodie, die die rechte Hand spielte, begleitete die etwas schwerere Melodie der linken.

Die beiden Melodien legten sich übereinander und verschmolzen.

Das Lied mit dem langsamen Takt ließ einen an die Wärme der Sonne und den Geruch frischen, grünen Grases denken.

Mit geschlossenen Augen sang Peta die Melodie lauschend mit. Petas Gesang klang so wie immer: etwas misstönend. Aber nach einer Weile wurde Al klar, dass sie die beiden Lieder, die sie vorhin zu den einhändig gespielten Melodien gesungen hatte, nun gleichzeitig von sich gab. Das resultierte in einem sehr geheimnisvollen Klang.

Peta beendete ihren Gesang und sagte: „Wenn du in eine Rezitation den CEARU-Zauberspruch zweifach

‚einwebst‘, dann ist es ‚CEARU II‘. Wenn du ihn dreifach einwebst, ‚CEARU III‘. Verstanden?“

Endlich hatte Al es kapiert. Diese andere Stimme, die er vorher bei Iris’ Zauberspruch gehört hatte. Das war es also. Obwohl Al sich überhaupt nicht vorstellen konnte, wie man seine Kehle so trainieren konnte.

„Ich verstehe nicht, wie man das in die allgemeine Sprache mit einem so missverständlichen Begriff wie ‚Starke Heilung‘ übersetzen kann. Absolut unlogisch! Obwohl der Stamm Tarutaru solche wunderbaren, jedermann verständlichen Bezeichnungen dafür anbietet!“, schimpfte Peta äußerst ungehalten, während sie der Musik Leyshas lauschte, die langsam von einer Tonart zu einer anderen überging.

Vielleicht, weil man die ursprünglichen Bezeichnungen zu simpel findet, egal, ob logisch oder nicht. So dachte Al zwar bei sich, aber er sagte es lieber nicht.

Die Musik erfüllte das Speisezimmer und floss durch den Türspalt nach draußen.

Die flüsternden Stimmen der Passagiere waren irgendwann verstummt. Alle schwiegen und lauschten Leyshas Spiel. Irgendwo ertönte ein leiser Seufzer der Bewunderung.

Als das Spiel zu Ende war, brachen Jubel und lautes Händeklatschen aus.

Leysha erhob sich von ihrem Stuhl und verneigte sich höflich in alle Richtungen.

Damit endete das Abendessen.

Vor den anderen stand Leysha vom Tisch auf, wünschte Al und seinen Kameraden eine gute Nacht und verschwand durch die Tür.

Die anderen beschlossen, sich ebenfalls in ihre Kabinen zu begeben.

Al verließ das Speisezimmer und ging durch einen schmalen Gang zu seiner Kabine.

„Warum hast du es nicht gesagt?“, fragte ihn Iris, die ihn begleitete.

„Was ‚nicht gesagt‘?“

„Na, vorhin. Diese Frau wollte doch wissen, aus welchem Grund wir unterwegs sind, stimmt’s?“

Mit „diese Frau“ meinte sie wohl Leysha, vermutete Al.

„Ah, ja? Na ja … man muss ja nicht jedem alles erzählen, oder?“

Als sie seine Antwort hörte, nahm Iris’ Gesicht einen heiteren Ausdruck an. „Ja! Da hast du Recht!“

Iris schlüpfte mit einem Gute-Nacht-Gruß in ihre Kabine.

Al, der nun allein dastand, begriff nicht, was ihre Miene plötzlich aufgehellt haben könnte. Da es ihm selbst nach einigem Nachdenken nicht klarer geworden war, öffnete er die Tür zu seiner Kabine und trat ein. Wenn er morgens wieder aufwachte, würden sie bereits in Mhaura angekommen sein.

„Gute Nacht, Iris“, sprach Al leise die Worte, die er vorhin nicht über die Lippen gebracht hatte.

Max war noch nicht da.

Draußen vor dem Bullauge herrschte tiefe Dunkelheit. Es war bereits Nacht.

Al schloss seine Augen. Das Rauschen der Wellen drang an seine Ohren.

Dass ihm eine lange, eine sehr lange Nacht bevorstand, das wusste Al noch nicht.

2

Während er auf das endlos schwarze Meer blickte, murmelte der Galka-Ritter Max: „Das gefällt mir nicht.“

Sein Murmeln wurde von der Dunkelheit verschluckt.

Das gefällt mir überhaupt nicht. Es ist zu still.

Max versetzte dem Boden einen peitschenden Schlag mit seinem Eidechsenschwanz, als wollte er die Stille durchbrechen.

Bei dem Knall fuhren die andere Passagiere zusammen, die noch an Deck unterwegs waren. Mit ängstlichen Gesichtern verschwanden sie im Bauch des Schiffes.

Danach stand Max alleine an Deck. Es war nicht seine Absicht gewesen, ihnen Angst einzujagen. Danach fiel ihm ein, dass derjenige, der am meisten Angst hatte, vermutlich er selber war.

Der Schein der Laternen, der aus den Fenstern der Kabinen drang, fiel über das Wasser. Kein Wind wehte. Das Meer war ruhig.

Max stand fast genau in der Mitte des Schiffes. Er konnte nur die weiß schäumenden Wellenspitzen sehen, die das fahrende Schiff erzeugte. Sonst gab es nichts, was beleuchtet wurde. Nur die Bugwellen. Und die Wellen, die sich vom Heck ausbreiteten. Jeder Welle folgte die nächste, aber keine konnte die andere einholen, und alle entfernten sich vom Schiff.

„Mir gefällt das nicht“, murmelte Max kopfschüttelnd noch einmal. Wenn er jetzt in die Kabine ging, könnte er wahrscheinlich nicht einschlafen. Und falls er doch einschlief, würde er wieder davon träumen: Ein Traum, der seit elf Jahren wiederkehrte, immer wenn er auf einem Schiff unterwegs war. Ein Traum von Hilferufen, Gebrüll und Blutgeruch.

Er drehte sich um und hob seinen Blick zum Ausguck, der sich oben auf dem hinteren Mast befand. Wer wohl heute Wache hatte?

Hoffentlich jemand mit scharfen Augen. Es war eine so ruhige Nacht. Bestimmt passierte gar nichts. Aber blickte der Wächter trotzdem aufmerksam in die dunkle Ferne? Grag, Sylvia und Fram … Diese Namen, die in den hinteren Winkeln seiner Erinnerung herumspukten, flüsterte er vor sich hin. Er würde sie niemals wiedersehen. Die Nacht, in der er seine Kameraden verloren hatte, tauchte wieder vor seinem geistigen Auge auf. Ihm schauderte. Seine Haare sträubten sich.

Zu seinen Füßen begann weißer Nebel, nach oben zu wabern. Nebel!? Seit wann!? Er zitterte von der Kälte, die ihm in den Nacken kroch. Nein, ihm *war* kalt, eiskalt.

Er drehte sich zu der anderen Seite um. „Träume ich gerade?“

Was er sah, war nicht mehr das dunkle Meer. Was der schwache Lichtschein aus den Bullaugen jetzt beleuchtete, war ein Vorhang aus weißem Nebel.

Als er hinschaute, fielen ihm bläuliche Lichter in die Augen, die im Nebel schwebten. Sie waren verschleiert, und er nahm nur undeutlich verschwommene Lichtflecken wahr.

Lichter, nein, das waren Irrlichter! Im weißen Nebel tanzten unzählige bläuliche Irrlichter.

Schwankend schwebte ein großer Schatten im Nebel empor. Ein Segel! Ein Segel, das sich im Wind blähte.

Die Irrlichter leuchteten an der Spitze des Mastes. Wie hoch erhobene Fackeln.

Plötzlich löste der Nebel sich auf. Die Schiffswand war zu sehen. Es fuhr parallel zu ihrem Schiff!

Das kann nicht wahr sein, dachte Max. Irgendwie war es wie im Traum. Obwohl er eine Vorahnung gehabt hatte, konnte seine Vernunft es noch immer nicht fassen.

Das gleiche Schiff, Richtung Mhaura. Genau wie damals stand er an Deck und blickte aufs Meer. Und auf dem Schiff befanden sich, so wie damals, seine Bündniskameraden. Und Iris, die Tochter von Fram und Sylvia.

Alarm ertönte.

„Das Geisterschiff!!!“ Die schrille Stimme des Wächters zerriss die Luft.

Es ist doch kein Traum! Er biss sich auf die Lippen.

Das Langschwert, das er auf dem Rücken trug, hatte er bereits gezogen. „Verdammt!“ Max haderte mit sich selbst.

Der Nebel löste sich völlig auf. Das Schiff fuhr zwar noch parallel, aber der Abstand verringerte sich schnell. Jetzt war das Geisterschiff ganz zu sehen.

Er durfte nicht tatenlos herumstehen.

Auf seinem Schiff brach Unruhe aus. So wie damals flogen schreiende Stimmen und Gebrüll hin und her. Stimmen, die nach den Abenteurern riefen. Die Laternen in den Kabinen wurden eine nach der anderen angezündet.

Sämtliche Abenteurer, die sich an Bord befanden, kamen an Deck gestürmt. Die Weißmagier und die Rotmagier begannen, für ihre Kameraden einen Schutzzauber zu rezitieren. Sie waren zwar schnell, aber …

Max hatte die Fahrgäste aufmerksam beobachtet, seit er an Bord gegangen war. Es gab nicht sonderlich viele, die mehr Erfahrung als Abenteurer besaßen als er. Wie war es damals? *Was haben sie als erstes getan? Erinnere dich!*

Er kramte das lange vergangene Erlebnis aus der Tiefe seiner Erinnerung hervor. Man durfte vor der Vergangenheit nicht fliehen. Die Erfahrungen im Kampf waren ein wertvolles Kapital für einen Abenteurer – auch wenn sie bitter waren.

Auch damals hatte sich das Geisterschiff an ihrer Seite positioniert.

Dann war ein sausendes Geräusch zu hören gewesen, und anschließend hatte sein Kamerad, der Tarutaru-Kämpfer, gebrüllt: „Max, kapp die Seile!"

Genau: Etwas, das an Seilen befestigt gewesen war, war an Deck geflogen.

„Sie werden gleich die Enterhaken werfen! Schneidet die Seile durch!", donnerte Max.

Die Enterhaken werfen, die sich an der Bordwand einharkten, das andere Schiff heranziehen, Verbindungsbretter legen und dann entern – die Methode, ein Schiff zu überfallen, war die Gleiche wie bei Piraten.

Wenn wir Mann gegen Mann kämpfen müssen, haben wir keine Chance. Dafür sind wir zu wenige. Einen Nahkampf müssen wir also unbedingt vermeiden, dachte Max.

Doch der Angriff derer, gegen die Max nach elf Jahren zum ersten Mal wieder antrat, verlief weit raffinierter, als er es erwartet hatte.

„Sie kommen!“, kreischte jemand.

Max blickt hastig wieder zum Geisterschiff zurück. Das konnte nicht wahr sein! Die beiden Schiffe waren noch so weit voneinander entfernt, dass ein Zauber kaum genügte. Er bemerkte unzählige Seile, die an den Masten hingen. An den Rahen, die das Segel spannten, waren dicke Taue festgebunden. An deren Enden baumelte etwas. Es sah aus wie ein Hume. Die Seile schwangen weit nach hinten und vorne.

Nein! Das Ende der Taue schien abzureißen. Nein, etwas löste seine Hände! Nachdem es einen hohen Bogen in die Luft gezeichnet hatte, landete es auf dem Deck. Das Ding, das aussah wie ein Hume, knallte Kopf voran auf die Deckplanken.

Ein übles Geräusch ertönte.

Es hatte einen abgeknickten Hals. Der Kopf neigte sich komplett zur Seite. Das rechte Auge war bei dem Aufprall herausgesprungen. Nur mit einem Nerv hing es noch an der Augenhöhle, aus der es herauslugte. Anscheinend hatte es auch die Schulter gebrochen. Der rechte Arm war verdreht und schlenkerte halb auf dem Rücken.

Was war das denn für eine Angriffsmethode? Max biss sich fest auf die Lippen. Am ganzen Körper sträubten sich seine Haare vor Wut. In seine Ohren drang ein Geräusch, als ob etwas über das Deck kroch. Diese Kreatur, die vor Max’ Augen gefallen war, versuchte, sich aufzurichten, offensichtlich unbeeindruckt von ihren gebrochenen Knochen.

Dann hörte Max, dass jemand vor Schreck den Atem einzog. Schnell blickte er zur Seite.

Es war eine Magierin, die soeben an Deck geeilt war. „Das ist ein ‚Untoter' – ein ‚Zombie'!", schrie sie mit erstickter Stimme.

Stimmt! Von so einem Aufprall starb der noch lange nicht. „Tritt zurück!"

Der Zombie sprang auf, wie von einer Sprungfeder abgeschnellt, und fiel über die Magierin her.

Im letzten Moment trat Max dazwischen und schlug sein Langschwert nach ihm.

Kräftig schnitt die Klinge durch Fleisch und Knochen und zwang den Zombie zum Stehen.

Die Magierin wurde von ihren Kameraden gerufen und lief schnell zu ihnen zurück.

„Hier kommt ‚Feuer'!"

Nach diesen Worten einer vertrauten Stimme loderte der Körper des Untoten auf. Mit einem Schrei, der tief in den Ohren hallte, kehrte der Zombie endgültig zur Erde zurück.

„Max, bist du in Ordnung?", sorgte sich Peta.

Max nickte einmal, dann schaute er um sich.

Überall an Deck wurde bereits gekämpft

Es war nicht nur ein einziger Zombie, der herübergeflogen war. Es gab noch sieben oder acht weitere. Es schien, dass sie sogar noch mehr wurden. Aufgrund der harten Landung, hatten sie alle irgendwelche *Schäden* davon getragen.

„Verdammt! Dass sie eine solche Methode anwenden!"

Ein Überraschungsangriff, der nur dank ihrer nahezu unsterblichen Körper möglich war.

„Dahinter verbirgt sich jemand, der sehr klug ist", meinte Peta.

Genau, es musste da jemanden geben! Die Untoten handelten nicht nach ihrem eigenen Willen. Es musste sich ein Totenbeschwörer dahinter verbergen, der dunkle magische Techniken beherrschte. Jemand, der sich ein solch grauenhaftes Manöver ausgedacht hatte. Jemand, der intelligent war, aber gleichzeitig kaltblütig und grausam.

„Mist! Das sind ja ganz schön viele!", schimpfte Shera, die hinter Peta stand.

Ohne dass Max es bemerkt hatte, sammelten sich seine Kameraden um ihn. Bis auf zwei.

„Wo sind Al und Iris!?", rief Max

„Kommen gleich", erwiderte Jed.

Vor elf Jahren war es ein absoluter Überraschungsangriff gewesen. Sein Bündnis hatte sich nicht einmal sammeln können, sodass Max ganz allein auf sich gestellt war. Aber diesmal …

Ein Kampfschrei ertönte, dann leuchtete vor dem nächtlichen Himmel eine glänzende Spur.

Max blickte auf.

Ein Zombie, der an der Tür stand, die zu den Kabinen führte, wurde von einem silbern blitzenden Schwert getroffen und schwankte zur Seite. Dahinter war die Gestalt eines Jungen mit hocherhobenem Schwert zu sehen. Al.

„Ey!“ Jemand sprang hinter ihm hervor und versetzte dem Zombie, der kurz davor war zu fallen, einen Streich mit dem Stock. Das war Iris.

„Oh je, dieses Mädchen benimmt sich mal wieder völlig verrückt“, stöhnte Shera entsetzt.

Der Zombie taumelte auf das Deck, dann bewegte er sich nicht mehr.

„Mensch, spinnst du! Bleib doch hinter mir!“

„Ist ja schon gut. Ich wusste, dass er nur noch den Gnadenstoß braucht!“

Als Max die beiden so reden hörte, unterdrückte er ein Lächeln.

„Max, bitte!“

Auf Petas Worte nickte er. Ihm war natürlich klar, was er jetzt zu tun hatte. Er war ein Ritter. Er hob sein Langschwert direkt vor seine Augen und verrichtete sein Gebet zur Göttin Altana.

„Ihr Verdammten, kommt meinen Kameraden bloß nicht zu nah“, brüllte er dann.

Er schwang sein Schwert in einem großen Kreis um den Kopf, als wollte er die Mächte des Bösen vertreiben.

Das weiße Glitzern, das sich an seiner Schwertspitze entzündete, hinterließ eine kreisförmige Spur in der Luft. Dieser weißschimmernde Ring dehnte sich über das Deck aus. Noch einmal schwang er sein Schwert. Wieder entstand ein weißer Ring, der sich ebenfalls ausbreitete. Wie eine Welle der anderen folgt, so folgte der zweite weißstrahlende Ring dem ersten. Sie umgaben die Kameraden von Max.

„Der heilige Kreis" war eine der „Schutztechniken", die Max sich angeeignet hatte.

„Los jetzt!", kommandierte er. Das galt zugleich als Kampfansage an die Zombies.

+ + +

Ein Schimmern umgab Als Körper wie ein Schleier. Die Strahlung drang sofort in seinen Körper ein und war nicht mehr sichtbar. Durch den Schutz der Göttin spürte Al den starken Willen in sich, sich selbst zu schützen. Zugleich war das auch der Wille des Galka-Ritters Max. Unbewusst folgte Als Blick der gigantischen Gestalt, die eine silberne Rüstung trug und mit beiden Händen das riesige Schwert führte.

Max machte einen Schritt nach vorne, dann sauste sein hocherhobenes Langschwert in gerader Linie nach unten. Nur damit hatte er schon einen Untoten erledigt. Mit nur einem Schlag!

Mit zerrissener Brust wurde der Zombie auf das Deck geschleudert und rührte sich nicht mehr.

Das war es wieder, das eiserne Schwert, dachte Al und bewunderte die Kampfweise von Max.

Max war selbst für einen Galka beeindruckend groß. Entsprechend riesig war sein beidhändiges Schwert. Wenn er es auf dem Rücken trug, schwebte die Spitze gerade über dem Boden. Nicht nur lang war es. Sondern auch schwer.

Die Luft vibrierte, als Max wie ein wildes Tier aufbrüllte und sich auf den nächsten Gegner stürzte. Al wandte seinen Blick von dem Zombie ab, den er und Iris erledigt hatten, und schaute zu, wie Max kämpfte. Natürlich hielt er auch Ausschau nach weiteren Gegnern, doch die meisten Zombies hatten bereits ihren Gegner gefunden.

Zwar waren ziemlich viele der Untoten an Bord gelandet, doch wenn sie verhindern konnten, dass das Geisterschiff sie enterte, dann …

„Al, sieh doch!“ Iris’ Stock zeigte auf die Leiche des Zombies, den sie beide erledigt hatten.

„Was?“ Als er seine Augen anstrengte, bemerkte er eine Art Dunst, der über der Leiche schwebte. Ein grüner Dunst. Er schien von innen durch die zerfetzten Kleider zu dringen.

„Das ist ‚das Tor‘!“, kreischte Iris.

In diesem Moment schwoll der grüne Dunst bis zu Als

Größe explosionsartig auf. Er schwoll an und fing an zu wirbeln. In dem Wirbel befand sich etwas, was das Licht grell widerspiegelte. Es war eine Sense. Die lange Klinge der Sense durchstieß den grünen Dunst und war plötzlich deutlich zu sehen.

„Wie grausam, den Körper des eigenen Kameraden als ‚Tor' zu benutzen!"

Al verstand die Bedeutung von Iris' Bemerkung nicht ganz. Er begriff nur, dass gerade ein teuflisches Wesen aus dem Dunst herauskam. Ein Wesen, für das die getöteten Zombies lediglich als Vortruppen dienten.

Der wirbelnde Dunst löste sich plötzlich auf wie Wasserdampf. Danach stand da ein Skelett, dessen Füße auf die am Boden liegende Leiche traten. In seinen Händen hielt es eine riesige Sense. Es sah aus wie der Sensenmann aus dem Märchen.

Tief in den Augen des Skeletts funkelten bläuliche Lichter, die an die Irrlichter erinnerten.

Die Sense holte nach Al aus.

Wie war das Skelett plötzlich so nahe an ihn herangekommen? Fast hätte er die Klinge gar nicht gesehen, obwohl sie breit war. So schnell war die Bewegung der Sense. Al nahm die herabsausende Sense mit seinem Schild entgegen, den er am linken Arm trug.

Es dröhnte, als die zwei Metallteile aufeinander prallten.

Al lenkte die Sense zur Seite und blickte blitzschnell

nach links und rechts. Links bemerkte er in einer Ecke aufeinandergestapelte Fässer. Wahrscheinlich für Trinkwasser oder Ähnliches. Viele Fässer, jedes so groß wie Peta, sie waren treppenartig aufgetürmt.

Al zog sich einen Schritt zurück, um Abstand von dem Skelett zu gewinnen. Dieses schien sehr stark zu sein. Das Langschwert auf das Skelett richtend, wies Al mit seiner Linken auf die Fässer.

„I…“ *Iris*, wollte er rufen.

Doch sie kam ihm zuvor und lief bereits los. Die aufgestapelten Fässer im Rücken, begann sie, Zauberworte zu rezitieren, um ihm zu helfen. Es war der Schutzzauber „Schutz breite sich aus!“. Wenn ein Magier einen Zauber durchführte, befand er sich zugleich in höchster Gefahr. Besonders die Weißmagier mussten unbedingt vermeiden, dabei von hinten angegriffen zu werden.

„Weiche ihm aus!“, schrie Iris und unterbrach ihren Zauberspruch.

Mist! Da Als Augen ihr gefolgt waren, hatte er für einen winzigen Moment nicht aufgepasst – zu seinem Ärger. *Habe ich den Abstand falsch eingeschätzt!?* Er sah die heruntersausende Sense und hob hastig seinen Schild. Doch zu spät.

Die Sense kam.

„Verdammter Mist!“

Die scharfe Klinge näherte sich seiner Seite.

Es lief ihm eiskalt den Rücken hinunter.

Dann der Aufprall. Er spürte den Schlag. Als die Klinge seine Rüstung berührte, strahlte die getroffene Stelle weiß auf. Erst später wurde ihm klar, dass das der Kraft des „heiligen Kreises“ zu verdanken war.

Al wurde weggeschleudert und fiel mit dem Rücken aufs Deck. Einen Moment stockte sein Atem. Ihm wurde schwarz vor Augen. Er versuchte, schnell wieder einzuatmen, aber er konnte nicht – nur seine Gedanken rasten im Kreis. Er hörte, wie sich das Skelett knochenklappernd näherte.

Ich muss schnell wieder einatmen – schnell, schnell, schnell! Frische Luft strömte in seine Lungen. Er sah wieder etwas. Den dunklen Himmel. Auf der rechten Seite seines Blickfeldes erschien etwas metallisch Glänzendes – die Sense!

Al warf seinen Körper zur Seite, um der Sense zu entgehen und rollte sich über das Deck.

Er hörte, wie die Klinge auftraf, wo er soeben noch gelegen hatte.

Wieder rollte er zur Seite. Am Rücken spürte er, wie die Sense durch die Luft sauste. Das war knapp! Wieder krachte es direkt neben Als Ohren, als die Sense auf den Boden schlug. Zumm!! Diesmal spürte Al den Luftzug im Nacken. Dort streifte ihn die Sense. Er fühlte, wie warmes Blut die Haut hinabfloss. Das war noch knapper gewesen. Um ein Haar wäre er geköpft worden.

Am Rande seines Blickfeldes erkannte er, wie das Skelett abermals mit der Sense ausholte. Al wollte noch einmal zur Seite rollen und stieß gegen etwas. Die Wand. Die Bordwand versperrte ihm den Weg. Er konnte nicht weiter fliehen! Sein Rücken verkrampfte sich eiskalt vor Angst.

„Al!“

Bei Iris’ Stimme drehte er sich um.

Ein weißer Knochenhaufen brach über ihm zusammen – das Skelett.

Zu Tode erschrocken wollte er sich schnell aufrichten, aber da umklammerte ihn schon das Skelett.

Knochen pressten sich an Als verschwitzte Arme und Beine. Sie waren kalt.

Al bekam eine Gänsehaut am ganzen Körper. „Waaaa!“, brüllte er.

Im selben Moment erhielt er einen gewaltigen Stoß. Zusammen mit dem Skelett warf es ihn um, und er landete auf dem Hintern.

„Aua …!!“ Al öffnete sofort seine Augen, die er unwillkürlich geschlossen hatte, dann verschlug es ihm den Atem.

Direkt über ihm hing der Kopf des Skeletts. Zähneklappernd grinste es ihn an. Obwohl ungefähr die Hälfte des Schädels fehlte.

Panisch schleuderte Al es von sich. Erneut hob er sein Langschwert in Kampfposition. Er beruhigte seinen Atem. Der gewaltige Stoß, der ihn und das Skelett erwischt hatte, war wohl von einem großen Fass gekommen.

Dem Skelett hatte es die rechte Kniescheibe zertrümmert. Sich krümmend und windend versuchte es trotzdem, sich auf die Sense gestützt auf einem Bein aufzurichten.

Al atmete tief durch, dann holte er mit seinem Schwert aus. *Du musst zurück ins Jenseits! Hier hast du nichts zu suchen!* Er übertrug seine verdichtete innere Energie auf das Schwert, dann ließ er es auf das Skelett herabsausen. Rot strahlend zog die Brennende Klinge ihre Spur vor dem dunklen Himmel. Al spürte an seiner Schwerthand, wie er die Knochen durchschlug.

Noch einen Moment glomm die Flamme an der Schnittstelle.

„Aaaaaaa!" Dieser Schrei war das Letzte, was das Skelett auf der Welt hinterließ.

Die Rezitation eines Zauberspruches summte hinter ihm.

Al wandte sich in die Richtung, aus der die Worte kamen. Fünf, sechs Schritte entfernt stand Iris. Als sie den Schutz-Zauberspruch, bei dem sie vorher unterbrochen worden war, beendet hatte, atmete sie heftig. Der Schutzzauber wirkte auf Iris und jeden anderen vom Volk von Altana, der sich in ihrem Umkreis befand.

Plötzlich erinnerte sich Al an etwas. Er warf einen Blick auf seine Rüstung. An der Stelle, wo ihn vorhin die Sense getroffen hatte, war nur ein kleiner Kratzer zu sehen. Er hatte bei diesem Kampf also sozusagen nur eine Streifwunde abbekommen. Sicher dank des „Heiligen Kreises“! Ohne Hilfe des Schutzkreises von Max und ohne das Fass wäre es nicht so glimpflich ausgegangen.

Es war Iris, die das Fass losgetreten hatte. Das war Al klar. Immer wieder retteten die beiden ihm das Leben.

Iris atmete heftig, und ihre Schultern hoben und senkten sich. Kein Wunder! Erstaunlich, wie sie so ein schweres Fass umkippen konnte. Eigentlich war sie doch eine Weißmagierin, die auf Heilung spezialisiert war – eigentlich.

„Wa… was machst du denn schon wieder für Sachen …“ Ihre Stimme, die Al ausmeckerte, klang kraftlos. „Lass mich ein kleines Bisschen ausruhen“, bat sie, dann sackte sie vor den Fässern zusammen, um die verlorene Körperkraft und ihre innere Energie wieder aufzuladen.

„Du kannst dich noch eine Weile da ausruhen.“ Al bedankte sich nur innerlich und schaute gleich wieder zum Deck.

Die Situation hatte sich verschlimmert.

Die Skelette waren viel stärker als die Zombies. Unglaublich stark waren sie.

„Al! Da drüben!“ Kaum hatte Iris sich hingesetzt, versuchte sie schon wieder aufzustehen.

Vor der Tür, die zu den Kabinen führte, kämpfte ein alter Abenteuer, wahrscheinlich ein Magier, allein gegen ein Skelett.

Al rannte los.

Doch er kam um ein paar Schritte zu spät. Die riesige Sense blitzte auf und traf den Mann direkt vor Als Augen, kurz bevor er ihn erreichte. Blut spritzte auf das Deck.

Als ganzer Körper kochte vor Wut. Tief aus dem Hals stieß er einen Schrei aus: „Verdammt!“

Er schlug sein Schwert gegen den Schild, um die Aufmerksamkeit des Skelettes auf sich zu lenken.

Es wandte sich ihm zu.

Gleichzeitig sackte der alte Abenteurer auf die Knie.

„Tut mir leid …“, lauteten seine letzten Worte, dann rezitierte er einen Zauberspruch. Auf einmal wurde seine Gestalt seltsam undeutlich und verzerrte sich. Grünes glitzerndes Licht umgab ihn. Vor seiner Brust sprühte auf einmal milchweißes Licht.

Soweit schaute Al zu. Aber er durfte sich nicht ablenken lassen. Diesen Fehler durfte er nie wieder …

Der sich nähernden Sense wich er aus, indem er nach hinten sprang.

„Al!“ Jeds Stimme.

Während Al der Sense auswich, erschienen Jed und Shera. Peta stoppte mit ihrem bewährten „Fesselzauber“ die Bewegungen des Skeletts. Den tödlichen Schlag führte Max aus, der als Letzter dazukam.

Erst als Al sein Schwert wieder senkte, bemerkte er, dass der alte Abenteurer verschwunden war.

Verwirrt blickte er sich um, dann erklärte ihm Iris, die sich wieder ein wenig erholt hatte: „Mach dir keine Sorgen um ihn! Er hat sich mit dem Warpzauber in Sicherheit gebracht.“

Al begriff erst jetzt, dass dem Magier mit einem Ortswechselzauber die Flucht gelungen war. In diesem Moment befand er sich bereits an einem anderen Ort und ließ dort seine Wunden behandeln.

Nachdem Al erleichtert ausgeatmet hatte, murmelte er: „Aber wohin …?“

… ist er gegangen?, wollte er fragen. Da sie sich mitten im Kampf befanden, hatte er nicht damit gerechnet, eine Antwort zu erhalten.

Doch Peta erwiderte gewissenhaft: „Na ja, das hängt davon ab, wo er seinen Stützpunkt hat.“

„Erklär das später! Es gibt jetzt Wichtigeres“, unterbrach Jed den Unterricht von Peta und rannte zum nächsten Gegner.

Peta widersprach nicht. Auf die Details wollte sie anscheinend sowieso später eingehen.

Natürlich eilten auch Al und seine anderen Kameraden zu den nächsten Kontrahenten.

\+ + +

Der Wind wehte heftiger.

Als Al vorhin an Deck gekommen war, hatte er nur eine leichte Brise gespürt.

Doch jetzt wurde der Wind immer stärker. Das laute Flattern der Segel am Heck des Schiffes drang in seine Ohren.

Ihr Schiff versuchte alles, um den Wind zu nutzen, der gerade angefangen hatte zu wehen. Sie mussten mehr Abstand von dem Geisterschiff gewinnen.

Die meisten Skelette an Deck waren schon erledigt.

Aber gerade versuchte das Geisterschiff, das dicht neben ihnen fuhr, die Verbindungsbretter zu schlagen. Da drüben warteten noch viel mehr von den Untoten. Daher blieb ihnen nichts anderes übrig, als ihr Heil in der Flucht zu suchen.

Die Schwarzmagier auf ihrem Schiff schossen nacheinander ihre Zauber ab, um ihre Gegner daran zu hindern, die Verbindungsbretter zu schlagen. Doch das erzielte keine besondere Wirkung.

Außerdem ging die Zauberkraft, genau wie die innere Energie, irgendwann zur Neige. Selbst Peta vom Stamm Tarutaru, der eigentlich für seine unerschöpflich scheinende Zauberkraft berühmt war, atmete heftig.

Dagegen taten die Magier auf der anderen Seite nichts anderes, als die Skelette zu kommandieren, um so schnell wie möglich ihr Schiff zu entern. Auf diese Weise schonten sie wahrscheinlich ihre magischen Kräfte für später.

Al verharrte am Schiffsrand und knirschte mit den Zähnen.

Es gab nichts, was er jetzt tun konnte. Wenn die Gegner das Schiff enterten, konnte er immerhin gegen sie kämpfen. Das konnte er zwar. Aber gewinnen würde er kaum. Deshalb musste ihnen unbedingt der Rückzug gelingen.

„Nein, ich kann nicht mehr. Pause!" Peta brach zusammen. Sie setzte sich auf den Boden und streckte ihre Beine aus. Dann legte sie ihre Arme um sich und schloss die Augen.

Die Geschwindigkeit des Schiffs nahm zu.

Al spürte es an der Kraft des Windes, der gegen seine Wangen peitschte. Der Abstand zum Geisterschiff vergrößerte sich. Doch im nächsten Moment sank die Geschwindigkeit, sodass das Geisterschiff wieder näherkam.

„Mist!" Al schlug mit der Faust auf die Reling.

Nur ein bisschen mehr Wind. Nur ein bisschen – das würde reichen. *Wenn wir sie nur daran hindern könnten. Denn wenn sie erst einmal die Verbindungsbretter legen* ... Konnte man denn wirklich gar nichts machen!?

In diesem Augenblick erklangen Töne, die in dieser Situation völlig unpassend erschienen. Töne? Nein, das war Musik.

Plötzlich öffnete Peta ihre Augen. „Al! Bitte pass auf sie auf!"

Als er sich umdrehte, bemerkte Al eine Gestalt, die langsam zum Rand des Schiffes schlenderte. Während sie die Harfe spielte, flatterte ihr langes, silbernes Haar im Wind, der wieder stärker wehte. Es war Leysha. Sie sang. Mit sehr leiser Stimme.

Ohne es zu wollen, hörte Al zu. Er konnte nicht anders.

„A-L!“ Iris war gerade dabei, ihren Stock schwingend einen „Schutzra“ für Leysha durchzuführen.

Al spurtete los und stellte sich neben Leysha.

Leysha wollte direkt zur Bordwand. Obwohl sie genau wissen musste, wie gefährlich das war. Der Wind kam vom Heck, sodass ihr magisches Lied zum Bug des Schiffes getragen wurde. Ihr Gesang konnte das Geisterschiff nur erreichen, wenn sie ganz am Rand des Decks stand.

Die Töne der Harfe erklangen hoch und tief.

Von diesen Tönen begleitet, sang Leysha immer lauter.

An Deck des Geisterschiffs geschah eine Veränderung.

Die Bewegungen der Untoten wurden langsamer. Einige fielen plötzlich um. Die Skelette, die sich außerhalb der Reichweite des Liedes befanden, glotzten nur, selbst wenn ihre Kameraden vor ihnen plötzlich umkippten. Sie verstanden wohl gar nicht, was da geschah.

Die Abenteurer auf Als Schiff schwiegen ohne Ausnahme.

Dem Dampfer gelang es, sich wieder von dem Geisterschiff zu entfernen.

„Pennt ihr ruhig weiter da drüben!“, murmelte Shera.

Der Abstand zwischen den beiden Schiffen vergrößerte sich noch mehr.

Auch die gegnerischen Magier sanken nacheinander zu Boden. Nur einer hielt stand, wenn auch mit zitternden Beinen.

„Der ist aber zäh!“, Iris inspizierte den übriggebliebenen Magier ärgerlich.

Dieser war in eine schwarze Robe gehüllt. Er wehrte sich, bis das magische Lied verklungen war. Dann blickte er sich um. Er stellte fest, dass alle Magier auf seiner Seite auf dem Deck lagen. Danach traf er eine schnelle Entscheidung:

Er trat um einen Schritt nach vorne und streckte einen Finger in Richtung auf Al und seine Kameraden aus. Ein lebloser, blasser, schmaler Finger. Daran glänzte ein silberner Ring.

Erstaunlicherweise konnte Al dies alles so genau sehen, als wäre es nur einen halben Schritt von ihm entfernt.

„Breitet euch aus, Klingen des Windes!“, beschwor er den Windga-Zauber. Die Stimme des Magiers drang leise zu ihnen herüber.

Iris verschlug es vor Schreck den Atem.

„Volle Deckung, der Zauber …!“ *Kommt*, bevor Peta das gerufen hatte, trat Al bereits zwischen den Magier und Leysha.

Alles, was jetzt geschah, spielte sich am Rand von Als Blickfeld ab. Er sah, dass um die Lippen des feindlichen Magiers ein spöttisches Lächeln spielte.

Er sah, dass sich Jed sofort schützend vor Iris aufbaute.

Er sah, dass Shera Peta am Arm zu sich heranzog und sich mit ihr über das Deck rollte.

Er sah auch, dass Max mit weitaufgerissenen Augen wie geistesabwesend einfach zuschaute, wie der Magier seinen Zauber auf sie abschoss.

An seinem Ohr riss der Wind. An den Wangen, am Oberarm, überall, wo er mit der Luft in direkte Berührung kam, wurde Al von den Reißzähnen des Windes verletzt, und aus den Stellen strömte das Blut.

Mit zusammengebissenen Zähnen ertrug er den Angriff des Windes.

Es hörte auf – doch sofort brauste die Stimme des gegnerischen Magiers wieder auf, die einen weiteren Zauberspruch ausstieß.

„Fahr zur Hölle!"

Sheras Stimme zwang Al, den Kopf zu heben.

Er registrierte etwas Glänzendes, das mit einem surrenden Geräusch direkt auf den Magier durch die Luft sauste. Ein Dolch.

Als Al sich umdrehte, klaffte in der Robe unterhalb der Kapuze, die den Kopf des Magiers bedeckte, an der Kehle ein Riss. Die untere Hälfte seines Gesichtes löste sich auf, als würde sie tauen. Im Schein bläulicher Irrlichter verwandelte sich sein Gesicht in das blasse, leblose Antlitz eines Toten. Es wirkte, als wäre es aus Wachs.

In Al kroch ein unangenehmes Gefühl empor. Es kam ihm vor wie hunderte von Maden, die in seinem Körper herumwuselten. Solch ein Gesicht gehörte nicht zu dieser Welt.

Da er bei der Ausführung seines Zaubers gestört wurde, drehte der Magier sich schnell um, und verschwand unter den Skeletten, die sich hinter ihm sammelten.

Jetzt vergrößerte sich der Abstand zwischen den Schiffen zunehmend. Der Wind wurde stärker. An Deck brach der Jubel der Abenteurer aus. Es hallte durch die Nacht, als sie vor Freude ihre Hände aneinander klatschten. Überall wurden Seufzer der Erleichterung ausgestoßen.

Das Geisterschiff wurde immer kleiner. Die Untoten, die drüben an Deck kauerten, wurden so winzig, dass man sie kaum noch erkannte. Auch die Gestalt des Magiers verschwand.

Aus Als Beinen wich die letzte Kraft. Erschöpft sank er auf die Knie. *Oh, Gott, sind wir gerettet?* Der ganze Körper schmerzte. Zwar würde es ihn wahrscheinlich nicht das Leben kosten, aber seine Wunden bluteten unentwegt und schienen gar nicht mehr aufzuhören.

„Ist alles mit Euch in Ordnung?“ Leysha schaute ihn sehr besorgt an. Anscheinend war sie von jeder Verletzung verschont geblieben.

„Ja, alles in Ordnung“, nickte Al. Wenn Iris ihr „Heilen“ durchführte, dürfte er schnell wieder hergestellt sein. Da Jed sie beschützt hatte, sollte sie nicht schlimm verletzt sein.

„Hey, was ist denn los mit dir?“

Jeds Stimme brachte Al zu sich und hastig wandte er sein Gesicht zu Iris.

Da saß sie, zusammengesunken auf den Planken, und ihre weit aufgerissenen Augen starrten blicklos ins Leere. Etwas stimmte nicht mit ihr. Normalerweise wäre sie sofort dabei gewesen, für sämtliche Abenteurer hier das „Heilen“ zu beschwören.

Al ahnte Schlimmes.

„Hey, Onkel!“ Shera rüttelte an Max’ Schulter.

Genau, Max war von den Klingen des Windes am ganzen Körper aufgerissen worden. Denn er hatte ihnen nicht mal den Rücken zugewandt, sondern hatte einfach starr dagestanden und den Zauber so hingenommen. Aber warum?

Da drang Iris’ Stimme sehr leise an Als Ohren. Es war, wie Al schon geahnt hatte. Eine winzige Stimme wisperte: „Vater …“

+ + +

Im Geisterschiff. In einer kleinen Kabine, am hintersten Ende, da saß er. In einem Sessel. Er hielt seine Augen geschlossen.

Was die Beleuchtung anging, gab es nur ein paar Teufelslicht-Insekten, die sich oben in einer Ecke wanden. Aber ihm genügte diese winzige Beleuchtung vollkommen. Selbst ohne sie, käme er gut aus.

Geschweige denn die Sonne, die brauchte er absolut nicht. Die konnte er nur verfluchen.

Er führte kein jämmerliches Dasein, wie diejenigen, die unter der sorglos scheinenden Sonne kümmerlich dahin vegetierten und sich Tag für Tag an dieses widerliche „Leben“ klammerten. Es gab doch nichts Sinnloseres, als sich ums „Leben“ zu kümmern, das doch an sich völlig nutzlos war. In der ewigen Dunkelheit, die ihm versprochen war, fühlte er sich zu Hause, sie war der Ort, an den er hingehörte.

Neben ihm versammelten sich die, die sich in schwarze, weiße oder rote Roben hüllten. Sie waren mit ihm zusammen aus einem zehnjährigen Schlaf erwacht. Es waren diejenigen seiner Untertanen, die sich durch besondere magische Kräfte auszeichneten.

Er öffnete seine Augen.

Schnell reichte ihm eine Frau in weißer Robe einen Kelch, der mit einer roten Flüssigkeit gefüllt war.

Ihre Hände zitterten etwas. Der Kelch schwankte, und einige rote Tropfen spritzten auf seine Knie. Er knurrte ärgerlich. Ab und zu gab es welche, Dummköpfe, die selbst, wenn sie tot waren, immer noch am „Leben“ festhielten.

Was soll's! Wenn ich ihr Zeit lasse, wird sie die Welt der Dunkelheit bald mögen. Und Zeit habe ich genügend. So dachte er und beruhigte sich wieder.

Als Kapitän sollte er die Dinge doch noch etwas gelassener angehen.

Er trank die Flüssigkeit in dem Kelch aus.

Die Tür der kleinen Kabine öffnete sich. Ein Mann in schwarzer Robe näherte sich und flüsterte ihm etwas zu.

„Soso. Sie sind also entkommen …"

Offenbar war die Jagd dieser Nacht mit einem Misserfolg zu Ende gegangen. Auch wenn der Nachschub seiner Untertanen nicht ganz so verlaufen war, wie er sich das vorgestellt hatte, ärgerte er sich nicht.

Nicht einmal in seinem Tonfall schwang eine Spur von Ärger mit. Natürlich nicht. „Nun ja. Lass es!"

Schließlich hatten er und seine Besatzung nach zehnjähriger Pause gerade erst wieder die Fahrt aufgenommen. Es gab keinen Grund, sich zu beeilen. Außerdem: Er war nicht der Einzige, der erwacht war. Das Signalfeuer, das die Wiederbelebung seines Herrn ankündigte, war bereits abgeschossen worden.

Es gab gar keinen Zweifel, dass diese Welt – Vana'diel – früher oder später von wunderbarerer, ewiger Finsternis umhüllt sein würde. Er lachte. Die Leute, die jetzt entkommen waren, würden das schon bald genug erkennen müssen.

3

Von draußen vor dem schwarzen Bullauge drang das Rauschen der Wellen an seine Ohren.

Bis zur Morgendämmerung blieb noch Zeit. Al löschte die Flamme der Laterne, wickelte sich in eine Wolldecke und schloss die Augen, obwohl er ziemlich sicher war, dass er nicht einschlafen konnte.

Es wäre alles in Ordnung, hatte Iris versichert.

Dass sie ihnen damit etwas vorspielte, war allen klar gewesen. Trotzdem konnte keiner ihr etwas sagen.

Hinter seinen Augenlidern tauchte ihr Gesicht auf. Es sah aus, als würde sie gleich weinen, oder war sie doch eher verärgert?

Al öffnete seine Augen.

Er wälzte sich im Bett, dann betrachtete er Max, der auf dem Bett lag, das in der winzigen Kabine gleich neben seinem stand. Sein Atem kam Al zu regelmäßig vor.

Alle Lebewesen auf dieser Welt hatten etwas Unregelmäßiges, egal was: Entweder redeten sie im Schlaf oder sie bewegten sich ein bisschen. Aber dass Max völlig reglos dalag, bewies, dass er gar nicht schlief.

Kein Wunder, dass er nicht schlafen konnte.

Al erinnerte sich an die Geschichte, die er vor einiger Zeit von Max gehört hatte:

Eine Geschichte, die vor elf Jahren spielte, als Iris erst vier Jahre alt war.

In einer Nacht. Max hatte mit Iris' Eltern ein Schiff nach Mhaura bestiegen. Mitten in dieser Nacht waren sie auf hoher See von einem Geisterschiff überfallen worden. Viele waren dem Angriff zum Opfer gefallen. Darunter auch die Eltern von Iris, die direkt vor ihren Augen von Untoten angegriffen worden waren.

Aber das wirklich Schauderhafte war erst danach geschehen: Die Gefallenen, die von den Untoten umgebracht worden waren, hatten sich aufgerappelt und waren mit wankenden Körpern in das Geisterschiff eingestiegen. Viel mehr Tote an Bord als vor dem Angriff, war das Geisterschiff jenseits des Nebels verschwunden. Auch Iris' Eltern hatten sich bestimmt darunter befunden.

Es war also unmöglich, dass jetzt mit Iris alles in Ordnung war. Die Eltern hatten ihre eigene Tochter überfallen, an die sie sich überhaupt nicht erinnerten.

Der Finger mit dem Ring, den der Magier in der schwarzen Robe ausgestreckt hatte … Den Ring hatten weder Iris noch Max vergessen. Es war der Ring, den Iris' Eltern, Sylvia und Fram, im Dom von San'doria zur Besiegelung ihres Gelöbnisses ausgetauscht hatten.

Über das Heiraten hatte Al bisher nie nachgedacht. Trotzdem kannte er die Zeremonie, bei der zwei Menschen, die ein Ehepaar wurden, miteinander Ringe tauschten.

Dieser Brauch hatte sich seit Ende des Krieges gegen die Beastmen ausgebreitet und war inzwischen unter den fünf Stämmen – den fünf Kindern der Göttin Altana – weit verbreitet. Obwohl Al in seinem Dorf, in dem er geboren und aufgewachsen war, nie etwas davon mitbekommen hatte.

Auch unter Abenteurern verschiedener Stämme, die ein Bündnis bildeten und zusammen Abenteuer bestanden, geschah es wohl nicht selten, dass zum Beispiel zwischen einem Elvaaner-Mann und einer Mithra-Frau oder zwischen einem Tarutaru-Mädchen und einem Hume-Jungen, die eigentlich keine Ehe schließen durften, Ringe ausgetauscht wurden. So hatte es ihm zumindest Shera erzählt.

Dieser Akt sollte die Bindung unter den Kindern der Göttin Altana symbolisieren.

Doch auf dem Gesicht dieses Magiers, der seinen Finger auf Al gerichtet hatte, lag nicht einmal das geringste Anzeichen von Zuneigung.

Es gab jemanden, der die Bindung zerrissen und Iris ihrer Eltern beraubt hatte.

Dahinter muss jemand stecken, der enorm klug ist. Al erinnerte sich an Petas Worte.

Während der letzten zehn Jahre musste er dazugelernt haben und noch verschlagener geworden sein.

Al biss die Backenzähne aufeinander. Sein Kopf rauchte. Aber egal, wie sehr er darüber nachdachte, die wahre

Gestalt seines Gegners konnte er nicht erkennen. Dafür gab es noch zu wenig Anhaltspunkte.

Al konnte nicht einschlafen. Es war unmöglich. Ihr ging es bestimmt genauso. In der Dunkelheit öffnete Al seine Augen.

In diesem Moment merkte er, dass um ihn herum plötzlich jeder Laut verschwunden war.

Nur eine einzige Melodie war immer wieder zu hören, tief in seinen Ohren. Seine Augenlider wurden plötzlich schwer. Al, der langsam in den Schlaf sank, merkte nicht, dass er diese Melodie kannte. Obwohl er sie gerade noch vor Kurzem gehört hatte. Seine Augen schlossen sich.

Er wurde in das Land des Traums geleitet.

Noch einmal tauchte das Gesicht des Mädchens hinter seinen Augenlidern auf.

+ + +

Klack. Ein Schlüssel wurde im Schloss herumgedreht. Fast ohne Knarren öffnete sich langsam die Tür. Ein langer schmaler, rechter Fuß betrat das Zimmer. Es rauschte nur leise, als der Saum des Kleides dem Fuß flatternd folgte. Durch das kleine Bullauge am hinteren Ende der Kabine fiel nur das Licht der Sterne. In diesem Licht glitt die Besitzerin des Fußes geräuschlos ins Zimmer. Es war eine Frau. Eine große, schlanke Frau.

Ihr Gesicht lag im Schatten. Ihr purpurfarbenes Kleid wirkte in dem schwachen Licht fast schwarz. An der Hüfte trug sie eine kleine Harfe. Diese Frau kauerte sich in einer Ecke des Zimmers nieder.

Dort befand sich das Gepäck der beiden, die in ihren Betten schliefen. Es war an den Bettfüßen festgebunden, damit es nicht wegrutschte, wenn das Schiff schwankte.

Die Mundwinkel der Frau hoben sich ein bisschen.

Obwohl sie ihnen so nah war, wachten die zwei nicht auf.

Die Hände der Frau öffneten einen Rucksack und suchten darin. Anfangs wirkten ihre Handbewegungen langsam und ruhig, doch schließlich wühlte sie hastig darin herum. Dann ließ sie den Rucksack und suchte in einem anderen, doch abermals nahm sie ihre Hände bald heraus. *Nicht hier?!?*

Ein metallisches Klicken ertönte hinter ihr. Im nächsten Moment lag bereits die schmale Klinge eines Schwerts an ihrem Hals. Zwischen der Klinge und ihrem Hals war kein Fingerbreit Abstand. Das Geräusch von vorhin war verursacht worden, als der Sicherheitshaken des Schwertes gelöst wurde. Sie spürte die Kälte des Metalls am Hals. Die scharfe Klinge spiegelte das Licht der Sterne. Eine kleine Bewegung würde reichen, ihren Hals zu durchtrennen und ihr Leben zu beenden.

Aber nicht jetzt. Wenn er mich töten wollte, hätte er es

längst getan … Sie schluckte, dann drehte sie langsam den Kopf. Wie sie es geahnt hatte – da stand ein Mann.

Mit einer leichten Kopfbewegung hob er sein Kinn.

Das bedeutete wahrscheinlich, sie sollte das Zimmer verlassen.

Die Frau warf ihm einen wütenden Blick zu und richtete sich auf. Dann folgte sie dem Mann aus dem Zimmer. Sie machte die Tür zu und schloss wieder ab.

Der Mann sagte kein einziges Wort.

Im Herzen der Frau sprudelte der Ärger auf. Sie hatte gehofft, dass es nicht so weit kommen würde. Bestimmt hatte er die Melodie ihres magischen Liedes gehört. Er musste also gewusst haben, was sie vorhatte.

Die Frau trat dem Mann einen Schritt entgegen und wollte an ihm vorbei auf ihr Zimmer entwischen. Für heute Nacht war es erst einmal genug. Während sie dicht an ihm vorbeiging, flüsterte sie scharf in eines seiner langen Ohren: „Willst du uns verraten?“

Die Blicke der beiden kreuzten sich kurz.

Der Mann schwieg immer noch.

Die Frau schlug die Tür zu, ohne sich noch einmal umzuwenden.

Auch der Mann öffnete seine Kabinentür.

Nachdem beide verschwunden waren, löste sich eine weitere Gestalt aus dem Schatten, die alles beobachtet hatte.

+ + +

„Was ist denn mit dir?“, fragte Iris Shera, die zu ihr ins Zimmer zurückkehrte.

Ihre Stimme klang beklommen.

Shera merkte, dass es an ihrem sorgenvollen Gesichtsausdruck lag und setzte ein gezwungenes Lächeln auf. Mein Gott, selbst in diesem Zustand konnte sich das Mädchen noch um andere kümmern! „Ich wollte nur ein bisschen frische Luft schnappen. Vielleicht bin ich etwas seekrank.“

Shera plumpste auf ihr Bett und entschuldigte sich, dass sie Iris aufgeweckt hatte.

„Nein, nein. Ich habe noch nicht geschlafen.“

„Du bist ein dummes Mädchen. Bald wird es Tag!“

Shera erhob sich. Sie drückte Iris’ Schultern aufs Bett und presste ihren Kopf auf das Kopfkissen. „So! Jetzt wird gepennt!“

„Ups! Hey, hey, ich kann ja kaum mehr atmen!“

Eigentlich war beiden alles andere als lustig zumute, doch auch unechte Heiterkeit war immerhin eine Art Heiterkeit.

Shera verdrängte ihre Sorgen und rief: „Wenn wir in Mhaura ankommen, dann lass uns richtig einen draufmachen!“

Iris machte ein etwas ängstliches Gesicht.

„Was hast du denn?“, staunte Shera.

„Äh … i… ich, ich will aber lieber keinen Alkohol …“

„Was quatschst du denn da für dummes Zeug. Essen,

Saufen und es richtig krachen lassen. Das sind die Freuden des Lebens! Nur dafür habe ich mir meine Fähigkeiten angeeignet!“

„Ähm … was meinst du denn damit, welche Fähigkeiten, vielleicht …?“ Iris neigte ihren Kopf fragend zur Seite.

Grinsend erklärte Shera: „Man sagt doch, nichts schmeckt besser als ein Schnaps, der nichts kostet, oder?“

Jetzt lachte auch Iris. „Na ja, ganz in Ordnung finde ich das aber nicht!“ Auch wenn sie ein bisschen säuerlich klang, immerhin lachte sie.

Als Shera das sah, zog sie die Decke über sich. Weit über den Kopf. Wenn sie jetzt einschlief und wieder aufwachte, dann waren sie bereits in Mhaura. Doch … Obwohl sie in ihre Heimat reiste, die sie so lange nicht gesehen hatte, fühlte sie keine Spur von Heiterkeit. Es gab zu vieles, was ihr nicht gefiel. Unter der Decke stieß Shera heimlich einen langen Seufzer aus.

M A N D R A G O R A

KAPITEL 2

I

Pong, pong! Höflich, aber entschieden wurde an die Türen geklopft.

„Ja! Bin schon wach!“, erwiderte Al, der sich bei dem Geräusch sofort im Bett aufgerichtet hatte. Die Schritte eines Seemanns im Ohr, die auf dem Gang zu hören waren, wurde ihm langsam klar, dass sie soeben Mhaura erreicht hatten.

Durch das kleine Bullauge fiel gleißender Sonnenschein in die Kabine. Es war blendend hell. Blinzelnd blickte er zu dem Bett nebenan. Es war bereits leer. Al begriff, dass er verschlafen hatte. Hastig machte er sich fertig. *Er hätte mich doch aufwecken können,* beklagte er sich innerlich. Doch Max verhätschelte ihn nicht.

Ein Signal ertönte, und das Schiff hielt langsam an.

Während er über das Verbindungsbrett ging, betrachtete er den Hafen. Am Kai befanden sich einige viereckige Häuser, die wahrscheinlich aus Lehm gebaut waren. Nicht einmal irgendwelche Lagerhäuser waren vorhanden, sondern nur ganz gewöhnliche Häuser.

Und am Kai lag ein alter Kater. Er hatte ein schmutziges Fell und schlummerte tief auf übereinandergestapelten Holzkisten. Jemand hatte ihm wohl zu Fressen gegeben. Denn neben den Kisten lag ein abgeschlagener Fischkopf.

Auf der Straße war wenig los. Genau wie am Hafen von Selbina. Seitdem das Flugschiff den Großteil des Transports zwischen den Kontinenten übernommen hatte, waren wohl auch hier die Hafenanlagen ziemlich heruntergekommen.

„Oi, oi, oi! Endlich da!“, stöhnte Shera und reckte ihre Arme hinter dem Kopf in den Himmel.

Peta, die den letzten Schritt gehüpft und mit einem Sprung auf dem Kai gelandet war, drehte sich schwungvoll um. Sie legte ihre Rechte auf die Brust und verbeugte sich leicht. Dann wies sie mit theatralischer Geste auf den Hafen: „Herzlich Willkommen auf dem Kontinent Mindartia! He, he …!“ Dann tat sie so, als wäre ihr ihre übertriebene Vorstellung etwas peinlich.

Shera warf ihr einen kühlen Blick zu, als wollte sie sagen: Was soll denn der Quatsch!

Al musste unwillkürlich lächeln, dann verstand er plötzlich, warum Peta so eine Show abzog. Er blickte heimlich auf Iris, die neben Max lief.

Auch um Iris’ Lippen spielte nun ein Lächeln. Dass auch ein Ausdruck von Schmerz auf ihrem hübschen Gesicht lag, bildete Al sich keineswegs nur ein. Trotzdem schien sie sich ein bisschen erheitert zu fühlen.

Alles, was Peta tat, hatte einen Sinn, auch wenn man es nicht immer gleich bemerkte. Das würde Al niemals können. Er fragte sich, ob es am Altersunterschied lag oder daran, dass Peta eine Frau war oder doch an den vielen Erfahrungen, die sie schon gesammelt hatte? Er wusste es nicht. *Ich kann jedenfalls nichts anderes, als mich so wie immer zu verhalten.*

„Hm? Was hast du denn?“, fragte ihn Peta plötzlich und blickte ihn milde lächelnd an.

„Na ja“, entgegnete Al. „Ich dachte gerade, es gibt hier ja wirklich ziemlich viele Tarutarus und Mithras.“

Die meisten der wenigen Leute im Hafen waren Tarutarus mit kindlichem Aussehen oder Mithra-Frauen mit katzenähnlichen Ohren und langen schmalen Schwänzen. Hume oder Elvaaner waren kaum zu sehen. Geschweige denn Galkas, die hier offenbar eine Seltenheit waren, da alle Leute Max kurze, verstohlene Blicke zuwarfen.

„Na, klar! In Mindartia hat es ursprünglich nur uns gegeben, die Tarutarus!“

Bei Petas Rede schmollte Shera: „Tut mir leid, dass wir uns aufgedrängt haben.“ Wie Shera erzählte, hatte sich der Stamm Tarutaru als erster auf Mindartia niedergelassen. Die Mithras waren erst viel später übers Meer auf den Kontinent verschlagen worden. Ihre Heimat hatte sich angeblich auf einer weit entfernten Insel befunden. „Aber ich bin hier aufgewachsen. Deshalb ist Mindartia meine Heimat“, meinte sie dann mit sanftem Lächeln. Sie schien sich jetzt doch darüber zu freuen, in ihre Heimat zurückzukehren.

In diesem Augenblick tauchte eine Frage in Als Kopf

auf: Wieso hatte Shera Mindartia überhaupt verlassen? Das hätte er gerne gewusst, aber er zögerte, das auszusprechen, weil er nicht zu neugierig erscheinen wollte. Während er noch hin und her überlegte, wurde das Thema bereits gewechselt.

„Und, was machen wir jetzt?“, Shera beobachtete die anderen Passagiere, die sich in alle Richtungen zerstreuten.

„Da es noch Vormittag ist, sollten wir sofort aufbrechen. Zur Hauptstadt von Windurst brauchen wir mindestens zehn Tage. Es schadet nichts, unsere Reise so früh wie möglich fortzusetzen“, schlug Max vor.

Peta nickte zustimmend.

Doch Shera murrte vor sich hin, dass sie sich so sehr darauf gefreut hätte, in einer Gaststätte erst mal was zu trinken. Bei Max ermahnenden Worten – „dazu hast du noch früh genug Gelegenheit“ – zuckte sie knurrend mit den Achseln.

„Alles Gute für Euch alle!“ Da stand eine Dame mit einer Harfe im Arm. Leysha. „Ich wünsche eine gute Reise“, sagte sie und verbeugte sich leicht. Dann ging sie Richtung Hafen davon, wo es etwas belebter wurde. Al erinnerte sich, dass sie in Mhaura etwas zu erledigen hatte. Ihr silbernes, langes Haar schwang links und rechts im selben Takt wie ihre Hüften.

„Was gibt's denn da zu glotzen!“

Al drehte sich um.

Iris warf ihm einen bösen Blick zu.

„Ähm … tja, … wollten wir nicht auch gleich los?"

„Keine Ahnung!" Iris wandte ärgerlich ihr Gesicht ab, und Al kratzte sich verlegen am Kopf.

Sich so wie immer verhalten – *das* hatte er damit vorhin eigentlich nicht gemeint. *Na ja. Egal!*

Al und seine Kameraden beschlossen, den Hafen gleich zu verlassen.

+ + +

Nachdem Mhaura hinter ihnen lag, kamen sie nach einer Weile an ein Tor, das sich mitten auf einem öden Feld befand. Genauer gesagt, die Ruine eines Tores. Eigentlich waren es nur zwei Säulen.

Al, der den anderen etwas voraus war, wunderte sich, wozu sie gut sein sollten.

Als Iris ihn eingeholt hatte, blickte sie ebenfalls verwundert auf.

„Oh je! Schnell weg, schnell!" Hinter ihnen ertönten Petas laute Rufe.

Al entdeckte nur eine riesige Staubwolke, die sich von Westen her näherte. Als sie um einen Hügel bog, der vor ihnen lag, konnte er genauer erkennen, was sich ihnen da näherte.

Ein gelber Haufen Chocobos, die von Abenteurern geritten wurden.

Chocobos waren Vögel, ein Mittelding aus Huhn und Strauß, und so riesig, dass man darauf reiten konnte. Sie konnten zwar nicht fliegen, aber sie rannten so schnell wie der Wind.

Das bräunliche Gebirge im Hintergrund, stürmten sechs gelbe Chocobos in einer Reihe geradewegs auf Al und Iris zu. Ohne ein Anzeichen, dass sie ausweichen würden.

„Weg da! Weg, weg, weeeeeg!", brüllte eine Frauenstimme

Jedes Mal, wenn die kräftigen, krallenbewehrten Füße eines Chocobos aufstampften, erhob sich eine weiße Staubwolke über dem grauen Boden. Bevor die Wolke, die der erste Chocobo aufgewirbelt hatte, sich wieder legte, stampfte schon der nächste auf dieselbe Stelle und wirbelte noch mehr Staub auf. Die Staubwolke war fast so hoch, wie die Chocobos selbst.

„Al ... Al! Weiche ihnen aus! Sonst rennen sie dich um!", warnte ihn Iris.

Der gelbe Haufen stürmte direkt auf ihn zu.

„Hey! Halt, Stopp!", schrie Al und machte einen Schritt zurück. Er rutschte aus und trat mehrmals auf der Stelle.

„AL!"

„Uppppps!" Das war knapp. Direkt vor seiner Nase, nur etwa drei Schritte entfernt, schwappte die gelbe Welle vorüber.

„Tschuldigung!" Das war eine Hume-Kämpferin, offenbar die Anführerin der Truppe. Aber es hörte sich nicht so an, als würde es ihr wirklich leidtun. Dann waren sie weg.

Nur ihr lauter Galopp war noch zu hören. Eine Staubwolke verdeckte sie.

Der Staub erwischte nicht nur Al, sondern auch die anderen, die etwas weiter entfernt standen. Alle zusammen mussten sie heftig husten!

„Oh Mann! Unverschämtheit!“, schimpfte Shera, die immer noch husten musste und Tränen in den Augen hatte. „Wieso nehmen sie nicht die Landstraße!?“, beschwerte sie sich und legte ihre Hand an den Dolch, den sie an der Hüfte trug. Als sie vor sich hinmurmelte, ob sie vielleicht ihren Dolch hinterherschicken sollte, war schwer zu sagen, ob sie das ernst meinte. Doch als der Staub sich endlich gelegt hatte, waren die Reiter schon so weit entfernt, dass Sheras Dolch ihnen nichts mehr anhaben konnte. „Wenn ihr mir noch mal in die Quere kommt, endet ihr als Grillhähnchen!“, brüllte sie ihnen mit erhobenen Fäusten nach.

„Chocobos sind sehr schnell, und es macht richtig Spaß, darauf zu reiten. Deshalb möchte man unbedingt den kürzesten Weg nehmen“, erzählte Peta. „Vielleicht waren sie noch Anfänger, die das Reiten gerade erst gelernt haben. Wir sollten ihnen verzeihen.“ Petas sanfter Blick folgte den Reitern und ihren Tieren, die in der Ferne schon zu kleinen Punkten geworden waren.

„Aber dass sie die Chocobos reiten können, ist schon eine tolle Sache! Ich wünschte …“, seufzte Iris. Sie sah richtig neidisch aus. Anscheinend war sie, zumindest ihrem Aussehen nach zu urteilen, wieder ganz die Alte.

Al fühlte sich etwas erleichtert.

„Na ja. Wenn ihr reiten könntet, wären wir viel schneller in Windurst …“

Auf diese Bemerkung von Max fragte Al: „Wie? Meint Ihr etwa von San'doria nach Windurst, Herr Max?“

Wie sollte man auf einem Chocobo vom Kontinent Quon auf den Kontinent Mindartia gelangen? Das Bild, das in diesem Augenblick in Als Kopf Gestalt annahm, war ein Chocobo, der sich auf offenem Meer, mit ausgebreiteten Flügeln flatternd, äußerst mühsam über Wasser hielt. Aber irgend etwas stimmte mit diesem Bild nicht so recht …

„Hm? Ach, wusstest du das etwa nicht, Al? Man kann zu Fuß gehen“, erklärte Peta.

„Was?!“ Warum hatten sie dann eine so mühsame Schiffsreise gemacht?

„Weißt du, die Kontinente sehen ungefähr so aus.“ Es war eine gute Gelegenheit, genauer darauf einzugehen, und Peta erklärte es Al, indem sie mit ihrem Kurzstock, den sie an der Hüfte trug, etwas auf den Boden zeichnete. Es sah aus, als ob ein Schmetterling seine Flügel ausbreitete. „Also! Da oben ist Norden, klar?“ Peta zeigte mit ihrem Stock auf den linken Flügel: „Das ist der Kontinent Quon." Anschließend deutete sie auf den rechten Flügel: „Und hier haben wir Mindartia."

„Oh je. Das ist aber eine miese Landkarte! Die Kontinente sehen völlig anders aus, als auf einer Karte, die ich früher mal hatte!", mischte Shera sich ein.

„Wenn man's ungefähr versteht, reicht es doch, oder?!" Peta blies schmollend die Wangen auf.

„Aber … ich wusste gar nicht, dass Peta so schlecht im Zeichnen ist", stellte Iris mit ernsthafter Miene fest.

Das machte Peta deutlich zu schaffen. Sie senkte ihren Kopf: „Schon gut … ich lass es bleiben!"

„Nein, nein! Bitte nicht. Das ist doch gut. Sehr gut sogar. Außerdem ist es das erste Mal, dass ich eine Landkarte mit beiden Kontinenten zu Gesicht bekomme", mischte Al sich schnell ein, um Peta wieder zu versöhnen.

„Hey, wie willst du überhaupt wissen, ob es gut ist, wenn du so eine Karte jetzt zum ersten Mal siehst?", stichelte Shera.

Al brach der Verlegenheitsschweiß aus, doch er gab sich nicht so schnell geschlagen. „Ist doch egal! Sag mal, wo auf dieser Landkarte liegt denn ungefähr Mhaura?"

„Willst du wirklich, dass ich es dir erkläre?", fragte Peta und schielte zu ihm hoch. Al nickte eifrig. Denn irgendwie hatte er das Gefühl, dass es genau auf diesen

Moment ankam, ob die zehn Reisetage nach Windurst angenehm verliefen oder nicht.

„Wirklich? Also gut. Dann …“, setzte Peta ihre Erklärung fort, wenn auch noch etwas beleidigt. Laut ihrer Aussage befand sich der Hafen von Mhaura, wo sie gerade angekommen waren, ganz unten am rechten Flügel. Der Ort, von dem sie abgereist waren, der Hafen von Selbina, lag hingegen am unteren Rand des linken Flügels.

Al und seine Kameraden hatten diese beiden Punkte verbunden, indem sie mit dem Schiff gefahren waren.

„Die Halbinsel, auf der sich der Hafen von Mhaura befindet, heißt Buburimu. Die Abenteurer auf den Chocobos waren vermutlich zur Ostküste der Halbinsel unterwegs. Wir hingegen müssen nach Westen, wo wir demnächst eine Schlucht namens Tahrongi erreichen.“

Nachdem Peta die Lage der Länder und ihren gegenwärtigen Standort erklärt hatte, kehrte sie zum eigentlichen Thema zurück. „Nun, etwa hier liegen die beide Kontinente so nah beieinander, dass man über eine Brücke von einem zum anderen laufen kann“, Peta deutete mit dem Stock auf die Stelle, wo sich die Flügel fast berührten. „Und hier liegt auch das Großfürstentum Jeuno.“

„Ah … Jeuno …“, wiederholte Al andächtig.

Der Name dieses Landes war auch ihm bekannt. Jeuno hatte die Völker von Altana, die auf zwei Kontinenten siedelten, vereint, um eine militärische Allianz von ganz

Altana zu gründen. So hatten beide Kontinente zusammen im Krieg gegen die Beastmen gekämpft. Das Großfürstentum Jeuno war jenes legendäre Land, das schon in den Sagen der Geschichtenerzähler eine Hauptrolle spielte.

„Aha, so ist das. Über Jeuno kann man also Windurst erreichen."

„Genau", freute sich Peta, dass auch ein dummer Schüler einmal etwas begriffen hatte.

„In der Gegend um Jeuno wimmelt es von Beastmen", bemerkte Jed knapp. Darauf nickte Max: „Dort hat man nur eine Chance, wenn man auf den Chocobos einfach durchreitet. Doch einige in unserem Bündnis können nicht reiten. Also hatten wir keine andere Wahl."

„Wenn ich und Iris reiten könnten, wären wir also viel schneller vorangekommen."

„Na ja, so kann man das sagen …", murmelte Max.

Iris machte ein Gesicht, als wollte sie um Entschuldigung bitten.

„Na, ich kann auch nicht reiten. Ich hatte keine Zeit zu lernen, wie man mit so einem Vieh umgeht. Aber selbst wenn ich es könnte: Nein danke! Da fällt man sicher leicht herunter. Schrecklich, oder?" Shera nahm Jeds Arm und forderte seine Zustimmung. Eigentlich sollte sie schon begriffen haben, dass er es hasste, wenn sein Arm in Beschlag genommen wurde, aber sie schien immer noch nicht genug zu haben.

Jed erwiderte, während er sich unauffällig von ihr löste: „Ich kann reiten."

Sichtlich beleidigt, insistierte Shera: „Ein Vogel ist zum Essen da, nicht zum Reiten!"

Um Himmels Willen, das kann man so wirklich nicht sagen, dachte Al, aber er wagte es nicht, ihr zu widersprechen. Er hatte nämlich ein wenig Angst vor Shera.

Doch offenbar gab es jemanden unter ihnen, der völlig furchtlos war. Kurz und trocken erwiderte Jed: „Chocobos kannst du essen, aber sie schmecken nicht." Nach diesem Satz ging er schnellen Schrittes weiter.

Die fünf anderen blickten ihm erschüttert hinterher.

„Also bitte! Das war doch wohl ein Scherz, oder?"

„Hoffentlich!", kommentierte Al Iris' Frage und tauschte einen Blick mit ihr.

Wenn es kein Scherz war, erschien es ihm schon ziemlich heftig. Doch selbst wenn Jed es als Scherz gemeint hatte, blieb es immer noch ein starkes Stück.

„Irgendwie ist Jed komisch."

Diese Worte von Iris bereiteten Al einige Sorge.

„Was ist!?" Jed, der um einige Schritte vorausgelaufen war, drehte sich um. Er sah eigentlich aus wie immer … oder doch nicht?

„Äh, nichts!" Al warf einen Blick in die Runde, und dann sagte er: „Also dann! Lasst uns aufbrechen!"

+ + +

Vor zwei Tagen hatten sie den Hafen von Mhaura verlassen.

Die Halbinsel Buburimu bestand weitgehend aus Ödland mit grauen Felsen und Steinen. Nur an einigen Flecken wuchs Gras. Irgendwie kam es Al bekannt vor.

„Sieht so ähnlich aus wie in Gustaberg", sprach Iris, die sich wohl an die Landschaft im Umkreis der Stadt Bastok erinnerte, seine Gedanken aus.

Al konnte ihr nur zustimmen.

Weit in der Ferne erhoben sich einige steil aufragende Felsen. Der Boden vor ihnen war steinig. Es war eine durch und durch graue Landschaft, so weit das Auge reichte.

Doch gab es hier auch Einiges, was in Gustaberg nicht zu finden war:

Zum Beispiel die Steintürme, die so hoch aufragten, dass man ihre Spitzen nicht mit der Hand erreichen konnte.

Diese Steintürme, die hier und da auftauchten, sahen aus wie Stalagmiten. Sie leuchteten nachts an der Spitze grün. Ob es besonderes Gestein war oder felsenähnliche Lebewesen? Oder ob es sich um irgendwelche Ruinen handelte?

Selbst Peta wusste dies nicht.

Auch die riesigen, grauen Bäume, die vereinzelt wuchsen, und immer zahlreicher wurden, je weiter sie sich von Mhaura entfernten, wirkten äußerst merkwürdig.

Nur an der obersten Spitze dieser Bäume breiteten sich große Blätter aus und hingen voller Blüten oder Früchte. In Als Reichweite befand sich kein einziger Ast, den man hätte abbrechen können – nur der harte Stamm. In den letzten beiden Nächten hatten sie es deshalb ziemlich unbequem gehabt, da kein Brennholz aufzutreiben war.

Als Al darüber redete, erläuterte ihm Max: „Nun, es gibt durchaus Lebewesen, die sich diese Bäume zunutze machen." Mit seinem mächtigen Zeigefinger wies er auf einen Hügel, der sich vor ihnen erhob. „Sieh mal!"

Tatsächlich war dort oben auf dem Hügel ein seltsames Wesen erschienen.

Iris schluckte.

Auch Al hielt für einen Moment seinen Atem an.

Ein solches Monster hatten sie noch nie gesehen.

Im ersten Augenblick ähnelte es einem vierbeinigen Tier – wenn man nur den Unterkörper betrachtete, unterschied es sich nicht grundlegend von einem Wolf oder einem Hund. Es hatte ein katzenähnliches, hellbraunes Fell mit dunkelbraunen Streifen. So weit war alles normal.

Doch sein Hals war außergewöhnlich lang. Zu lang. Sein Kopf konnte das Dach eines zwei- – nein – dreistöckigen Hauses erreichen. So hoch oben befand er sich.

„Das ist ein Dahlmel."

Dieses Monster näherte sich gemächlich einem der

hohen Bäume und nahm einige Blätter von der Spitze ins Maul. Dann schüttelte es seinen Kopf, um die Blätter abzureißen und begann, sie genüsslich zu zermalmen.

Und es war offenbar nicht alleine.

Auf einmal trotteten mehrere Dahlmels herum und verspeisten die Blätter, die sich nur hoch oben an der Spitze der Bäume befanden. Vielleicht hatten ihre Hälse sich mit der Zeit gedehnt, um diese Blätter erreichen zu können? Oder hatten diejenigen mit kürzerem Hals kein Futter gefunden, sodass nur die Langhalsigen überlebt hatten?

Al und Iris blieben unwillkürlich stehen.

Die anderen setzten ihren Weg auf der Straße fort.

Diese Straße führte über den Hügel mit den Dahlmels.

Al und Iris beeilten sich, Max und die anderen wieder einzuholen.

Die beiden waren die Einzigen, die noch keine Erfahrung mit dem Kontinent Mindartia hatten. Die anderen Vier waren schon mehrmals hier gewesen.

Da ihre Kameraden sich den Tieren unbeeindruckt näherten, musste es wohl sicher sein, dachte Al. Trotzdem fand er diese Wesen äußerst furchteinflößend. Wenn er von einem dieser Dahlmels zertreten würde, wäre er wahrscheinlich flach wie eine Flunder.

„Sie fressen nur Pflanzen. Mach dir keine Sorgen!“ Auch als Max ihn beruhigte, dauerte es eine Weile, bis Als Herzschlag sich wieder normalisierte, nachdem es vorher ganz laut gepocht hatte.

Sie kamen auf dem Hügel an.

Al und Iris erschraken abermals.

Zu Füßen der Dahlmels huschten kleine Lebewesen umher, auf deren Köpfen Keimblätter wuchsen.

„Das gibt's ja nicht! Laufendes Gras!"

Bei Iris' Ruf hörten diese seltsamen Wesen auf, herumzutrippeln und drehten sich um.

Unwillkürlich schaute Al eines von ihnen genauer an.

Tatsächlich glich es – wie Iris vermutet hatte – einer Pflanze. Allerdings nicht Gras, sondern eher einer Rübe. Wenn man die Äcker in Als Heimatdorf umgrub, kamen Rüben zum Vorschein, die ebenso dick und rundlich geformt waren. Oben befanden sich grüne Blätter und unten dran ein Anhängsel, das wie ein dünner Bart aussah.

Allerdings hatte Al niemals bemerkt, dass die Rüben in seinem Dorf auf dem Acker herumliefen!

Al bückte sich, um eines der Wesen genauer in Augenschein zu nehmen. Es schien ihm irgendwie, dass es einem Menschen ähnlich sah.

Die Wurzeln, die in zwei Richtungen wuchsen, glichen den Beinen; unter dem mit Blättern bewachsenen Kopf gab es eine Art Einschnürung, wie ein Hals, und darunter befand sich gewissermaßen der Oberkörper. Außerdem – zu ähnlich, um Zufall zu sein – hingen direkt unter dem Hals noch zwei weitere haarfeine Wurzeln, die den Armen glichen.

Der ganze Körper war weiß – wie eine, mit weißem

Stoff umwickelte Puppe. Dieses Wesen lief ungeschickt und wackelnd umher.

„Lasst es bloß in Ruhe!"

Nach Petas Warnung zog Al seine Hand, die er schon ausgestreckt hatte, hastig wieder zurück.

„Ist es gefährlich?"

In Vana'diel gab es eine Unmenge von Kreaturen, deren Anschein täuschte. Nicht selten verfügte ein Lebewesen von lieblichem Aussehen über ein tödliches Gift.

„Na ja. Sie werden dich nicht angreifen, solange du sie nicht reizt. Außerdem sind sie nicht sonderlich stark."

„Wie heißen sie denn?", Iris bückte sich und betrachtete eines davon staunend.

„Mandragoras."

„Ma…man-dara-dra?"

Bei diesem seltsamen Wort biss Al sich fast auf die Zunge.

„MAN-DRA-GO-RAS! Sie sind zwar nicht stark. Aber wenn sie hinfallen, dann brechen sie in ein suuuuupeeeeer schreckliches Geschrei aus."

„Ein schreckliches Geschrei?"

„Genau." Peta setzte ein hinterhältiges Grinsen auf, dann holte sie tief Luft:

Sofort hielten Max und die anderen sich die Ohren zu.

Al und Iris, die nicht vorgewarnt wurden, glotzten Peta ahnungslos mit weit geöffneten Mündern an.

Peta schrie: „GYÄÄÄÄÄÄÄÄÄÄÄÄÄÄÄÄÄÄÄÄ-

ÄÄÄÄÄÄÄÄÄÄÄÄÄÄÄÄÄÄÄ!“ Dann ließ sie sich plötzlich auf den Rücken fallen.

Al hielt sich schnell die Ohren zu, aber das war schon zu spät. Sein Trommelfell wäre beinahe geplatzt. Auch als er seine Hände wieder heruntemahm, hallte Petas „ÄÄÄÄÄÄ“ immer noch tief in seinen Ohren.

Es war sozusagen ein Todesschrei.

Die Dahlmels blickten verstört zu ihnen herüber, um zu sehen, was hier vor sich ging. Dann trotteten sie alle weiter, als wollten sie sagen, dass sie sich sehr belästigt fühlten. Sie zogen es wohl vor, irgendwo in aller Ruhe ihre Mahlzeit einzunehmen. Bei einem solchen Geschrei verging ihnen vermutlich der Appetit. Bestimmt.

„Na, hört es sich wirklich soooo schrecklich an!?“, Iris warf Peta mit feuchten Augen einen vorwurfsvollen Blick zu.

Flink sprang Peta wieder auf, dann erwiderte sie mit gelassener Miene: „Aber ja! Deshalb ist es besser, ihr lasst sie in Ruhe.“

Die beiden konnten nichts anderes tun, als nicken: „Verstanden.“

Al bemerkte, dass auch die Mandragoras irgendwohin verschwunden waren.

Er hatte bereits gelernt, dass hier auf Mindartia alles anders war als auf dem Kontinent Quon. Die Logik hier erschien ihm bisher äußerst rätselhaft.

Nach einem Seufzer streckte er seinen Rücken und stand auf.

Hier passierten ständig unvorhersehbare Dinge.

„Also dann, gehen wir weiter!“

Südlich der Landstraße, etwa dreißig Schritte entfernt, bemerkte Al eine kleine Hütte, einen Vorposten, den die Regierung von Windurst eingerichtet hatte. Sie gingen jedoch daran vorbei, um schnell vorwärts zu gelangen.

Je weiter sie nach Westen kamen, desto näher rückte von Norden und Süden das Gebirge an sie heran.

Zum dritten Mal seit sie auf Mindartia waren, ging die Sonne unter. Diesmal in einem von zwei Bergen geformten V.

„Wenn wir dort durchgehen, kommen wir in die Schlucht von Tahrongi“, sagte Peta.

Dann werden wir also heute Nacht in der Schlucht lagern, dachte Al.

In diesem Moment ertönten Hilferufe. Ein kleiner Abenteurer, der von einem riesigen Untier verfolgt wurde, stürmte auf sie zu.

+ + +

„Hiiiiiilfeeeeeee!“ Es war die Stimme eines Kindes. Eines Jungen.

Doch konnte man nicht ganz sicher sein, ob es sich wirklich um einen Jungen handelte. Denn wer da verfolgt wurde, war ein Tarutaru. Seine kurzen Beine schleudernd, flitzte er auf sie zu.

Natürlich stürzten auch Al und seine Kameraden ihm entgegen.

Das Monster hinter ihm war ein Dahlmel! Ziemlich groß.

„Ein lästiges Ding, das ihn da verfolgt“, bemerkte Peta.

„Ich dachte, die seien harmlos?!“, schrie Al, der neben Peta lief. Es war also doch nicht ganz so, wie es ihm gerade erzählt worden war.

„Der da ist ... eine Ausnahme. Wir ... sollten ihm eigentlich erst begegnen ..., wenn wir ... in Tahrongi sind ... Er ... wird ... ‚Serpopard‘ ... genannt.“ Da Peta das im Laufen erklärte, geriet sie ziemlich außer Atem.

„Was? Serpopard?“

„Ja. Weil er einen langen Hals hat wie eine Schlange, also *Serpent*, und einen Körper wie ein *Leopard*.“

Nun ja, wie Al bereits geahnt hatte, die Namensgebung war wieder einmal äußerst simpel.

„Leicht zu verstehen, oder? Aber dieser hier hat ein ziemlich *wildes Temperament*.“

Ah ja. So war das also. Al nickte. Er hatte schon gehört, dass es bei jeder Art gewisse Sonderfälle gab, die äußerst wild waren. Solche Ausnahmen wurden natürlich schnell bekannt.

Niederträchtige Monster, die sofort angriffen, sobald ihnen irgendetwas nicht passte. Richtig lästig!

Al sah, dass Max, der den Tarutaru-Jungen als Erster erreicht hatte, ihm hinter seinem Rücken Deckung gewährte. Max fragte den Jungen, ob er in Ordnung wäre.

Der konnte nur noch nicken. Er war völlig außer Atem und keuchte heftig. Dann sackte er auf der Stelle zusammen. Anscheinend hatte er nicht einmal mehr genug Kraft, etwas zu sagen.

Zum Glück schien er nicht verletzt zu sein.

Als Kameraden traten alle zwischen den Jungen und das Dahlmel.

Iris sprach schnell die Zauberformel: „*Schutz breite sich aus*!"

Bevor der Serpopard sie erreichte, wirkte der Schutzzauber schon auf alle Mitglieder des Bündnisses.

„Nehmt ihn in die Zange!" Jed sprintete los, um in den Rücken des Serpopards zu stechen.

Da drang bereits das Glitzern von Petas Bio-Zauber in den Körper des Monsters ein.

Shera trat zurück und kümmerte sich um den Jungen.

Als Erster schlug Al zu, um die Aufmerksamkeit des Monsters auf sich zu lenken.

Er erwischte es am rechten Vorderbein, und einige Haare flogen durch die Luft. Er hatte es nur gestreift.

Doch aufgrund dieses Angriffs schien diese bösartige Abart eines Dahlmels beschlossen zu haben, sich Al als Ersten vorzunehmen.

„EEEEEEE!", ertönte ein lautes Brüllen.

Al ging ein wenig in die Hocke und hob beide Fersen vom Boden. Dabei achtete er darauf, sein Gewicht gleichmäßig auf die Zehenspitzen zu verteilen. *Wie wird er mich angreifen?* Er registrierte, wie Jed am Rand seines Sichtfeldes einen Verstärkungszauber ausführte. Um Jeds schmales Schwert zuckten Blitzfunken. Es war der Blitz-Energie-Zauber „Donner+".

Der Serpopard hob sein gewaltiges Bein.

Von oben! Ein riesiger Huf sauste auf Als Kopf herab. *Mit dem Schild – nein, dieses Gewicht kann ich damit nicht aufhalten!* Al warf sich sofort nach vorne und rollte unter den Bauch des Dahlmels.

Alles drehte sich um ihn. Sein Rücken schrammte über den Boden. Der Metallpanzer biss durch den Stoff seiner Kleidung in die Haut. Schmerzen liefen ihm den Rücken hinunter. Als er unter dem Dahlmel landete, verschwand die Sonne, da der Körper des Untiers sie verdeckte.

Als Al seinen Purzelbaum beendet hatte, lag er direkt vor einem braunen Hinterbein.

Al hieb sein Schwert hinein.

Sofort rollte er sich unter dem Tier hindurch ins Freie – hätte er nur einen Augenblick länger gezögert, wäre er sofort in den Erdboden gestampft worden.

„EEEE!!" Wütendes Gebrüll ertönte. Der Serpopard stampfte auf den Boden. Damm, damm!

Als Al sich umdrehte, war er gerade dabei, seinen langen Hals zu wenden, um zu sehen, wer ihn verletzt hatte.

Sein hasserfüllter Blick traf Al.

Dessen Herz begann, gewaltig zu pochen. Schweiß und Blut flossen seinen Rücken hinab. Hastig versuchte Al, sich wieder aufzurichten.

Doch da stellte Jed sich vor ihn – mit dem von gleißendem Blitzfunkeln umgebenen Schwert in der Hand.

So konnte Al aufstehen. Sofort rannte er an Jeds Seite.

Die beiden schlugen nacheinander zu.

Die Stelle, wo der lange Hals aus dem Körper ragte, befand sich direkt über ihnen. Darauf zielten sie. Denn diese Stelle bildete wahrscheinlich den Schwachpunkt des Monsters.

Doch das war wirklich ein zäher Brocken. So leicht ließ es sich nicht erledigen.

Trotzdem schlugen Al und Jed ein weiteres Mal nach dieser Stelle.

Natürlich hatte der Serpopard jetzt nur noch Augen für die zwei.

„Gut!“

Hinter dem Untier war eine gedämpfte, brummende Stimme zu hören. „Ooooooo...ooo.“ Max konzentrierte sich darauf, seine innere Energie zu verdichten.

„Oooooo...“ Er hielt sein beidhändiges Schwert gerade vor die Augen und richtete es dann auf den Serpopard.

Al sah, wie aus Max’ Körper die innere Energie heraussprudelte wie aus einer Quelle. Sie strömte in das beidhändige riesige Schwert, das aufgrund der aufgenommenen Energie noch größer wirkte.

Er holte aus! „OOOOOOO!“

Goooo! Ein die Luft durchschneidendes, schweres Geräusch malträtierte Als Trommelfell. Das war der „Kraftschlitzer“!

Das Schwert, das vom rechten Hinterteil des Serpopards bis zum Bauch durchgezogen wurde, schnitt auch noch in den Boden und schleuderte Kies durch die Luft.

Ein kleiner Stein sprang hoch und traf Max an der Wange. Doch er blinzelte nicht einmal.

Das war ein Schlag ganz nach seinem Herzen!

„Ehhhh!“ Sogar das Brüllen des Serpopards brach in der Mitte ab. Langsam kippte er zur Seite.

Fantastisch! Al konnte nicht anders, als Max fasziniert zu betrachten.

Der richtete noch für eine Weile seinen wachsamen Blick auf das gefallene Dahlmel, und erst als er sicher war, dass er das Monster für immer erledigt hatte, ließ er sein Schwert sinken.

„Suuuuuuupeeeeeeer!“ Der Tarutaru-Junge kam auf Max zugerannt, der seinen Atem beruhigte. „Mensch! Du bist ganz große Klasse!“ Er hüpfte um Max herum und rief immer wieder: „Klasse, klasse!“

„Hey, Al! Beweg dich nicht!“ Mit diesen Worten ging Iris zu Al.

Er fragte sie: „Ist er in Ordnung?“

„Scheint so“, erwiderte Iris, während sie seine Verletzung am Rücken prüfte. Dann rezitierte sie die Zauberformel für „Starkes Heilen“.

Heilender Wind umfing Als Körper. Auf einmal waren die Schmerzen wie weggeblasen. „Er ist wohl unverletzt. Außerdem scheint er, trotz seines Aussehens, ein Abenteurer zu sein.“

„Wirklich? Ein Abenteurer?“

Das konnte ja wohl nicht wahr sein! Denn er hatte weder ein Schwert noch einen Schild dabei und trug nur ein Hemd aus grober Baumwolle, mit einem breiten, weißen Band um die Taille: Also eine äußerst schlichte Bekleidung.

Der Tarutaru-Junge drehte sich um. Er hob seine rechte Hand und ballte sie zur Faust, dann rief er: „Ich heiße Chitto. Und auch wenn es nicht so aussehen mag: Ich bin ein Mönch!“

✦ ✦ ✦

Sie kamen wieder zu dem kleinen Vorposten zurück, an dem sie soeben vorbeigelaufen waren.

„Bis hierher ist es genug.“

Al und seine Kameraden blieben stehen.

„Ich werde mich dort ein bisschen ausruhen“, Chitto wies mit dem Finger auf die Hütte. Dort sei ein Wächter stationiert und er könne sich in Ruhe erholen, fuhr er fort.

Al und seine Kameraden waren vor der Schlucht umgekehrt und hatten Chitto hierher begleitet.

„Ist wirklich alles in Ordnung mit dir?"

Auf Max' Frage antwortete der Tarutaru-Junge mit gerade aufgerichtetem Rücken: „Ja, ja! Alles in Ordnung, verehrter Herr Max!"

Max verzog sein Gesicht. Auf dem Weg hierher hatte er den Jungen wiederholt ermahnt, ihn nicht mit „verehrter Herr" anzureden, was der Junge bis jetzt ignoriert hatte.

„Warum hält er eigentlich nur Onkel Max für so etwas Besonderes …!?", murmelte Iris leise, sodass nur Al es hörte.

Chitto war von Max völlig begeistert, seit er seine Kampfweise – das eiserne Schwert – gesehen hatte. Er hatte aufgehört, ihn zu duzen, und sprach ihn auf dem ganzen Weg nur noch mit „verehrter Herr Max" an und scharwenzelte dauernd um ihn herum.

Er war – so wie er wirkte – ein junger Bursche, der gerade seine Abenteurerlaufbahn begonnen hatte. Seine Waffen bestanden lediglich aus zwei eisernen Schlagringen mit Nieten, die er um die Handrücken tragen konnte. Solche Faustkämpfer wurden „Mönch" genannt.

Der Tarutaru schien, was seine Körperkraft anging, ziemlich schwach zu sein. Dass er trotzdem ein Faustkämpfer sein wollte, war nicht nur ungewöhnlich, sondern auch ziemlich naiv – Al konnte diesen Gedanke nicht unterdrücken.

Iris meinte: „Er ist seltsam".

Jeder glaubt, dass er selber normal ist, dachte Al unwillkürlich. Als ihm bewusst wurde, dass er über unnötiges Zeug grübelte, konzentrierte er seine Aufmerksamkeit wieder auf den Wortwechsel, der gerade vor ihm stattfand.

„Also gut." Max' Gesichtsausdruck war – trotz Chittos „Alles in Ordnung" – noch etwas besorgt. Doch seine Stimme klang ein wenig genervt.

Aber das bemerkte Chitto überhaupt nicht. In heiterstem Tonfall wiederholte er nochmals: „Alles in bester Ordnung!"

Neben Max zeigte auch Peta ein säuerliches Lächeln.

Wenn man zwei Tarutarus nebeneinander sieht, wird einem immer wieder klar, wie schwer es ist, sie voneinander zu unterscheiden, fiel Al insgeheim auf. Nicht nur, dass es kaum Unterschiede zwischen Erwachsenen und Kindern gab. Auch Männer und Frauen waren schwer zu unterscheiden. *Wenn Chitto und Peta ihre Kleider tauschen würden, wüsste ich nicht, wer wer ist!*

Peta hatte ihr Haar im Nacken zusammengebunden, während Chitto strubbeliges kurzes Haar hatte – daran könnte man sie gerade noch auseinanderhalten.

„Also dann! Noch mal vielen Dank, dass ihr mich begleitet habt!“, rief Chitto Al und seinen Kameraden zu, dann verneigte er sich tief vor Max und sagte: „Ihr habt gesagt, dass Ihr auf dem Weg nach Windurst seid, verehrter Herr Max. Falls wir uns wiedersehen sollten, bitte ich um Euer Wohlwollen.“

Dann rannte er zu dem Vorposten los.

Als er weg war, machten sich Al und seine Kameraden erneut auf den Weg in Richtung Westen.

✦ ✦ ✦

Mit größter Mühe brachten sie die Schlucht von Tahrongi hinter sich und erreichten endlich das riesige Flachland, das sich im Süden des Kontinents ausbreitete – das Flachland von Sarutabaruta!

„Ich bin ja so froh, dass wir es bis hierher geschafft haben“, freute sich Shera.

Vor ihnen lag Grassteppe, soweit das Auge reichte. Da es bereits Ende August war, bildeten grünes Gras und ausgetrocknete gelbe Flecken ein unregelmäßiges Muster.

„Jetzt brauchen wir uns keine Sorge mehr ums Essen zu machen“, meinte Peta.

Denn es gab reichlich Früchte, die man leicht ernten konnte. In der Hecke, die sich neben der Landstraße hinzog, sahen sie hin und wieder weiße Hasen herumhüpfen.

Es schien eine fruchtbare Gegend zu sein.

Da sie morgen schon die Hauptstadt von Windurst erreichen konnten, mussten sie sich nicht mehr übermäßig verausgaben. Daher einigten sie sich darauf, früher als üblich ihr Lager aufzuschlagen.

„Schau! Heute Abend gibt es endlich mal wieder Eintopf!“, sagte Shera munter und hielt einen Hasen hoch, den sie soeben gefangen hatte.

„Wow! Ein Rarabu!“, freute sich Peta und fischte sofort einen kleinen Kochtopf aus ihrem Rucksack.

„Ein Rarabu? Ist das kein Hase?“ Al wusste nicht, was der Unterschied war.

Was Shera erjagt hatte, glich in jeder Hinsicht einem Hasen mit weißem Fell. Außer, dass sein Schwanz etwas schmaler und länger war.

„Hier sagt man eben ‚Rarabu‘.“

Sie hingen den Topf über das Lagerfeuer und kochten das Hasenfleisch zusammen mit Kräutern, die sie unterwegs gesammelt hatten. Das Aroma der Gewürze, die am Ende hinzugefügt wurden, vermischte sich mit dem aufsteigenden Dampf und schmeichelte ihren Nasen.

„Hm, sieht sehr lecker aus!“, frohlockte Iris, die als Letzte kam und sich zu ihnen setzte.

Eine knallrote Sonne versank soeben hinter dem Gebirge. In ihrem Licht erschien das grüne Gras auf einmal fast schwarz, während die vertrockneten gelben Stellen goldfarben leuchteten. Diese schwarz und golden getupfte Steppe färbte sich indigoblau, während sie das Abendessen zubereiteten.

In jede Schale wurde heißer Eintopf gefüllt. Er bestand aus Hasenfleisch, Kräutern und wilden Zwiebeln.

„Das ist doch ein ‚Rarabuschwanz' oder?", fragte Peta Iris, während sie sich die zweite Schale füllte.

Iris, die mit dem Essen bereits fertig war, rollte auf ihrer Handfläche etwas Weiches, Flauschiges hin und her, das sie gerade aus ihrer Hosentasche gezogen hatte.

„Ein Rarabuschwanz?" Al blickte verwundert zu Iris hinüber.

In der Tat hielt sie ein weißes, flaumiges Etwas in der Hand.

„Schnell, schnell! Wirf es in den Eintopf!", kommandierte Peta, während sie mit ihrem Löffel auf den Topfrand klopfte.

Iris zog das Ding erschrocken zurück.

„Ach so. Ich dachte, du hast es deswegen gepflückt?"

„Nein, um Gottes Willen."

„Dann als Talisman?"

Ein richtiger Hasenschwanz war ein Talisman – Al hatte das von seiner Großmutter, der Geschichtenerzählerin, gehört. Doch selbst wenn dieses Ding so ähnlich aussah – ob die einfache Ähre eines Grases überhaupt eine Wirkung hatte? Al schüttelte nachdenklich seinen Kopf.

Trotzdem schien Iris diese Ähre zu gefallen – sie befestigte sie an dem Band um ihre Taille und rollte sie immer wieder zwischen den Fingern.

„Deshalb bist du also so spät gekommen, weil du dieses Teil gesucht hast?“, fragte Shera, die den Rest des Eintopfs aus der Schale schlürfte.

„Ja.“

Al hob plötzlich sein Gesicht und drehte sich um. Er spähte in die Dunkelheit.

Neben ihm erhob sich auch Jed.

Hinter den Büschen hatte sich etwas bewegt, ein schwarzer Schatten, der sich schnell hinter einem Felsbrocken versteckte.

„Ist schon in Ordnung! Hier auf offenem Feld werden sie uns nicht angreifen.“

„Egal! Kümmert euch nicht um sie!“ Peta und Shera sagten das sichtlich gereizt.

Peta flatterte mit ihrer Hand, als wollte sie befehlen: *Setzt euch wieder hin!*

„Was hat das zu bedeuten?“

Peta antwortete Iris, die irritiert nachgefragt hatte: „Da sind ein paar Yagudos.“

„Beastmen“, bemerkte Jed knapp.

„Ja, wahrscheinlich. Aber macht euch keine Sorgen! Hier auf offener Landstraße werden sie uns nicht überfallen“, meinte Peta.

„Das glaube ich nicht!“, rief Al unwillkürlich. Denn die Beastmen waren alles andere als feige oder abwartend. In der Regel fielen sie über jeden her, sobald sich eine Gelegenheit bot. *So* waren sie.

„Du wirst es bald verstehen“, beruhigte Peta den aufgeregten Al.

Jed, der dem knisternden Feuer lauschte, knurrte: „Aber wir stellen besser eine Wache auf.“

Diesem Vorschlag widersprach niemand.

Die ganze Nacht hindurch saß eine Wache an dem brennenden Lagerfeuer.

Am folgenden Tag, als die Sonne sich bereits wieder langsam nach Westen neigte, lag endlich das Tor von Windurst vor ihnen.

„Das ist der Eingang zum ‚Waldbezirk‘ von Windurst, erklärte Peta, mit ihrem Finger auf das Tor weisend, das aus quaderförmigen Steinen erbaut war. Darauf flatterte die Landesfahne von Windurst.

„Hier ist also Windurst!“ Iris blickte beeindruckt auf.

„Allerdings! Das Land der Magie, das in ganz Vana'diel berühmt ist“, erwiderte Max.

Al und seine Kameraden zeigten dem Wächter, einem Tarutaru, ihr ‚Signet‘, dann passierten sie das Tor.

„Hier ist es ja total grün“, bemerkte Iris überrascht.

Vor ihnen lag eine in die Natur integrierte Stadtlandschaft. Die Gebäude der Stadt waren fast unsichtbar, von großen grünen Bäumen verdeckt.

Jemand sprach Al und seine Kameraden an, die für eine

Weile stehengeblieben waren: „Wie* kann ich Ihnen* helfen?“

Al wandte sich in die Richtung, aus der die Stimme kam, und staunte.

Das war eine automatische Puppe, die sich auf Rädern – als Ersatz für die Beine – fortbewegte.

„Wa… wa…!“, erhob Al seine Stimme, die allerdings plötzlich wieder aussetzte.

„Guten *Tag! Meine *lieben *Abenteurer!“

Die Puppe steuerte Al mit einem langen Stock in der Hand an.

2

Als Bündnis folgte dem Weg, der vom Tor aus weiterführte und durchquerte den Waldbezirk.

Als sie einen Platz passierten, der sich mitten auf dem Weg befand, zeigte Peta auf ein Gebäude an der rechten Seite: „Schau!“ Das ist die ‚Akademie der Hand‘, auch ‚Manustery‘ genannt. Dort wurde das kleine ‚Cardian‘ konstruiert, das wir eben gesehen haben.“

Al und Iris nickten wie zwei Dummköpfe mit weit geöffnetem Mund.

Irgendwie waren Peta und Shera ziemlich fies – mit keinem Wort hatten sie erwähnt, dass es hier Golems gab. Auch Max war da nicht besser – er musste ebenfalls davon gewusst haben.

Al brummelte vor sich hin. Auch wenn Windurst das Land der Magie war, hatte er nicht damit gerechnet, dass in der ganzen Stadt Golems – also automatische Puppen – herumliefen. Er war mehr als überrascht.

Und nicht nur das. Diese Golems öffneten den Mund und konnten sogar sprechen.

„Hi, hi, hi! Ihr seid wohl überrascht?“, kicherte Peta.

„Ja, und wie“, antworteten Al und Iris wie aus einem Mund.

Bei genauerer Betrachtung fiel Al auf, dass ungefähr einer von zwanzig Leuten, die in der Stadt unterwegs waren, in Wirklichkeit eine vollautomatische Puppe war. Auf einem schmalen Kopf, der einer aufgestellten Honigmelone glich, war eine eiserne, fächerförmige Maske angebracht. Sie hatten einen dicken Unterkörper, doch keinen Hals und keine Schultern, sodass die Arme gleich unter dem Kopf begannen. An deren Enden befanden sich drei Finger. Zur Fortbewegung dienten drei Räder, die in verschiedenen Richtungen bewegt werden konnten.

Was würde wohl Cid, der Leiter des Metallwerkes, sagen, wenn er das zu sehen bekäme?

„Die ‚Cardians‘ sind unsere Freunde und Helfer, die alles vom Bewachen des Tores bis hin zu einfachen Boten- und Einkaufsdiensten für uns erledigen.“

„Sind die nicht gefährlich?“, erkundigte sich Iris immer noch ängstlich.

Iris' Heimat San'doria – das Land der Schwertkunst – war sehr konservativ und darauf bedacht, die Tradition zu wahren. Es gab dort weder moderne industrielle Technik wie in Bastok noch magische Technik wie in Windurst.

„Ab und zu mal dreht eines durch, aber das ist kein Problem", erwiderte Peta.

Na, na. So etwas kann man doch nicht als „kein Problem" bezeichnen, dachte Al. Er bemerkte, dass Iris jetzt noch zurückhaltender wurde.

„Es ist wirklich kein Problem. So weit ich mich erinnere, habe ich nur ungefähr dreimal davon erfahren, dass ein ‚Cardian' außer Kontrolle geraten ist. Aber dass mal eines wegläuft oder einen Brief falsch zustellt oder ‚Guten Morgen', statt ‚Guten Abend' sagt – solche Sachen kommen schon mal vor."

Al wurde immer unsicherer.

Manche Cardians seien einfach ein bisschen verzogen – so fasste Peta ihre Erzählung zusammen.

Jetzt erst schaffte es Al, nachzuhaken: „Wieso? Car…? Warte mal! Heißt es nicht einfach ‚Guardian', also Wächter?" Al glaubte, sie wären in erster Linie dafür zuständig, die Stadt zu bewachen. Also hießen sie „Guardian" – so hatte er es die ganze Zeit verstanden.

„Man nennt sie auch ‚Cacashi'", verwirrte ihn Peta.

„Cacashi"?

Al erfuhr, dass dieses Wort in der Tarutaru-Sprache eine Strohpuppe bezeichnete, die man auf dem Feld aufstellte. Ihm fiel ein, dass damit wohl eine Vogelscheuche gemeint war. Solche standen auch auf den Äckern um Als Dorf herum. Puppen, die aus Stroh und Bambus gemacht wurden.

„Na ja, deshalb …“

Doch dieses Mal ließ Al Peta nicht ausreden. „Ich hab's! Aus ‚Cacashi‘ und ‚Guardian‘ wurde also ‚Cardian‘, stimmt's?!“

„Bingo!“

„Wie verständlich!“, riefen Al und Iris gleichzeitig.

Dann ließ Al seine Schultern hängen. Irgendwie war er ziemlich müde. Windurst war ein Ort, an dem ihm alles äußert undurchschaubar vorkam. Obwohl, das Undurchschaubare mochte sich in diesem Fall eher in Petas Kopf abspielen.

Mit einem Seufzer murmelte Al: „Wohin gehen wir jetzt eigentlich?“

„Zunächst zum Konsulat von Bastok. Das befindet sich am Hafen, also müssen wir dorthin.“

Mit „Hafen“ war in diesem Fall der Hafen für das Flugschiff gemeint.

„Verstanden.“ Al hob seinen Kopf. Damit schienen sie endlich das Ziel ihrer Reise zu erreichen. Er durfte sich nicht dauernd so verblüffen lassen. Immerhin erfüllten Al und seine Kameraden gerade eine wichtige „Mission“, zu der sie die Regierung von Bastok beauftragt hatte.

„Ab jetzt lasse ich mich durch nichts mehr aus der Fassung bringen!“

„Ich fürchte, das ist unmöglich!“, erwiderte Iris mit einer Stimme, in die sich Resignation mischte. „Wir sind hier schließlich in dem Land, wo Peta aufgewachsen ist, oder?“

Peta fragte, was das denn zu bedeuten hätte.

Doch alle anderen nickten zustimmend.

Sogar Shera lachte und lobte Iris, dass sie den Nagel auf den Kopf getroffen hätte.

Als sie der Straße weiter folgten, wobei sie zur Rechten das Konsulat von San'doria sahen, zeigte sich an der linken Seite blaues Meer.

Der Hafen – für das Flugschiff.

Gerade wurde ein Flugschiff, das kurz davor gelandet war, entladen. Tarutarus, Mithras und Cardians schleppten große Kisten heraus, eine nach der anderen. Mit dem Flugschiff konnte man auf einmal solch riesige Ladungen transportieren.

Kein Wunder also, dass die normalen Schiffe langsam aus der Mode kamen.

Die Tarutarus schwankten unter den schweren Lasten, die sie wuchteten. Es sah ein bisschen so aus, als ob Kinder zur Arbeit gezwungen würden, sodass man unwillkürlich den Wunsch verspürte, ihnen zu helfen.

„Beeilen wir uns! Die Sonne geht gleich unter!“, rief jemand.

An der rechten Seite standen nebeneinander große quaderförmige Lagergebäude.

Dort wurde die Fracht zwischengelagert. Danach wurde sie an die Adressaten in der Hauptstadt oder in den umliegenden Dörfern weiter verteilt.

Das Konsulat von Bastok lag hinter diesen Lagerhallen. Vor einem Gebäude, das „Akademie des Mundes" hieß, und in dem die Magier ihre Künste übten.

Al und seine Kameraden betraten das Konsulat und meldeten sich an.

Bald kam ein großer Galka.

Kaum hatten sie sich begrüßt, wurde Al mitgeteilt, dass Konsul Melek abwesend wäre.

„Er ist … nicht da?" Al sollte ihn eigentlich über die neuesten Veränderungen bei den Beastmen auf dem Kontinent Quon unterrichten und dann einen neuen Auftrag von ihm entgegennehmen.

Al, der sich auf einmal ganz erschöpft fühlte, plumpste auf das Sofa, das ihnen angeboten worden war.

Der Galka, der Stellvertreter des Konsuls, sagte ihm in aller Gelassenheit etwas eigentlich sehr Überraschendes: „In der Tat löchern uns auch die Kollegen im ‚Himmelsturm' ständig mit Anfragen, allerdings kann ich Euch in dieser Hinsicht momentan nicht helfen. Ich bitte Euch um Verständnis, aber ich muss zunächst die Entscheidung des Konsuls abwarten. Auch wenn die Yagudos gerade große Schwierigkeiten haben."

„Bitte?“, fragte Al nach, da er dachte, er hätte sich verhört. „Ihr meint, dass die Yagudos Schwierigkeiten *machen*, oder?“

Auf Als Frage zog der stellvertretende Konsul ein erstauntes Gesicht und erwiderte: „Nein, nein! Umgekehrt. Wisst Ihr das denn nicht? Unser Land hat mit den Yagudos einen Waffenstillstand geschlossen und versucht, freundschaftliche Beziehungen aufzubauen.“

Für einen Moment traute Al seinen Ohren nicht. Freundschaftliche Beziehungen? Zu den Beastmen!? Das konnte ja wohl nicht wahr sein!

✦ ✦ ✦

Das war zweifellos eine große Überraschung für Al. „Das heißt also, dass hier gerade nicht gegen die Yagudos gekämpft wird?“

Auf Als Frage nickte der stellvertretende Konsul. Der Galka – er hieß Goldskal – wiederholte, die Föderation Windurst wäre an einer freundschaftlichen Beziehung zu den Yagudos interessiert.

Al konnte das nicht so schnell begreifen. Die Beastmen, die zum Volk der Dunkelheit gehörten, und die fünf Stämme des Volkes von Altana, die der Göttin der Morgensonne huldigten, waren zu ewiger Feindschaft vorherbestimmt. Davon war Al bisher überzeugt gewesen.

Denn die Spuren des großen Krieges gegen die Beastmen vor 20 Jahren waren auch heute noch nicht getilgt.

„Nun, auf die Details werden wir eingehen, sobald Konsul Melek zurückgekommen ist."

Bei diesen Worten von Goldskal forschte Max: „Wo ist der Konsul denn gerade?"

Wohl wegen des Verwandtschaftsgefühls unter den Galkas, antwortete Goldskal lächelnd und ohne sich über Max' direkte Frage zu ärgern: „In unserem Land Bastok. Dort scheint sich irgendetwas Bedeutendes ereignet zu haben. Ich fürchte, Konsul Melek wird nicht vor morgen zurückkommen können."

„Das ist aber unerfreulich", ärgerte sich Max.

Al wunderte sich, was daran „unerfreulich" wäre, dann fiel ihm ein, dass er unter seinem Kittel etwas Wichtiges bei sich trug.

„Dann reicht es, wenn ich Euch das hier gebe …"

Goldskal betrachtete das Rohr, das Al aus seinem Kittel hervorholte, dann schüttelte er den Kopf. „Nein. Ich möchte, dass Ihr es noch behaltet."

„Aber …"

„Das Konsulat von Bastok in San'doria hat mich über die Verbindungs-Perle bereits über das Wichtigste informiert."

„Ah, Ihr wisst also schon Bescheid." Wenn Al es sich genauer überlegte, war das ganz selbstverständlich. Denn die Funktion der Verbindungs-Perle wurde von der Entfernung in keiner Weise beeinträchtigt. Die Kommunikation war also überall und sofort möglich, egal, wo in Vana'diel man sich gerade befand. Die Konsulate tauschten anscheinend wichtige Informationen insgeheim miteinander aus.

Der Bauplan des „Panzers“, der neuen Waffe der Orks. Das war die geheime Unterlage, die Al und seine Kameraden nach Windurst gebracht hatten. Eigentlich hatten die Beastmen den Panzer bereits im Kristallkrieg eingesetzt. Daher konnte es durchaus sein, dass es sich hier gar nicht um eine neue Waffe handelte. Aber um das herauszufinden, musste man sie eben erst von den Gelehrten in Windurst überprüfen lassen.

„Selbstverständlich. Ich wusste bereits, worum es geht, Alfred. Aber Ihr müsst diesen ‚Bauplan‘ auf jeden Fall persönlich im ‚Himmelsturm‘ abliefern.“

„‚Himmelsturm‘?“ Bei diesem Wort, das bereits mehrmals gefallen war, neigte Al fragend seinen Kopf.

Peta mischte sich ein: „Das ist ein Turm, der sich im ‚Steinbezirk‘ befindet. Ich zeige ihn dir später.“

Laut Peta handelte es sich dabei um das Zentrum der Windurster Politik. Trotz ihrer Erklärung verstand Al, der über Windurst kaum etwas wusste, überhaupt nicht, wovon hier die Rede war. Er nahm sich fest vor, Peta oder Shera später genauer danach zu fragen.

„Die Gelehrten vom ‚Himmelsturm‘ wollen sicher direkt von Euch die Geschichte hören. Deshalb wäre es besser, wenn Ihr die Unterlagen selbst überbringt“, sagte Goldskal.

Bei diesem Vorschlag nickte Al: „Verstehe.“ Wenn es so war, konnte er nichts machen. Außerdem benötigte ja nicht der Konsul selber den Bauplan.

„Was ist denn los, Jed?“

Bei Iris’ Ausruf drehte sich Al um und bemerkte, dass Jed mit offenem Mund dastand.

„… Nein, nichts.“ Er klappte ihn wieder zu.

„Dann können wir also das Leben genießen und Spaß haben, bis der Konsul zurück ist, oder?“ Da meldete sich natürlich Shera.

Bei ihrem lockeren Ton schnappte Goldskal für einen Moment verblüfft nach Luft. Dann meinte er etwas irritiert: „Äh, ja … Nein! Ihr solltet Euch jedenfalls nicht aus Windurst entfernen. Bitte haltet Euch irgendwo auf, wo wir Euch jederzeit erreichen können.“

„Gut“, nickte Peta. Dann teilte sie ihm den Namen eines Gasthauses mit. „Dort sind wir zu finden. Bitte gebt uns Nachricht, sobald der Konsul zurückgekommen ist.“

„Einverstanden.“ Goldskal erhob sich mit einem Nicken. Das bedeutete wohl, dass die Audienz damit beendet war.

Auch Al und seine Kameraden standen auf.

Am Ende fragte Al noch etwas, das ihm am Herzen lag: „Übrigens … Was ist in Bastok eigentlich passiert?“

Selbstverständlich interessierte ihn, was in seiner Heimat vorgefallen war.

Aber Goldskal schüttelte seinen Kopf: „Wir wissen es noch nicht. Bald müssten die ersten Nachrichten aus Bastok eintreffen. Oder … vielleicht sogar schneller noch aus Jeuno", fügte er murmelnd hinzu.

„Wenn es nötig ist, werde ich es Euch mitteilen", er begleitete Al und seine Kameraden zum Ausgang.

„Das heißt, wenn es nicht nötig ist, teilt er uns doch nicht mit?"

„Ja, wahrscheinlich. So sind sie, die Beamten."

Das waren Iris und Shera, die im Gehen miteinander sprachen.

Während er hinter Peta herlief, die sie zum Gasthaus leitete, dachte Al über einen anderen Punkt nach. *Vielleicht kam die Nachricht aus Jeuno, hatte er gesagt. Nicht aus Bastok?*

Wenn du die neuesten Nachrichten über Vana'diel brauchst, geh nach Jeuno! Das war allgemein bekannt unter den Abenteurern. Das hieß aber, dass dieser Vorfall nicht nur Bastok betraf, oder? Als Überlegungen wurden von Peta unterbrochen.

„Tja, jetzt ist es irgendwie richtig langweilig geworden, oder?"

Shera grinste säuerlich: „‚Langweilig'? Na, so kann man das echt nicht sagen."

„Doch, doch. Es ist langweilig. Was meinst du, Al?"

Bitte lasst mich da raus, ihr zwei, flehte Al im Stillen. Während sie der Straße Richtung Norden folgten, versuchte er, das Gesprächsthema zu wechseln.

„Hey, da läuft ja das Wasser über!“ War dieser Themawechsel vielleicht ein bisschen aufgesetzt?

Eigentlich befanden sie sich auf einem Weg aus Kopfsteinpflaster, doch seit einiger Zeit schienen sie eher in einem Sumpf unterwegs zu sein. Überall tauchten große Wasserpfützen auf. Al versuchte zwar, sich daran zu gewöhnen, dass hierzulande einiges seltsam war, aber darüber durfte er wohl ein bisschen staunen. Ehrlich gesagt, war er sogar ziemlich verwirrt! Denn als Gehweg dienten nur noch aneinandergelegte Holzbretter.

„Hier beginnt der ‚Wasserbezirk‘. Tretet bloß nicht daneben! An manchen Stellen ist es richtig tieeef“, warnte Peta.

Iris, die gerade in das sumpfige Wasser geschaut hatte, kehrte sicherheitshalber schnell zur Mitte des Brettes zurück. „Wie? ‚Wasserbezirk‘?“

„Ja! Weil hier das Wasser überläuft.“

Jetzt sage ich gar nichts mehr, beschloss Al resigniert.

„Wie viele dieser ‚Bezirke‘ gibt es denn insgesamt? Du spricht schon seit einer Weile davon.“ Al wechselte abermals das Thema. Er verstand, dass die Hauptstadt in verschiedene Bezirke eingeteilt war. Auch in Bastok gab es ja zum Beispiel den Handelsbezirk oder den Minenbezirk.

„Hm. Insgesamt drei. Wo wir durch das Tor hereingekommen sind, das war der Waldbezirk: Es gab da jede Menge Bäume, nicht wahr? Nördlich vom Waldbezirk befindet sich der Steinbezirk. Schau, da drüben!“ Peta deutete nach rechts

Als Blick folgte ihrem Finger und unwillkürlich rief er laut aus: „Mann! Das ist ja riesig!“

„Hu, hu, hu! Nicht wahr? Nicht wahr? Das ist riesig, oder?“, kreischte Peta sichtlich stolz.

In der Richtung, in die Al blickte, ragte ein Baum empor, der fast den Himmel zu berühren schien. Der Baum überwucherte die Stadtlandschaft: Sein niedrigster Ast befand sich über den Häusern, sodass er fast ganz zu sehen war.

Da der Stamm – sogar von hier aus – sehr dick war, besaß er wohl einen so gewaltigen Umfang, dass mühelos einige Häuser darin Platz finden konnten. Unter den üppig bewachsenen Ästen hätte man vielleicht sogar die Hälfte des Metallwerkes verstecken können.

„Das ist der ‚Himmelsturm‘.“

„Wieso ein ‚Turm‘?“, wollte Al wissen, da es sich schließlich um eine Pflanze handelte, nicht um ein Gebäude.

Darauf antwortete Peta lachend: „Nein, nein! Dieser riesige Baum wird ‚Sternenbaum‘ bezeichnet. Aber darin wurde ein Turm gebaut.“

„Der Turm befindet sich – in dem Baum…?“ Noch

konnte Al sich das nicht vorstellen, aber bald würde er es selber sehen.

Während sie weitergingen, dämmerte es. Die Schatten der Fußgänger wurden immer undeutlicher. Während die Umgebung in das Rot der untergehenden Sonne getaucht wurde, schalteten sich an den Haustoren die Lichter ein. Aber diese Lampen bestanden aus Blüten. Aus leuchtenden Blüten. An der Spitze einer efeuähnlichen Pflanze, die sich am Tor hochrankte, hing eine große, glockenförmige Blüte. Diese Blüte begann nun, sanft zu schimmern. Zarte Lichttropfen streuend, beleuchtete sie die Umgebung. Es war ein angenehmeres, wärmeres Licht als von einer normalen Laterne.

„Das sind Leucht-Blumen. Da wir hier in Windurst viele Bäume haben, müssen wir Bränden vorbeugen. Daher nutzen wir für ungefähr die Hälfte aller Lichtquellen diese Pflanzen“, erläuterte Shera, während sie ihre Hand auf eines dieser Gewächse legte, die an den Toren eingepflanzt waren.

„Sie sind sehr schön“, fand Iris sichtlich beeindruckt.

Auf dem Weg, den das gelbe Licht der Leucht-Blumen erhellte, gingen sie langsam weiter. Dann erreichten sie das Gasthaus. „Zum Schwanz des Rarabu“ hieß ihre Unterkunft.

„Morgen, Iris?“, fragte Peta in leichtem Tonfall. „Hast du vielleicht Lust, die Akademie zu besuchen, da wir unerwartet freie Zeit haben?“

„Was ist denn das – die ‚Akademie‘?“

„Na, die Schule, in der die Kunst der Magie in Windurst gelehrt wird.“

„Ich kann dir ein Empfehlungsschreiben mitgeben. Du interessierst dich doch sicherlich dafür, oder?“

Iris schien nicht gleich zu begreifen, was Peta da vorschlug. Deshalb war sie für einen Moment sprachlos. „Aber … ist so etwas … überhaupt möglich?“

Peta nickte ernsthaft.

Auf Iris’ Gesicht erschien langsam ein Ausdruck von Rührung, dann rief sie voller Begeisterung: „Aber ja! Sehr gerne! Vielen Dank!“

„Nein, nein! Nichts zu danken! Keine Ursache!“ Peta machte ein etwas verlegenes Gesicht.

Iris hatte es zwar nicht gemerkt, doch auch Max hatte sich zum Dank leicht hinter Iris verbeugt.

Das Gasthaus „Zum Schwanz des Rarabu“ wurde von einer sehr energischen Tarutaru-Wirtin betrieben. Da sie sagte, es wäre noch genügend frei, buchte Al wie immer drei Zimmer. Sie beschlossen, zunächst ihr Gepäck auf die Zimmer zu bringen und sich danach zum Abendessen wieder zu treffen.

Auf der Treppe, die zu den Zimmern im zweiten Stock führte, flüsterte Peta Al zu: „Bitte lenk sie ein bisschen ab von ihren trüben Gedanken, Al!“

Da erinnerte sich Al plötzlich wieder und blieb stehen. Sein Blick traf sich mit dem von Peta.

„Morgen habe ich etwas zu erledigen. Ich überlasse sie dir.“ Danach folgte sie Shera und den anderen – „hey, wartet!“ – und hüpfte heiter die Treppe hinauf.

Al stierte noch immer auf seine Füße. Er nahm sich ihre Worte zu Herzen. Was Peta tat, hatte wirklich immer einen Sinn – immer.

Al riss sich zusammen und rannte die restlichen Stufen hoch.

✦ ✦ ✦

An einem sonnigen Tag war es besonderes schön, durch Windurst zu wandern, wo es so viel Bäume und Wasser gab.

Sie waren zur „Akademie der magischen Künste“ unterwegs, die am nordöstlichen Rand des Wasserbezirks lag. Das Wetter war makellos. Über ihren Köpfen wölbte sich ein wolkenloser, strahlend blauer Himmel.

Heute waren sie nur zu viert: Al, Iris, Jed und Shera, die sie durch die Stadt führte. Peta war nicht mitgekommen, da sie etwas anderes zu tun hatte.

Und Max blieb im Gasthaus, falls das Konsulat Verbindung mit ihnen aufnehmen wollte.

Die „Akademie der magischen Künste“, die sie nun erreichten, befand sich auf einer kleinen Insel, die mitten im Wasser schwebte.

„War es hier schon immer so? Oder ist das alles irgendwann überschwemmt worden?", erkundigte sich Iris, während sie die Brücke überquerten, die zu der kleinen Insel lief.

„Na ja. Weiß auch nicht so genau, weil ich mich in der Gegend kaum rumgetrieben habe. Aber man sagt, dass hier wegen des Krieges mit den Beastmen alles im Wasser versunken ist." Shera scharwenzelte mit geschmeidigen Bewegungen kurz um Jed herum.

Sie hatte das zwar ganz unbekümmert geäußert, aber Al und Iris waren tief beeindruckt. Das bedeutete, dass sich etwas Gewaltiges ereignet haben musste, etwas, das sogar die Topographie verändert hatte. Was mochte wohl geschehen sein?

„Och, na ja. Da die Gegend hier ‚Wasserbezirk' heißt, schätze ich, dass es hier wohl schon immer so ähnlich aussah."

Al widersprach Shera. „Vielleicht wurde das hier früher ‚Erdbezirk' genannt."

„… Meinst du, dass man dann extra den Namen geändert hat?"

„Ja … weil …" Das wäre doch leicht verständlich – wollte er sagen. Da musste er über sich selber lachen, denn irgendwie war er schon ziemlich von der Denkweise der Tarutarus beeinflusst.

Die „Akademie der magischen Künste" bestand aus zwei nebeneinanderliegenden Häusern. Sie waren mit einem gemeinsamen Dach verbunden.

Von oben erklangen die Stimmen von Kindern, die im Sonnenschein Unterricht hatten.

Dann ertönte eine klare Stimme, die offenbar dem Lehrer gehörte: „Heute erzähle ich euch etwas über die Lebensform der Mandragoras und ihre Verbreitung in Mindartia."

Das war alles, was Al aufschnappte. Was der Lehrer weiter dozierte, hörte er wegen der Entfernung kaum, und der Lehrer benutzte viele Worte, die Al nicht kannte.

Außerdem öffnete sich in diesem Moment bereits die Tür der Akademie.

Dann bekamen Al und seine Kameraden eine der berühmtesten Persönlichkeiten von Windurst zu Gesicht.

„Was soll denn das üüüüüberhaupt bedeuten? Wie kann es nur sein, dass Ihr es nicht vorbereitet habt, obwohl ich, Frau Doktorin Shantotto, höchstpersönlich den Auftrag erteilt habe?!"

Bei dieser lauten, schrillen Stimme, die ihnen in den Ohren dröhnte, erstarrte Al einen Moment lang, während seine Hand noch auf der Türklinke ruhte.

Die Gestalt einer Tarutaru-Dame, deren goldblondes Haar an beiden Seiten zu Knoten aufgesteckt war, stach ihm in die Augen. Sie warf sich gewaltig in die Brust und nahm eine Haltung ein, in der sie möglichst geringschätzig auf jeden herabsehen konnte. Dann drohte diese Dame – vermutlich namens Shantotto – in hochmütigem

Tonfall: „Ich werde Euch mit einem Fluch umbringen, junger Mann!“

Der Tarutaru, dem das mitgeteilt wurde, fuhr zusammen und zog sofort seinen Kopf ein.

Junge, Junge! Hier ist ganz schön was los.

„Worum geht es denn?“, murmelte Iris mit weit aufgerissenen Augen.

Wie kannst du nur so unbeeindruckt weiterlaufen, obwohl du das eben gehört hast, fragte sich Al kopfschüttelnd.

Sogar Jed und Shera waren völlig baff am Eingang stehengeblieben.

Frau Shantotto, die Iris' Wispern mit scharfen Ohren vernommen hatte, drehte sich um und herrschte sie an: „Was willst du denn hier? Hier ist für Fremde der Zutritt verboten.“

Unbeeindruckt öffnete Iris das Empfehlungsschreiben von Peta und hielt es ihr direkt vor die Nase. Das Erstaunlichste daran war, dass sie das tat, ohne die geringste Absicht zu hegen, diese Dame zu provozieren.

Frau Shantotto nahm das Schreiben entgegen, nein, sie riss es Iris förmlich aus der Hand und guckte sie durchbohrend an.

Auf Petas Empfehlungsschreiben befanden sich viele kleine Windurster Schriftzeichen, die Al nicht lesen konnte.

„Einen Probetag … als Gast … in der Akademie …

Iris?“, stammelte Frau Shantotto, während sie einen flüchtigen Blick auf das Papier warf.

„Genau! Das bin ich! Ich bin gekommen, um heute als Gast hier zu studieren!“, erklärte Iris und straffte die Schultern.

Frau Shantotto lachte schrill: „Ho, ho, ho!“ Dann rümpfte sie die Nase. „Was hat dieses Mädchen gerade geplappert? Es kommt ja üüüberhaupt nicht in Frage, dass ein Hume-Gör in dieser altehrwürdigen, traditionsreichen Akademie studiert. Hier studieren nur mit magischem Talent reich gesegnete Tarutarus. So gehört es sich in Windurst!“

Nach Frau Shantottos Rede murmelte der junger Tarutaru-Mann, der noch immer geduckt dastand: „Aber es gibt doch auch eine Mithra-Studentin hier, die sich dieses Jahr neu eingeschrieben hat.“

Frau Shantotto drehte sich um und zischte ihn mit gedämpfter Stimme an: „SEID STILL!“

„Jawohl. Entschuldigt vielmals.“

„Meine Güte. Ich bin wirklich äußert nachsichtig geworden, seit ich ein wenig in die Jahre gekommen bin. Als ich noch Rektorin an dieser Akademie war, da gab es solche unfähigen Lehrkräfte hier nicht.“

„Natürlich, Frau Doktorin Shantotto. Aber Ihr wart Rektorin an der ‚Akademie des Mundes‘. Die ‚Akademie der magischen Künste‘ ist jedoch der Verwaltung der ‚Akademie des Ohrs‘ unterstellt. Daher verfügt Ihr bei

Personalfragen an dieser Akademie eigentlich über keine Befugnisse."

„IHR SOLLT STILL SEIN!"

Der junge Tarutaru-Lehrer kniff den Mund fest zu und nickte eifrig.

„Wie dem auch sei! Da drüben befindet sich der Ausgang. Wenn du nicht auf der Stelle hier verschwindest, lasse ich dich den ‚Skelett-Tanz' aufführen. Hast du mich verstanden?!"

Selbst auf die Gefahr hin, von einem unheimlichen Fluch getroffen zu werden, blieb Iris ungerührt. Mit einem lieblichen Lächeln auf dem Gesicht erwiderte sie: „Und? Wohin soll ich jetzt gehen, um an einem Seminar teilzunehmen?"

Dabei wandte sie sich an den jungen Tarutaru-Mann, der noch eingeschüchtert bei ihnen verharrte.

Auf Frau Shantottos Lippen erschien ein verzerrtes Lächeln. „Hohohoho! Wie? Will dieses Mädchen mich etwa ignorieren?"

„Oh! Entschuldigt. Aber Frau Shantotto … Ihr seid …"

„*Frau Doktorin*, wenn ich bitten darf. So viel Zeit muss sein. Ansonsten werde ich dich hier auf der Stelle windelweich prügeln. Verstanden?"

„Oh ja, *Frau Doktorin Shantotto*. Aber habe ich gerade richtig gehört, dass Ihr mit dieser Akademie eigentlich gar nichts zu tun habt?"

„Ho ho ho! Sei auf der Stelle still! Sonst werde ich den

Mund einer Göre, die nur dummes Zeug schwatzt, mit einer Zaubernadel zunähen müssen. Dann kann sie nie wieder eine Zauberformel sprechen! Verstanden?“

„Oh, wenn Ihr mich eine Göre nennt, seid Ihr, Frau Doktorin, vermutlich schon waaaahnsinnig alt. Das Alter soll man achten. Nicht wahr, Großmütterchen?“

Am Ende dieses raschen Schlagabtausches lächelten sie sich gegenseitig an: „Hohoho.“

„Huhuhu.“

Gerade da es von außen wie ein eher freundlicher Wortwechsel ausschaute, kam Al das Ganze umso furchterregender vor. *Todfeinde* – dieses Wort schoss ihm durch den Kopf.

Shera kam zu Al, stellte sich neben ihn und flüsterte ihm ins Ohr: „Die beiden sind sich irgendwie ähnlich, oder?“

Innerlich nickte Al heftig.

„Auf jeden Fall, wenn ich ‚nein‘ sage, dann bedeutet das auch ‚nein‘!“

„A… aber das ist ziemlich ungerecht, weil …“

Aber Frau Shantotto ließ den jungen Lehrer, der immer ein Wort zu viel sagte, nicht ausreden und verkündete entschlossen: „Selbst wenn ich den Rektor der ‚Akademie des Ohrs‘ mit einem Fluch ins Jenseits befördern müsste: Ich werde verhindern, dass dieses Mädchen hier studiert!“

Iris kniff den Mund fest zusammen.

Oh nein! *Jetzt rastet sie aus.* Al machte sich bereit.

Doch der Gesichtsausdruck von Iris wirkte etwas anders als sonst. Sie ließ ihre Schultern hängen und ballte beide Hände zu Fäusten. Sie schien ein bisschen zu zittern.

Al konnte sich nicht zurückhalten: „Äh … wäre es nicht vielleicht trotzdem möglich, wo sie doch dieses Empfehlungsschreiben vorlegen kann?"

Frau Shantotto trat auf Al zu. „Was willst du denn auch noch? He! So ein Empfehlungsscheiben ist keinen Pfifferling wert, wenn man nicht einmal weiß, von wem es stammt."

„Moment. Das ist eine offizielle Empfehlung. Sie ist sogar mit einem Stempel von der ‚Akademie des Mundes' beglaubigt und unterschrieben. Obwohl ich nicht alles lesen kann, weil es zum Teil in alter Schrift geschrieben ist", preschte der junge Lehrer mutig vor, während er auf das Papier blickte.

„Was?! Das kann nicht wahr sein!" Frau Shantottos Wangen, die das Schreiben erneut musterte, färbten sich auf einmal rot.

„‚Hiermit verlange ich, dass die oben genannte Person (Iris) für einen Tag als Studentin an der ‚Akademie der magischen Künste' aufgenommen wird … Pe… Perutata-Porutata-Promptaaaa?'", las sie vor. „Di… diese Fraaaaaau!"

Sie knüllte das Papier zusammen, warf es auf den Boden und trampelte darauf herum. „Verdammt, verdammt, verdaaaammt! Du hast mir damals den ersten Platz beim Schulabschluss weggenommen! Du hast den Rektorposten der Akademie einfach an den Nagel gehängt, weil er dir angeblich zu anstrengend war, und bist auf Reisen gegangen! Hast du immer noch nicht genug? Willst du mich immer noch belästigeeeen?“

„Bitte, bitte, hört auf! Das ist doch ein offizielles Papier!“ In die Stimme des jungen Lehrers mischte sich ein Schluchzen.

Einige Studenten und andere Lehrkräfte, die Frau Shantottos Raserei mitbekommen hatten, versammelten sich. Doch keiner wagte es, sich einzumischen, da ihre Wut so fürchterlich war.

„Was ist bloß zwischen Peta und dieser Frau passiert?“, flüsterte Shera.

In der Tat: Dass sie so wütend wurde, als Petas Name gefallen war – war nicht normal.

„Keine Ahnung.“

Sogar Iris machte jetzt ein verdutztes Gesicht.

Es dauerte ungefähr eine Stunde, bis Frau Shantotto sich einigermaßen beruhigt hatte, obgleich sie auch dann noch heftig keuchte.

In dieser Stunde hatte Iris sich bereits mit den Kindern der ersten Klasse angefreundet. In aller Ruhe plauderten sie über die Kunst der Magie.

Schließlich winkte Frau Shantotto, die sich sichtlich

bemühte, gelassen zu wirken, ab: „Nun gut. Ich verstehe. Ich gestatte dir hiermit, einen Tag an dieser Akademie zu studieren."

„Wobei die Erlaubnis der Frau Doktorin eigentlich gar nicht nötig wäre."

Ein böser Blick traf den jungen Lehrer und verschloss ihm den Mund.

„Gut. Wenn das so ist, dann erteile ich, Frau Doktorin Shantotto, dir persönlich Unterricht. In der ersten Stunde gibt es eine Prüfung."

„Aber das kann man doch nicht als ‚Unterricht' bezeichnen", mischte sich der Tarutaru-Lehrer ein. Abermals böse angeblickt, senkte er entmutigt den Kopf.

„Hm. So wie es aussieht, bist du immerhin eine Magierin, wenn auch keine besonders gute. Deshalb gebe ich dir eine ganz einfache Aufgabe. Auf dem Flachland von Sarutabaruta wächst ein besonderer Baum. Er wird ‚Funkelnder Baum' tituliert." Sie schloss kurz den Mund und kicherte vor sich hin.

Iris' Augenbrauen hüpften nach oben.

„Am Fuß dieses Baumes kann man die ‚Tränen der Kometen' finden. Ist dir das bekannt?"

Iris nickte.

Na, große Lüge! Ich jedenfalls höre jetzt zum ersten Mal davon, dachte Al.

„Kannst du eine davon *in die Hand nehmen* und hierher bringen?"

Sie schielte nach oben grinste Iris und Al an.

Al kam es so vor, als ob in Iris' Körper die innere Energie aufflammte und ausstrahlte, obwohl sie doch keine Kämpferin war.

„Natürlich."

Als die Blicke der beiden Frauen sich trafen, sprühten Funken.

Al durchfuhr Angst, sehr viel Angst.

So kam es, dass Al und Iris gezwungenermaßen zusagten, sich auf das Flachland von Sarutabaruta zu begeben. Und das, bevor Iris an einem einzigen Seminar teilgenommen hatte.

Sie durften gerade noch zum Mittagessen bleiben.

Denn die Kinder wollten Iris nicht gehen lassen. Sie konnte sehr gut mit Kindern umgehen. Bis zum zwölften Lebensjahr war Iris von der Kirche aufgezogen worden und hatte dort die Aufgabe gehabt, sich um die kleineren Kinder zu kümmern – wie Al später erfuhr. Ihr Blick war sehr liebevoll, wenn sie mit den Kindern spielte.

Als Hauptgericht gab es gegrillten Wildhasen. Außerdem wurden heiße Tortillas serviert. Als Beilage gekochte Eidechseneier und Pantam-Algen. Nach dem Essen wurden sie noch auf eine Tasse Windurster Tee eingeladen. Alle Gerichte waren im nahegelegenen Restaurant „Sterne der Morgendämmerung" zubereitet und extra für Iris und Al zur Akademie gebracht worden.

Frau Doktorin Shantotto war verschwunden. Wie Al erfuhr, hatte sie sich bereits in ihr Büro zurückgezogen.

Während sie das köstliche Essen verspeisten, unterhielt sich Iris mit den Schülern der Akademie – lauter Tarutarus, bis auf ein Mithra-Mädchen – wieder über die Zauberei. Zum Beispiel über die wilde Bestie, die man mit einem Rufzauber herbeiholen konnte, der allerdings schon lange in Vergessenheit geraten war. Oder über die legendären, großartigen Magier der Vergangenheit.

Von der Teetasse, dessen Henkel Iris' schmale Finger umfassten und die sie mit beiden Händen umfing, stieg Dampf auf.

Durch zusammengepresste Lippen pustete Iris den heißen Dampf weg: „Das heißt, dass dieser Mensch namens ‚Sternensibylle' verboten hat, die wilde Bestie zu rufen, verstehe ich das recht?"

„Genau", erwiderten die Studenten alle zusammen.

Das Mithra-Mädchen, das gerade eingeschult worden war, fuhr fort, wobei sie sich mit zusammengezogenen Augenbrauen mühsam daran zu erinnern versuchte, was sie gerade gelernt hatte. Demnach sollte aus Anlass des Krieges gegen die Beastmen vor zwanzig Jahren die ‚Sternensibylle', der Anführer der Tarutarus, den Rufzauber verboten haben.

„Ah so! Diese ‚Sternensibylle' ist ja toll."

Al, der ihr zuhörte, verstand zwar nicht so genau, was

so „toll“ sein sollte, aber die Studenten beantworteten Iris’ Bemerkung allesamt mit einem Nicken.

Die Einladung eines Lehrers – „Wollt Ihr nicht doch noch an einer Vorlesung teilnehmen, bevor Ihr aufbrecht?“ – lehnte sie bedauernd ab, da sie schließlich eine Aufgabe zu erfüllen hatte. Dann verließen Al und Iris die Akademie.

„Frau Iris!“ Der junge Tarutaru-Lehrer von vorhin, der immer ein Wort zu viel gesagt hatte, folgte ihnen hastig zum Tor. „Entschuldigt.“ Er senkte seinen Kopf.

Als Iris ihm erwiderte, dass es schon in Ordnung sei, meinte der junger Mann: „Die Frau Doktorin besitzt in der Tat einen Stolz, der größer ist als der Vulkan Yuhtanga, und ein Temperament, rauer als das Gebirge von Gustaberg. Trotzdem ist sie aber kein bösartiges Wesen.“

Irgendwie war das kein allzu erfolgreicher Versuch, die Frau Doktorin in ein besseres Licht zu rücken.

„Ah … übrigens. Kennt Ihr die ‚Tränen der Kometen‘ wirklich?“

Wenn Iris jetzt wahrheitsgemäß mit ‚nein‘ antwortete, würde er ihnen sicher etwas darüber erzählen, hoffte Al. Vermutlich war er ihnen deshalb gefolgt.

„Ja, natürlich.“

Iris war wirklich stur. Ansonsten wäre sie eben nicht Iris. Das war schon klar. Doch sowohl der junge Tarutaru, als auch Al – und sogar Shera und Jed – stießen heimlich einen Seufzer aus.

Dafür erklärte er ihnen ausführlich, wo der „Funkelnde Baum“ zu finden war: Im westlichen Flachland von Sarutabaruta gab es eine kleine Erhebung namens Sternenfall-Hügel. Der „Funkelnde Baum“ stand ganz oben auf diesem Hügel – der Lehrer skizzierte sogar schnell noch einen Lageplan und überreichte ihn Iris.

Iris und Al bedankten sich, dann verließen sie die Akademie.

Unter Sheras Führung kehrten sie zum Zentrum des Wasserbezirks zurück, dann wollten sie weiter zum Nordtor der Hauptstadt. Wenn man durch dieses Tor die Stadt verließ, war es bis zum Sternenfall-Hügel nicht mehr weit.

Als sie in der Nähe ihres Gasthauses im Wasserbezirk angekommen waren und sich gerade auf der belebten Straße auf den Weg zum Tor gemacht hatten, sagte Jed plötzlich: „Ich muss etwas erledigen.“ Er änderte abrupt seine Richtung.

Während die anderen noch auf eine Erklärung warteten, verschwand er schon in einer Seitengasse.

Al war verwirrt und wollte ihm sogleich folgen.

Doch Shera hielt ihn zurück: „Ich mache das. Tut mir leid, aber zu dem Hügel müsst ihr allein gehen.“ Kaum hatte sie das gesagt, rannte sie Jed nach.

Da sich viele Menschen auf der Straße drängten, konnte Al schon bald weder Jed noch Shera erkennen. Mit Iris blieb er noch eine Weile verdutzt stehen.

„Was hat das zu bedeuten?“

„Keine Ahnung.“

So blieben sie gezwungen, zu zweit den Sternenfall-Hügel aufzusuchen.

Erst als sie das Flachland von Sarutabaruta schon betreten hatten, fiel Al ein, dass er Shera nach den „Tränen der Kometen“ hätte fragen sollen.

+ + +

Shera wunderte sich.

Sie hatte immer geglaubt, dass die Seitengassen überall mehr oder weniger gleich aussähen.

Sie war im Waldbezirk aufgewachsen, wo viele Mithras lebten. Die Seitengassen dort waren dunkel, eng und schmutzig gewesen.

Die Gassen hier im Wasserbezirk waren zwar auch dunkel, eng und verwinkelt, aber sauber.

„Wie* kann ich Ihnen* behilflich sein?“

Die Stimme ließ sie überrascht innehalten. Keine Angst! Es war nur ein Cardian. Sie atmete auf. „Ich kann dich jetzt nicht brauchen!“, brummte sie ihn mit tiefer Stimme an, dann eilte sie weiter. Sonst würde sie Jed jeden Moment aus den Augen verlieren.

Hinter ihr surrten traurig die Räder des Cardians.

Shera vermutete, dass diese Cardians für so saubere Gassen sorgten. Sofort, wenn sie etwas Abfall bemerkten, mussten sie ihn wahrscheinlich auflesen. Obwohl man natürlich nicht sicher sein konnte, dass sie wirklich nur den Abfall entsorgten. *Wie könnt ihr euch nur auf so unzuverlässige Geräte verlassen?*

Mit langen Schritten rannte Shera die Gasse entlang.

Jeds Gestalt war nicht mehr zu sehen. Doch sie war sicher, dass es hier keine Abzweigung gab und eilte weiter. Sie bog um eine Ecke, dann um eine weitere. In diesem Moment hörte sie eine bekannte Stimme.

„Willst du uns verraten?!"

Sofort hielt sie an. Sie spähte um die dritte Ecke, wobei sie nur ihren Kopf hinausstreckte.

Ein purpurnes Kleid fiel ihr in die Augen. Shera hielt den Atem an.

Ein Mann stand mit dem Rücken zu ihr: Jed.

„Du kannst mich also immer noch nicht aufgeben. Deshalb bist du mir gefolgt. Oder?"

Eine verführerische Frauenstimme, die Shera bekannt vorkam. Nein! Sie wusste es schon, bevor sie sich fragte, wer das sein könnte. Das purpurne Kleid, das hinter Jed leuchtete, gehörte dieser Frau. Jetzt sah sie ihr Gesicht.

Es war die fahrende Sängerin. Leysha. Wie sie es bereits geahnt hatte. Ihr ruhiger Tonfall von damals war jetzt äußerster Gereiztheit gewichen. „Widersprich mir, wenn ich mich irre, Jed! Nein, Gerald Dail. Seit wann bist du so feige geworden? Dein ruhmreicher Vater würde sich vor Schmach im Grab umdrehen."

Klick. Jed hatte die Sicherung seines Schwertes gelöst.

Plötzlich änderte sich Leyshas Gesichtsausdruck.

„Entschuldige! Aber was hast du davon, dass du, ein stolzer Elvaaner, dich mit einer Zwergmagierin und ein paar Baby-Abenteurern verbündest?!"

Jed erwiderte nichts.

Shera konnte sich nicht mehr beherrschen. Sie machte einen Schritt nach vorne, bog um die Ecke und zeigte sich.

Leysha bemerkte sie.

Jed musste bereits registriert haben, dass sie ihm gefolgt war, er drehte sich nicht einmal um.

„Ist dir das klar? Du bist ein Elvaaner!" Mit diesen Worten wandte Leysha ihnen den Rücken zu und ging weg.

Sie rannte nicht. Sie blickte auch nicht mehr zurück. In aufrechter Haltung verließ sie den Ort. Was für eine hochmütige Frau sie war! Ihr Rücken schien zu sagen: *Wenn ihr mich angreifen wollt: Nur zu!*

Warum habe ich heute nur mit solchen Weibern zu tun! Shera wollte fast die Hände über dem Kopf zusammenschlagen. Dann fiel ihr etwas ein, und sie blickte auf.

Jed stand immer noch wie angewurzelt da.

„Willst du ihr nicht folgen?"

Jed sagte nichts.

Auf einmal wurde Shera sehr wütend. *Es würde mir*

vielleicht gut tun, ihm eine in die Fresse zu hauen. Denn … Jed wusste, dass sie da war. Trotzdem beachtete er sie nicht.

Er schwieg weiter.

Shera wurde ärgerlich. Aus irgendeinem Grund. Sehr ärgerlich.

3

Durch das Nordtor des Wasserbezirks betraten sie Sarutabaruta.

Im Westen ragte etwas empor, was offensichtlich keine natürliche Erhebung war.

„Was ist denn das?“, Iris wies mit dem Finger darauf.

„Sieht aus wie ein Turm, … aber …“

Al warf einen Blick auf den Lageplan, der ihnen in die Hand gedrückt worden war. Danach zu urteilen, war es schätzungsweise eine Ruine namens Horutoto.

Offenbar mussten sie erst einmal dorthin laufen und einen Umweg in Kauf nehmen, um den Sternenfall-Hügel zu erreichen. Denn auf direktem Weg zwischen dem Nordtor und dem Hügel verlief eine Spalte, die sie auf keinen Fall überqueren konnten.

Auf der grünen Ebene marschierten sie in Richtung der Ruine, und als die Spalte endete, bogen sie nach Norden ab.

Am blauen Himmel kreiste ein Vogel mit roten Flügeln.

Hin und wieder krächzte er. Hasen, sogenannte Flachland-Rarabus, hüpften direkt an ihnen vorbei.

Vor Al und Iris tat sich eine sanfte Erhöhung auf. Der Sternenfall-Hügel!

Oben stand ein großer Baum. Das musste wohl der „Funkelnde Baum“ sein.

Die Sonne neigte sich schon im Westen, und bald würde es dämmern. Al und Iris hatten den Hügel bereits fast erklommen. Gleich würden sie den Baum erreichen.

Sie beschleunigten ihre Schritte.

Im selben Moment – wie als Vorwurf, dass sie sich beeilten – hörten sie einen lauten Ruf: „Hiiiiiiiilfeeeeeeee!“

Die Stimme kam ihnen bekannt vor. Unwillkürlich schauten sie einander an.

„Du, diese …“

Iris’ Gesichtsausdruck signalisierte: *Das darf doch nicht wahr sein!*

Als Blick suchte nach dem Besitzer der Stimme, bevor er ausrief: „Da ist er!“

Die Gestalt, die ihre kurzen Beine rhythmisch schleudernd den Hügel hochrannte, war …

„Chitto!“ Der Tarutaru-Mönch!

Er wurde schon wieder von Monstern verfolgt.

„Igitt … das sind …“ Iris, die gerade losflitzen wollte, hielt unwillkürlich an.

„Komm, schnell!“

„Ja, ja!“

Abenteurer durften nicht zögern, anderen Lebewesen Hilfe zu leisten, bloß weil sie einen Gegner verabscheuten. Das wusste auch Iris.

Selbst wenn es sich um fünf Raupen handelte, die in einer Reihe hinter Chitto herjagten.

„Das sind keine Lebewesen ohne Beine!“, beruhigte sie Al.

„Ja, ja, ja, ja!“

Es war allerdings auch äußerst fragwürdig, ob man die Fortbewegungsmittel einer Raupe als Beine bezeichnen konnte. Denn sie sahen Würmern schon sehr ähnlich.

Al stürzte los.

Iris zögerte nur noch einen Moment, doch dann schloss sie sich ihm an.

Diese Raupenmonster waren etwa so lang, wie ein Tarutaru groß war. Sie hatten eine grelle, giftgelbe Farbe mit braunen Streifen. Auch in der Tahrongi-Schlucht hatte Al bereits einige gesehen. Aber nicht gleich fünf auf einmal. Normalerweise bildeten sie keine Gruppen.

Was hatte Chitto da schon wieder angerichtet?

Al erreichte ihn. Er ließ sein Schwert, das er bereits gezogen hatte, auf die erste Raupe herabsausen.

„Ist dir nichts passiert?!“, fragte er Chitto, nachdem er die Aufmerksamkeit des Gegners auf sich gelenkt hatte.

„Hier kommt *Dia*!“ Iris, die ihn einen Moment später eingeholt hatte, führte einen Zauber für die zweite Raupe durch.

Chitto baute sich jetzt mutig auf. „So, jetzt kommt nur, ihr Biester!“, brüllte er herausfordernd. Er war schon ein ziemlich anpassungsfähiger Bursche. Immerhin schien er nicht verletzt zu sein. Er wandte sich auf der Stelle um und stellte sich vor Al, direkt den Raupen gegenüber.

„Hey, was hast du vor?!“, rief Al

„Jetzt bekommt ihr meine ultimative Super-Technik zu spüren!“ Er griff mit beiden Händen nach dem Nieten-Schlagringen aus, die er an der Hüfte trug. Diese Dinger, die auf Höhe der Hosentaschen befestigt waren, bedeckten den Handrücken mit eisernen Nieten, wenn man sie überzog. Er hängte seinen Mittelfinger in die Ringe, hob sie von den Haken, an denen sie baumelten und fuhr mit den Händen hinein.

„Chitto! Bleib hinter mir!“

Doch dieser antwortete nur zuversichtlich: „Schon in Ordnung!“

Wie „in Ordnung“?!, dachte Al, während seine Klinge auf die erste Raupe herabsauste und ihr endgültig den Garaus machte. Die braune Körperflüssigkeit spritzte heftig in alle Richtungen.

Iris’ Ächzen war zu hören.

Dieses Geräusch noch im Ohr sprang Al zu dem zweiten Monster. Er riss sein Langschwert wieder nach oben und durchschnitt er es mit der anderen Seite der Klinge. Auch die zweite Raupe bewegte sich nicht mehr.

Der westliche Himmel färbte sich bereits goldgelb.

Iris rezitierte eine Zauberformel. Der weiße Schimmer des Schutzzaubers, der die drei umfing, leuchtete im Licht der Abenddämmerung.

Chitto bewegte sich wirklich flink. Immerhin nannte er sich ja selbst einen Faustkämpfer. Den schleimigen Fäden, die die Raupen nach ihm schleuderten, wich er geschickt aus, dann schlug er mit seiner nietenbewährten Faust nach einer der übrigens Raupen.

Aber weil er ein ziemliches Leichtgewicht war, reichte das bei Weitem nicht aus, die Raupe mit einem Schlag zu töten.

Die vierte Raupe erlegte Al mit der „Brennenden Klinge“, die voll mit verdichteter innerer Energie aufgeladen war.

Die letzte Raupe machte Iris, die langsam ungeduldig wurde, mit „Seraphs Schlag“ nieder. Damit waren sämtliche Monster erledigt.

„Hui ...“ Während er die Schlagringe wieder an die Hüfte hängte, stieß Chitto den Atem durch die Lippen.

„Was heißt hier ‚Hui‘?! Hey du, was hast du hier überhaupt zu suchen?!“, fuhr Iris ihn an, die Hände in die Hüfte gestemmt.

Auf diese Worte, die sie ihm an den Kopf knallte, erwiderte Chitto völlig unbeeindruckt: „Hey, Alte! Was soll denn das? Du wirst aber ganz schön leicht sauer.“

„Was?!“

Al versuchte, Iris zu besänftigen, die jetzt fuchsteufelswild wurde, dann fragte er Chitto: „Wie ist denn das passiert?“

Chitto berichtete, was er hier auf Sarutabaruta tat. Die Raupen hatten die Angewohnheit, hin und wieder Steine zu fressen. Angeblich, um die Verdauung zu fördern, aber so ganz genau war das noch nicht erforscht. „Herr Doktor Koru-Komo sucht nach ganz bestimmten schwarzen, kantigen Steinen, die hier auf Sarutabaruta herumliegen …“

„Herumliegen?“

Als Al misstrauisch seinen Kopf neigte, nickte Chitto.

„Ja! Sie fallen manchmal vom Himmel. Früher kam das öfter vor. Hier, in dieser Gegend, kann man ab und zu solche Steine finden, sagt er.“

„Ah, du bist also auf Edelsteinsuche.“

Jetzt verstand Al endlich. Aus demselben Grund kämpften die Jäger aus Bastok im Gebirge von Gustaberg gegen die Würmer. Wahrscheinlich waren von diesen kantigen, schwarzen Steinen schon einige in den Bäuchen der Raupen aufgetaucht.

„Ich dachte, das wird ein Kinderspiel. Darum habe ich mir vielleicht zu viel vorgenommen. Eine davon hätte ich leicht geschafft. Aber fünf auf einmal – das war mir zu anstrengend.“

„Und warum hast du dann gleich um Hilfe gerufen!?“, stichelte Iris

„Na ja, Rufen kostet ja nichts.“

„Was? Du spinnst wohl?! Du hast ja keine Ahnung von der Pflicht zur gegenseitigen Hilfeleistung unter Abenteurern!“

Al bremste Iris, die abermals fast ausrastete und wechselte das Thema: „Jetzt verstehe ich, was du hier machst. Du scheinst ein Mann zu sein, der sich mit allem auskennt. Deshalb möchte ich dich etwas fragen.“

Diese offenkundige Schmeichelei schien Chitto zu gefallen.

„Was denn, Alter?“

„Nicht ‚Alter‘! Nenne ihn Al!“, schimpfte Iris. Aus irgendeinem Grund war sie schon wieder sauer.

„Also, Al! Worum geht’s, Alter?

„Nein, nein! ALFRED!“, betonte Iris.

„Hey, Alte! Du hast doch gerade gesagt, ich soll ihn ‚Al‘ nennen.“

„NEIN!“

Von einem fast Funken sprühenden Blick getroffen korrigierte Chitto sich lieber freiwillig: „Also dann, Alfred. Was willst du von mir wissen, Alter?“

„Kennst du die ‚Tränen der Kometen‘?“

Der Himmel war bereits orangerot. Al wusste zwar nicht, was diese ‚Tränen‘ waren, aber dass man sie in der Dunkelheit finden konnte, bezweifelte er sehr.

„Al …“ Iris wirkte, als wollte sie ihm etwas sagen.

Wahrscheinlich mochte sie keine fremde Hilfe annehmen. Aber ohne zu wissen, wonach sie überhaupt suchten – das war fast so, als ob man im dichten Nebel eine Landkarte aufschlug. Frau Doktorin Shantotto war zwar eine Dame mit einer extrem ausgeprägten Persönlichkeit, aber niemand, den man hassen konnte. Dennoch hatte Al nicht die Absicht, einfach so zu verlieren.

„Ja, kenne ich.“ Da Chitto ganz selbstverständlich geantwortet hatte, konnte Al ihm nicht so recht glauben.

„Jeder kennt das, der einmal auf Sarutabaruta war. Aber …“

Bei Chittos folgenden Worten schrie Al innerlich auf: *Mist! Sie hat uns ausgetrickst!*

„Wenn ihr sie sehen wollt, müsst ihr warten bis Mitternacht.“

+ + +

Sie fachten auf dem Hügel unter dem „Funkelnden Baum“ ein Feuer an und ließen sich darum nieder.

„Hier, das kannst du essen.“ Iris warf Chitto ein Stück getrocknetes Fleisch zu.

Ihre vor Hunger knurrenden Bäuche beschwichtigten sie mit getrocknetem Fleisch und Dufttee, für den sie Wasser kochten.

Am schwarzen Himmel standen bereits unzählige Sterne. Al, Iris und Chitto vertrieben sich die Zeit bis Mitternacht, indem sie Sternbilder zählten, die durch die Verbindungen mehrerer Sterne entstanden.

Die Sternbilder legendärer Bestien, die auf der schwarzen Leinwand des Himmels gezeichnet waren, bewegten sich langsam von Osten nach Westen.

Al blickte in das still brennende Feuer und fragte Chitto, wann er denn das Abenteurerleben begonnen hatte.

„Ungefähr vor einem Monat."

Al war sprachlos. „Ähm … dann ist es doch eigentlich Wahnsinn, es gleich mit fünf Raupen auf einmal aufzunehmen, oder?"

„Hä! Ausgerechnet *du* sagst so etwas. Du warst doch genauso!", stänkerte Iris. Sie schien sich ein wenig entspannt zu haben, nachdem sie etwas gegessen hatte.

„Mein Gegner war immerhin ein Goblin!" Aber Al war ihr in die Falle getappt.

Iris ließ sie zuschnappen: „In der Hinsicht, dass ihr beide fast getötet wurdet, gibt es keinen Unterschied."

Als Chitto widersprach – „ich war doch gar nicht fast tot" –, sagte sie klar und erbarmungslos: „Ohne uns wärest du tot gewesen."

Al und Chitto starrten verlegen in den nächtlichen Himmel hinauf. „Ah, eine Sternschnuppe!"

Am schwarzen Himmel war ein weißer leuchtender Schweif zu sehen, der sogleich wieder verlosch.

„Mir ist gerade eingefallen: Bald ist eine Nacht, in der man richtig viele Sternschnuppen beobachten kann."

Chittos Worte stießen auf Iris' Interesse. Chitto erzählte, es gäbe in Windurst eine Einrichtung namens „Observatorium“. Dort würden gelehrte Männer jede Nacht den Himmel inspizieren. Sie wüssten alles über die Sterne. Von diesem Tag, an dem besonders viele Sternschnuppen fallen sollten, hatte Chitto ein Freund erzählt, der dort arbeitete.

„Wäre es nicht besser gewesen, wenn du auch dort angefangen hättest?“, stichelte Iris.

Chitto beharrte etwas beleidigt: „Ich wollte aber doch Abenteuer bestehen!“

Chitto hatte einen Onkel, der Mönch war. Dieser Onkel war Chittos großes Vorbild, deshalb wollte er ebenso ein Leben führen und unbedingt Abenteurer werden.

Während er Chittos Erzählung lauschte, fiel Al auf, dass es in seinem eigenen Fall ganz ähnlich war.

Als er in den Himmel aufblickte, bemerkte er wieder eine Sternschnuppe. Sie leuchtete ziemlich hell. Vor Als geistigem Auge erschien das Gesicht seiner Großmutter, der Geschichtenerzählerin. „‚So wie die Sternschnuppen‘, hat sie gesagt …“

Iris warf ihm einen fragenden Blick zu.

„Meine Oma …“

Er erinnerte sich an ihre Stimme. Fast als hätte er sie im Ohr. „Sie hat öfter zu mir gesagt: ‚Al, hör gut zu! Ein Abenteurer ist wie eine Sternschnuppe. Nur während er unterwegs ist, glänzt und strahlt er.‘“ *Ein Abenteurer, der die Ferne scheut, ist kein Abenteurer*, hatte seine Großmutter gemeint. „‚Abenteuer machen nur Sinn, wenn man auf der Suche nach etwas Neuem ist. Nur ein neugieriger Geist verleiht einem Abenteurer Glanz‘, erklärte sie mir.“ So hatte sie im flackernden Kerzenlicht zu ihm geredet. Sie hatte ihm von den legendären, unvergesslichen Abenteurern berichtet und ihm zahllose aufregende Abenteuergeschichten erzählt, bei denen sein Herz höher schlug.

Irgendwann hatte Al es sich wie etwas Selbstverständliches geschworen: Auch er wollte Abenteuer erleben und sich auf Reisen begeben – wie die Sternschnuppen. Seitdem war Al nicht mehr zu bremsen gewesen. Gleich nach dem 17. Geburtstag hatte er seinen Eltern angekündigt, dass er zu einer Abenteuerreise aufbrechen wollte.

Sein Vater und auch seine Mutter machten ein ergebenes Gesicht. Sie entgegneten ihm, sie hätten es bereits geahnt.

„Oh ja … wie eine Sternschnuppe. Sehr schön, wie deine Oma das ausgedrückt hat …“, murmelte Iris leise.

Da pochte Als Herz stärker – er wusste nicht, warum. Still betrachtete er ihr Gesicht, das zum Himmel aufblickte.

Dann schauten sie beide für eine Weile zusammen in den Himmel, ohne etwas zu sagen.

Schließlich bemerkte Iris: „Vielleicht haben die ‚Tränen der Kometen‘ ja etwas mit den Sternschnuppen zu tun?“

Chitto warf ihr einen Blick zu. Er sprang hoch: „Nein!" Der Ton war eher trocken, doch erstaunlicherweise ärgerte das die beiden nicht. „Auf! Auf! Wir müssen das Feuer ausmachen!" Er begann, Sand in das Feuer zu werfen, um es zu löschen

Es wurde stockdunkel.

„Also, Alter! Weil du eine gute Geschichte erzählt hast, werde ich euch etwas Gutes zeigen", Chitto forderte Al und Iris auf, mitzukommen. Er führte die beiden zum „Funkelnden Baum".

Der Wind wehte stärker. Der Saum von Iris' Robe flatterte heftig. Der Wind kam aus der Umgebung. Er strömte den Hügel hoch bis zur Spitze. Das Geräusch der raschelnden Blätter wurde immer lauter. Die Temperatur sank schlagartig. Al bekam eine Gänsehaut. Es war viel zu kalt für Spätsommer. Eine eisige Winterkälte breitete sich aus.

„Seht ihr sie, die Sterne?" Chitto wies auf die Wurzel des „Funkelnden Baums".

Dort tanzte glitzerndes, weißes Licht. Auf einmal wehte der Wind stärker. Zaaa! In diesem Augenblick wirbelte ein Luftzug das Licht, das an der Wurzel des Baumes funkelte, hoch in den Himmel.

Viele funkelnde Lichter – wie kleine Sterne – wurden mitgerissen und hüpften in der Luft herum. Diese Sterne schwebten langsam wieder zu Boden.

Unwillkürlich streckte Al seine Hand aus und versuchte, einen aufzufangen, dann merkte er: Die Lichtkörner schmolzen sofort in der Wärme seiner Hand.

„Das ist Reif", erklärte ihm Chitto später.

Keiner wusste genau, warum nur an der Spitze dieses Hügels die Temperatur so rasch sank, meinte Chitto. Doch deshalb fror die Feuchtigkeit in der Luft und tanzte im Wind.

Unentwegt regneten die weiß schimmernden Sterne auf Al, Iris und Chitto herab.

„Das sind die ‚Tränen der Kometen'!", Chitto streckte beide Arme weit aus und drehte sich auf der Stelle.

„Na! Diese Frau!" Iris ballte ihre Fäuste. „Wie soll man *die* in die Hand nehmen und zu ihr bringen – das ist doch unmöglich!"

Aha! Al war doch irgendwie beeindruckt. Denn Frau Shantotto hatte sie doppelt auf die Schippe genommen: Wenn sie die Sterne der Kometen wirklich finden wollten, dann konnten sie vor Mitternacht nicht zurückkommen und am Unterricht nicht mehr teilnehmen. Und wenn sie sie fanden, war es unmöglich, sie mit bloßer Hand zu transportieren.

„Wieso lachst du denn so, Al?!"

„Na ja, sie hat uns ganz schön auf die Schippe genommen. Obwohl, für dich ist es natürlich schade, dass du kein Seminar besuchen konntest."

Nach Als Bemerkung senkte Iris ihren Blick – nur für einen Moment. Dann ließ sie ihre Schultern hängen, als ob sie auf einmal völlig entkräftet wäre, und sagte: „Danke, Al."

Das brachte Al in Verlegenheit, da er keine Ahnung hatte, wofür sie sich bedankte. Doch Iris fuhr fort: „Danke, dass du ihr von meinem Empfehlungsschreiben berichtet hast."

Ah! Al erinnerte sich wie Iris – ganz anders als sonst – mit zitternden Knien dagestanden hatte.

„Es war der Traum meines Vaters und meiner Mutter, mich in diesem Land, dem Königreich der Magie, diese Kunst studieren zu lassen." Als Frau Shantotto klipp und klar abgelehnt hatte, in diesem Moment hätte sie bereits aufgegeben, dass dieser Traum je in Erfüllung gehen könnte. Im nächsten Moment hätte sie wahrscheinlich angefangen zu weinen. „Aber es war der Traum meiner Eltern. Jetzt finde ich es viel besser, dass wir heute hier sind, als an einem Seminar über Magie teilzunehmen."

Dann breitete sie ihre Arme aus, so wie Chitto, und drehte sich einmal im Kreis. „Denn …", mitten im Sternenregen breitete sich Iris' langes Haar und der Saum ihrer Robe aus und schwangen sanft im Kreis, „ich bin viel glücklicher über die Geschichte deiner Oma und dass ich das hier sehen durfte!"

Am Himmel hinter ihr zog wieder eine Sternschnuppe ihre Bahn und verlosch.

4

Als Al und Iris das Gasthaus erreichten, war es bereits weit nach Mitternacht.

Al wunderte sich, dass im Speiseraum, der sich direkt beim Eingang befand, noch Licht brannte.

Es war nicht das gelbe Licht der Leucht-Blume, sondern das orangene Leuchten einer Laterne.

Die Laterne, die ganz hinten in dem Raum auf einem kleinen Esstisch stand, gehörte Shera.

Statt zu schlafen, warteten dort ihre Kameraden auf Als und Iris' Rückkehr.

„Um diese Zeit nach Hause zu kommen! Ihr traut euch ja was!"

Al wusste nicht, was er darauf antworten sollte. „Äh … Nein, nein … also …!"

Iris warf dem verlegenen Al einen schiefen Blick zu und nahm sofort Platz.

Dass sie total unbeeindruckt war, verwirrte Al noch mehr.

„Warum bist du so verlegen?"

„Äh, weil …"

„Ich habe doch per Verbindungs-Perle Bescheid gegeben. Deshalb wissen alle, dass wir uns nicht irgendwo herumgetrieben haben."

Erst jetzt fiel ihm ein, dass es ja die Verbindungs-Perle

gab. Entkräftet ließ er sich auf einen Stuhl plumpsen. Shera hatte ihn also hereingelegt.

„Und, wie sieht's aus?", bohrte Iris. „Worum geht es?"

Al besaß gerade noch so viel Vernunft, diese Frage nicht zu stellen. Schließlich hatten sie alle extra auf ihre Ankunft gewartet. Es musste also etwas passiert sein.

„Der Konsul ist zurück", berichtete Jed knapp.

Max fuhr fort: „Konsul Melek hat gesagt, dass wir die nächste Nachricht abwarten sollen, da ein baldiges Treffen erwünscht sei."

Al schaute automatisch in die Runde.

Max, der heute den ganzen Tag Bereitschaftsdienst übernommen hatte, sah munterer aus als sonst. Er erweckte sogar den Eindruck, als dürstete er förmlich nach einem neuen Auftrag.

Peta wirkte sorglos – na ja, eigentlich wie immer –, sodass sie Al keinen Hinweis darauf lieferte, was passiert sein mochte. Sie pfiff leise vor sich hin und wippte mit ihrem Stuhl auf und ab. Er konnte ihr nicht einmal ansehen, ob sie ihre Angelegenheit erfolgreich erledigt hatte. Mit ihr schien jedenfalls alles in Ordnung zu sein. Wahrscheinlich!

Um wen er sich Gedanken machte, waren Jed und Shera. Die beiden hatte er nicht mehr gesehen, seit sie sich um die Mittagszeit getrennt hatten.

„Was denn? Hab ich was im Gesicht? Hm?"

Shera, du brauchst dir nicht extra für mich die Wange zu reiben, da ist schon nichts drauf gekritzelt, dachte Al.

In diesem Moment zweifelte er mal wieder an seinen Fähigkeiten als Bündnisführer.

Iris war die Einzige, die Al immer gut einschätzen konnte. Allerdings gab es kaum jemanden, dessen Gefühlslage sich deutlicher im Gesicht abzeichnete, als bei ihr.

„Übrigens, müssen wir jetzt diese Beastmen, die Yagudos, wirklich unterstützen?"

Iris' Frage konnte niemand beantworten.

„Wir wissen es nicht, bis wir etwas Genaues gehört haben. Wir wissen nicht einmal, wozu wir vom ‚Himmelsturm' beauftragt werden. Sicher ist nur, dass die Yagudos sich in einer schwierigen Lage befinden, stimmt's?", meinte Peta.

Alle nickten, wenn auch nicht sonderlich begeistert.

„Der Konsul ist bereits zurück, habe ich das richtig verstanden?", fragte Al noch einmal.

„Lasst uns doch einfach zu ihm gehen! Gleich morgen früh, als erste Besucher. Dann wissen wir, was los ist", schlug Max vor.

Für einen Moment herrschte Schweigen am Tisch.

Dann nickte Al beifällig: „Stimmt! Es gibt keinen Grund abzuwarten."

Anschließend klopften Max und Jed Al auf die Schulter, einer nach dem anderen.

Jeds Gesichtsausdruck blieb unverändert unergründlich.

Doch Max sah sehr zufrieden aus.

+ + +

Durch einen schmalen Lüftungsschlitz blickte er in das Zimmer hinunter.

Alle Lichter waren aus. Durch die zwei Fenster, die nach Süden und Osten gingen, fiel das blasse Licht der Sterne herein.

Ein Eckzimmer, das sich ganz hinten im zweiten Stockwerk befand. Genau! Dieses Zimmer war das richtige.

Die Schnurrhaare und sein Schwanz zitterten vor Freude. Seine Herrin hatte mal wieder gute Vorarbeit geleistet. Da durch die Fenster nur der Sternenschein schimmerte, war es in dem Zimmer dunkel wie in seinem Nest. Natürlich hatte er damit keine Probleme. In diesem schwachen Licht erkannten seine Augen alles klar und deutlich.

Zwei Betten. Auf einem bildete sich eine ziemlich große Wölbung. Genau die Größe eines Hume.

Das andere Bett schien leer zu sein. Aber das interessierte ihn nicht.

Denn er hatte es auf den Hume abgesehen.

Er huschte an der Wand hinunter. Das war fast genauso

schnell, als wenn er sich fallen ließe, und da er leicht wie eine Feder war, wäre auch das keine Schwierigkeit für ihn gewesen. Als er auf dem Boden aufkam, war kaum ein Geräusch zu hören. Vorsichtig schaute er sich um, dann rannte er zu dem Lager. Am Holzbein des Bettes packte er mit seinen Krallen zu und kletterte hoch. Mit der Nase hob er die Wolldecke an. Von der Fußseite her schlüpfte er unter die Decke, dann eilte er nach oben. Es sei unter dem Kittel des schlafenden Hume oder unter dem Kopfkissen versteckt, hatte seine Herrin gesagt.

Sein kleines Vorderbein berührte etwas sehr Weiches.

„Neiiiiiiiiiiiiiiiiiiiiiiiiin!“

Mit einem Schrei wurde er, zusammen mit der Decke, an die Wand geschleudert.

Er war ganz schön erschrocken. Warum war das eine Frauenstimme? Er hatte es eigentlich auf einen Hume-Mann abgesehen!

Die Decke linderte den Aufprall ein wenig, sodass er – wunderbarerweise – von einer Verletzung verschont blieb. Mit den Beinen zappelnd versuchte er zu fliehen. Sein Kopf kam aus der Decke heraus.

„Nein, du entkommst mir nicht. Du unverschämtes Biest!“

Er – die Maus John – hatte nicht einmal Zeit zu piepsen. Als das Kopfkissen ihn traf, blies es ihm das Bewusstsein weg.

Die plötzliche Ohnmacht riss sie fast mit in die Dunkelheit. Ihr geistiger Kontakt war auf einmal abgebrochen. Sie kniete auf der Stelle nieder und presste ihre Hände an die Schläfen. „Warum … warum war da dieses Mädchen!“, ächzte sie.

Darauf ertönte unerwartet eine Antwort: „Ich habe sie die Zimmer tauschen lassen.“

Erschrocken fuhr sie herum. Sie erhob sich und spähte wütend in die Dunkelheit. „So, so. Du willst mir also unbedingt in die Quere kommen, Jed.“

Aus dem Schatten des Gasthauses trat ein Elvaaner. Sein Name war Gerald Dail.

Sie zischte ihn mit gedämpfter Stimme an: „Verräter!“ Ein Wort, das sie lieber vermieden hätte. Aber sie konnte sich nicht mehr beherrschen.

Damit sie in der Dunkelheit nicht auffiel, hatte sie ein indigoblaues Kleid angezogen. Ein Kleid aus eng anliegendem, dünnen Seidenstoff, das fast so aussah, als würde es von der Haut angesaugt. Um die Hüfte trug sie eine dunkelrote Schärpe. So verschmolz sie fast mit der nächtlichen Dunkelheit.

So wie sie jetzt aussah, war sie keine fahrende Sängerin. Das war ihr zweites Gesicht: Leysha, die Dompteuse!

Jed antwortete nichts. Er schlenderte nur langsam auf sie zu. „Lass uns in Ruhe!“

Bei seinen Worten kochte ihr ganzer Körper vor Wut. Doch ihr Kopf wurde schnell wieder kühl.

„Es ist zu spät." Ihre Mundwinkel hoben sich. Sie blickte auf zum zweiten Stockwerk.

In dem Zimmer, wo vorher das Geschrei des Mädchens ausgebrochen war, erklangen Stimmen. „Was ist denn los, Iris?!"

Aus dem Nebenzimmer ertönte ebenfalls ein Schrei. Die überstürzte Stimme eines Jungen.

Da hob auch Jed ruckartig sein Gesicht.

Aus einem Lüftungsschlitz kletterte eine Maus herunter. Sie kam aus dem mittleren der drei Zimmer.

Erst die Umstände prüfen, dann handeln. Sie hatte ihre Voruntersuchung mit aller Sorgfalt erledigt.

Im Maul der Maus befand sich das Rohr mit den eingerollten Unterlagen.

„Leysha!"

Auf den Ausruf ihres früheren Gefährten erwiderte sie kalt: „Endlich hast du meinen Namen ausgesprochen! Aber es ist zu spät. Ich werde nicht zulassen, dass der Bauplan der Regierung diesem Land in die Hände fällt!" Sie drehte sich um und rannte los.

D H A L M E L

KAPITEL 3

I

Al öffnete die schwere Eisentür, dann betrat er einen großen Raum, der mit einem scharlachroten Teppich ausgelegt war. Das Büro des Konsuls.

„Guten Morgen, Abenteurer Alfred. Ich bin Melek, Konsul von Bastok."

Al wurde fröhlich angelächelt und traute für einen Moment seinen Augen nicht. Er hatte nicht damit gerechnet, dass der Konsul eine junge Dame war.

Als ihm Iris einen leichten Ellbogenstoß verpasste, kam er wieder zu sich.

Dass Al und seine Kameraden ihr heute in aller Frühe einen Besuch abstatteten, fand Frau Melek keineswegs ärgerlich. Eher wirkte sie froh darüber. Sie entschuldigte sich für ihre lange Abwesenheit: „Ich habe bereits von Euren Verdiensten um San'doria gehört. Auch hier erwarte ich glänzende Leistungen von Euch."

Dann forderte sie Goldskal auf, der am Eingang des Büros bereitstand, Al und seinen Kameraden ihre neue Mission zu erklären.

„Nun, es ist folgendermaßen", begann Goldskal, mit seriöser Miene zu sprechen – ganz anders als gestern, als er viel lockerer gewesen war. „Windurst hat uns darum gebeten, ein Monster unschädlich zu machen."

„Ein Monster unschädlich zu machen?", wiederholte

Al, ohne dass er es wollte. Goldskal zog die Augenbrauen zusammen, räusperte sich einmal, dann setzte er fort: „Die Ortschaft Giddeus, wo die Yagudos leben, befindet sich westlich von Sarutabaruta, mitten im Gebirge."

Der Ort, von dem Goldskal sprach, war Al nicht bekannt. Doch da keiner seiner Kameraden nachhakte, mussten die anderen wohl Bescheid wissen. Er merkte sich innerlich vor, sich später darüber zu informieren.

„In einer Höhle, die sich am Ausgang dieses Ortes befindet, soll ein unbekanntes Monster hausen und den Yagudos Schwierigkeiten bereiten. Zumindest behaupten das die Yagudos." Ihre Magier hätten diese Höhle mit einem Zauber versiegelt. Doch dieses magische Siegel würde nicht ewig halten. Und bevor es seine Wirkung verlieren würde, wollten die Yagudos, dass das Monster erledigt wurde. So lautete die Geschichte, kurz zusammengefasst.

„Warum tötet Windurst das Monster nicht selber? Wenn ich richtig verstanden habe, wurde doch ursprünglich Windurst von den Yagudos um Hilfe gebeten", wandte Max ein.

„Dafür gibt es zwei Gründe", antwortete Frau Melek, „erstens ist dies nicht das einzige Anliegen der Yagudos. Sie nutzen die freundschaftliche Politik zu ihren Gunsten aus und stellen von Jahr zu Jahr unverschämtere Forderungen. Häufig scheint die Regierung von Windurst damit überfordert zu sein, da es fast unmöglich ist, allem nachzukommen, was sie verlangen." Deswegen würden Aufträge an zuverlässige Abenteurer aus anderen Ländern vergeben, erklärte Frau Melek. „Ein weiterer Punkt ist … nun … Es ist eine Tatsache, dass die Fähigkeiten der Windurster Magierbrigade sehr nachgelassen haben. In Folge der Freundschaftspolitik hat die Regierung die Ausbildung der Magier, der wichtigsten militärischen Kraft von Windurst, vernachlässigt. Jetzt verfügt die Magierbrigade nicht mehr über die notwendigen Kompetenzen, um ein Monster zu vernichten", seufzte Frau Melek.

Al überhörte nicht, dass Peta hinter ihm leise vor sich hin murmelte: „Das bezweifle ich aber!"

„Und, was sagt Ihr? Dürfen wir davon ausgehen, dass Ihr diese Mission annehmt?"

Diese Frage blieb lediglich rein rhetorisch, da Al und seine Kameraden bereits im Auftrag der Bastoker Regierung angereist waren.

„Ja, wir nehmen an", stimmte Al offiziell zu.

„Dann sucht als Nächstes bitte den ‚Himmelsturm' auf und holt dort den Schlüssel ab, der das Siegel öffnet! Auch den Bauplan gebt dort bitte ab! Habt Ihr ihn dabei?"

Al lief es eiskalt den Rücken hinunter.

„Natürlich!" Peta hatte ohne Zögern geantwortet.

Al wollte sich schon fast erstaunt zu ihr umdrehen, als

Iris ihn daran hinderte, indem sie ihm ihren Stock in die Seite stupste. Er bemühte sich, sich nichts anmerken zu lassen.

„Gut. Denn die Regierung von Bastok möchte es möglichst vermeiden, ausgerechnet jetzt die guten Beziehungen zu Windurst zu gefährden. Ich erwarte eine hervorragende Leistung von Euch, Abenteurer Alfred."

So endete das Treffen glimpflich, und Al und seine Kameraden verließen das Konsulat.

+ + +

„Und, wie wollen wir es anstellen?", fragte Iris, kaum dass sie das Konsulat verlassen hatten.

„*Was* anstellen?"

„Na, mit dem Bauplan!", schrie Iris, als wollte sie Al seine Begriffsstutzigkeit vorwerfen.

Al hegte keineswegs die Absicht, aus Spaß dumme Fragen zu stellen. Er wusste auch nicht, wie sie dieses Problem am besten lösen sollten.

Al war nur mit dreien seiner Kameraden unterwegs – mit Iris, Max und Peta. Jed fehlte.

In der letzten Nacht, als die von einer Maus überfallene Iris in ein kreischendes Geschrei ausgebrochen war, erwachte auch Al, der im Nachbarzimmer schlief. Bei einem solchem Gekreische wäre er selbst wachgeworden, wenn er gerade Winterschlaf gehalten hätte.

Max, der mit ihm das Zimmer teilte, hastete bereits den Gang hinunter und rief: „Was ist denn los, Iris!?“

Davon abgelenkt, hatte Al es zu spät bemerkt: Der Bauplan für den Panzer, den sie in der Festung der Orks entdeckt hatten, war weg. Unter dem Kopfkissen lag auf einmal nichts mehr.

Allerdings war das nicht alles, was verschwunden war. Auf das Geschrei hin stürzten Peta und Shera aus dem Zimmer von Peta und Jed. Aber von Jed fehlte jede Spur.

Al wusste nicht, was die beiden Frauen miteinander zu besprechen hatten, aber er war sicher, dass Jed sich nicht im Zimmer aufhielt.

Es war Jed gewesen, der Al und Iris aufgefordert hatte, ihre Zimmer zu tauschen. Er hatte ihnen keinen Grund dafür genannt, sondern nur gesagt: „Macht das! Warum, erfahrt ihr später.“ Und jetzt war er weg, ehe er es ihnen erklären konnte

Al und seine verbliebenen Kameraden verbrachten die Nacht grübelnd, und niemand konnte ein Auge zumachen. Jed kehrte nicht zurück. Dann an diesem Morgen fanden sie beim Frühstück einen Zettel, auf den Shera die knappe Botschaft „Ich bringe ihn zurück!“ gekritzelt hatte. Nun war auch noch Shera verschwunden.

„Na ja. Lasst uns trotzdem erst mal zum ‚Himmelsturm‘ gehen!“, schlug Peta in ihrem üblichen Tonfall jetzt vor. Sie übernahm die Führung und lief los.

„Wo willst du hin?“

Auf Max’ Frage antwortete Peta schlicht: „Ab-kür-zun-g!“, dann flitzte sie unbeeindruckt weiter.

Vor dem Konsulat erhob sich das Gebäude der „Akademie des Mundes“, hier stiegen sie die linke Treppe hinauf. Über das Treppenhaus erreichten sie die Dachterrasse.

„Von hier aus kommt man zum ‚Steinbezirk‘“, Peta zeigte auf eine große Abbildung, die auf das Dach gemalt war – ein magisches Symbol.

Sie gab einem Tarutaru, offenbar einem Magier, kurz Bescheid, dann trat sie ohne Zögern auf das Symbol.

Ein Anblick, den Al bereits kannte.

Genau wie im Falle des Schwarzmagiers, der sich beim Überfall des Geisterschiffs mit einem Warp-Zauber in Sicherheit gebracht hatte, umhüllte nun grünes Licht Petas kleine Gestalt. Im nächsten Moment löste sie sich auf.

Die drei Zurückgebliebenen schluckten.

Al schüttelte den Kopf und vertrieb seine Unentschlossenheit, dann starrte er auf das magische Zeichen. „Folgen wir ihr!“

Er trat darauf. Erst hatte er das Gefühl, sein Körper würde in der Luft schweben, danach verzerrte sich auf einmal seine Sicht. Unwillkürlich schloss er die Augen.

Als er sie wieder öffnete, stellte er fest, dass er sich bereits vor dem Auktionshaus im Steinbezirk befand. In der Nähe ragte der ihm bereits bekannte „Sternenbaum" empor. Der Baum stand im Wasser. Rings herum umgab ihn ein Weg aus Holzbrettern. Von diesem Pfad führte eine Brücke zu seinen Wurzeln.

„Dort ist der Eingang!", Peta deutete auf das Ende der Brücke.

In der Tat befand sich ein Turm in diesem Baum!

Dessen Eingang deckte sich mit einer Öffnung in der Rinde des Baumes. Al konnte nicht beurteilen, ob sie extra in den Stamm geschnitten wurde oder sowieso schon vorhanden gewesen war.

Sie betraten den „Himmelsturm". Man konnte bis ganz nach oben zur Spitze sehen. Im Baum eröffnete sich ihnen ein riesiger Hohlraum. Als Al hochblickte, merkte er, dass es noch höher hinaufging als in den Metallwerken.

In der Mitte plätscherte ein Brunnen. Unentwegt sprudelte blaues Wasser. Das überfließende Wasser wurde über Rinnen im Boden in vier Richtungen abgeleitet.

Al entdeckte, dass im Brunnen einige Silbermünzen in der Währung der Beastmen lagen – handelte es sich hier um einen Fluch, überlegte er.

„Oh, nein! Nicht schon wieder! Dauernd macht hier jemand solchen Unsinn", murrte Peta. Anscheinend war es doch kein Fluch.

Peta ging weiter. Offensichtlich kannte sie sich hier sehr gut aus.

Am Rand des Turms befanden sich einige Räume. Sie öffneten eine Tür. Dort schien eine Art Rezeption zu sein, an der sämtliche Besucher des „Himmelsturms“ empfangen wurden. Hinter einem langen, schmalen Tisch saßen einige Tarutarus auf hohen Stühlen, damit sie Besucher aller Stämme begrüßen konnten. Die Ironie dabei war, wenn es sich bei dem Besucher ebenfalls um einen Tarutaru handelte, mussten sie sich weit über den Tisch nach vorne beugen.

Peta meldete sich bei einer Tarutaru-Dame an und teilte den Grund ihres Besuchs mit.

„Aha! Herr Alfred und seine treuen Kameraden, recht ich verstehe? Von Eurer bevorzustehenden Ankunft bereits wir sind unterrichtet worden. Ihr also die Abenteurer seid mit der Mission ‚Hilfe für unsere Freunde, die Herren Yagudos‘.“

Al traf zum ersten Mal jemanden, der die Yagudos als „Herren“ titulierte.

Die Tarutaru-Dame hieß Kupipi. Eine Frau mit einer etwas seltsamen Sprechweise.

„Hier der Schlüssel, hergestellt nach der uns beigebracht worden seienden magischen Technik.“ Sie überreichte ihnen ein flaches Metallstück, so groß, dass man es mit einer Hand umfassen konnte. Es hatte eine rechteckige Form, und an einem Ende befanden sich unregelmäßige feine Zacken. In die Oberfläche waren rote, magische Zeichen eingraviert.

Das war also der Schlüssel, der nach einer Methode konstruiert worden war, die die Yagudo-Magier den Tarutarus beigebracht hatten.

„Bitte passt bloß sehr, sehr gut auf! In Giddeus viele gibt es von unseren Freunden, den Herren Yagudos. Das ist ganz ein schreckbarer Ort“, fuhr Kupipi fort, wobei sie die letzte Silbe eines jeden Wortes leicht zittern ließ.

„Nun bitte gebt mir den Bauplan, über den wir auch schon untergerichtet wurden. Die verehrten Gelehrten in der ‚Akademie‘ sich schon sehr darauf freuen, ihn einer Prüfung unter zu ziehen.“

Bevor Al etwas erwiderte, öffnete Peta bereits den Mund: „Sicher macht es nichts aus, wenn Ihr ihn etwas später bekommt, oder? Ich gebe ihn bestimmt bald ab.“

Während Peta redete, bemühte sich Al, seine Nervosität zu verbergen.

„Das wäre nicht uns sehr gelegen.“

„Oh, bitte! Geht es denn gar nicht?!“ Peta fing an, ihre kleinen Hände aneinander zu reiben und zu betteln: „Bitte, bitte, bitte!“

In diesem Augenblick beugte sich Kupipi zum ersten Mal über den Tisch vor – „Hm??“ – und guckte auf Peta hinunter. Auf ihrem Gesicht breitete sich ein Ausdruck der Überraschung aus. „Seid nicht Ihr … vielleicht … unsere hochverehrte ‚Gelehrte auf Wanderung‘?“

„Bitte? Na ja … so wichtig bin ich auch wieder nicht." Peta kratzte sich am Hinterkopf. Doch sämtliche junge Damen am Empfang drehten sich gleichzeitig zu ihr um.

Schnell war Peta von den Tarutarus umringt, die sich ihr eine nach der anderen näherten.

„Das ist wirklich unsere verehrte ‚Frau Gelehrte auf Wanderung'!"

„Sehr geehrte Frau Perutata!!"

So kreischten sie laut durcheinander, jede Einzelne. Ein richtiges Getöse brach aus.

Bei diesem Tumult machten Al, Iris und sogar Max große Augen.

„Ich wusste nicht, dass Peta ein Promi ist", brummelte Iris.

Al widersprach innerlich: *Promi ist vielleicht nicht die passende Bezeichnung in diesem Fall, oder?*

Immerhin wurde ihnen gestattet, – sehr wahrscheinlich aufgrund von Petas Berühmtheit – den Bauplan später zu überbringen.

„Zum Gasthaus könnt ihr ohne mich zurückgehen. Ich habe noch etwas zu tun!", verkündete Peta.

Auf dem Rückweg zum Wasserbezirk hofften Al, Iris und Max alle insgeheim, dass Jed und Shera dort bereits auf sie warteten.

+ + +

Die Wendeltreppe führte in einer sanften Spirale nach unten.

Hastig stieg Peta allein zum Untergeschoss des „Himmelsturms" hinab. Sie befand sich nun an einem Ort, den sie früher häufig aufgesucht hatte. Hier gab es ein Beet. Über zahlreiche Kanäle, die von überall herkamen, floss sauberes Wasser heran, dem Dünger beigemischt wurde. Damit wurden die Sämlinge gegossen. Es waren die Sämlinge des „Sternenbaums".

Ihre Anzahl betrug zwölf. Das war weniger als früher.

Wahrscheinlich war gerade Pause. Momentan schien niemand da zu sein, bis auf eine Person.

„Hallöchen!"

Bei Petas heiterer Begrüßung drehte die Frau sich um, die versonnen das Beet betrachtet hatte.

Noch ein bitteres Lächeln auf dem Gesicht, entgegnete sie: „Ich habe dich schon erwartet, Perutata."

„Du siehst gut aus. Es scheint dir prächtig zu gehen!"

Darauf erwiderte Frau Shantotto: „Das trifft eher auf dich zu." Dann fragte sie: „Möchtest du noch immer nicht an die ‚Akademie' zurückkehren?"

„Na ja, vielleicht irgendwann."

Petas Antwort verstimmte Frau Shantotto offenbar ein wenig: „Du lügst, Perutata. Du bist genau wie dieser Hume-Junge. Ich weiß, dass du nicht zurückkommst, bevor du nicht aaaaalles, was neu und interessant ist auf dieser Welt, gesehen hast."

Leicht verlegen kratzte sich Peta am Hinterkopf. „Hm! Du kennst mich ziemlich gut."

„Natürlich. Du bist eine Ausnahme unter uns Tarutarus … Wir machen uns zwar über die Elvaaner lustig, die so leben, als ob die Zeit stillstünde … aber …" Die Tarutarus wären in dieser Hinsicht kaum anders, zuckte Frau Shantotto die Achseln. Als Beweis dafür trüge der „Sternenbaum", das Wahrzeichen des Stammes, schon lange keine neuen Früchte mehr. Die Sämlinge wüchsen von Jahr zu Jahr schlechter – als ob sie es aufgegeben hätten, groß zu werden. So wie die ängstlichen Tarutarus, die sich vor allem Neuen fürchteten.

„Die Cardians, zu deren Herstellung die Früchte des ‚Sternenbaums' benötigt werden, verlieren von Jahr zu Jahr an Qualität. Heutzutage gibt es nur noch dumme Cardians. Manchmal habe ich Lust, aaaalle kaputt zu schlagen." Am liebsten, so stöhnte sie, würde sie danach ganz neu anfangen. „Doch meine Kraft reicht dafür nicht aus."

Einem zurückgetretenen „Rektor der Akademie" wurde eine Doktoren-Tätigkeit angeboten: Er durfte ein eigenes Forschungsinstitut gründen und dort sein restliches Leben der Erforschung der Magie widmen. Frau Shantotto hatte diesen Weg gewählt, während Peta ihre Forschungen lieber als Wanderwissenschaftlerin anstellte. Damit sei alles entschieden worden, meinte Frau Shantotto.

Sie stützte sich mit beiden Ellbogen auf den Zaun, der um die Sämlinge des „Sternennbaums“ errichtet worden war. So betrachtete sie die winzigen Pflanzen und lächelte traurig. Als wollte sie sagen, dass diese Sämlinge etwas besäßen, was ihr fehlte.

„Was quatschst du denn da wie eine alte Frau? Sei doch fröhlich!“

„Bitte halte sofort deine Klappe, Perutata! Sonst raste ich aus!“

„Genau! So ist es richtig!“

Als Peta das äußerte, machte Frau Shantotto ein verblüfftes Gesicht. Dann lachte sie so wie früher. Es war dasselbe lachende Gesicht, das Peta von ihr kannte, als sie in der Akademie nebeneinander an ihren Schreibtischen gesessen hatten.

„Du hast dich nicht verändert, Perutata.“

„Du dich aber auch nicht.“

Während sie die Sämlinge begutachteten, verging die Zeit langsam.

Fast flüsternd säuselte Peta: „Danke, Shantotto.“

„... war es so in Ordnung? ‚Bitte lass sie die ungewöhnlichste Sache von ganz Windurst erleben‘, hast du mir geschrieben. Das war aber eine ziemlich schwierige Aufgabe!“

„Ja? Aber du hast sie gut gelöst. Die ‚Tränen der Kometen‘... Das war eine ausgezeichnete Wahl von dir!“

Mit leiser Stimme bohrte Frau Shantotto: „Und was

hättest du gemacht, wenn ich gerade nicht in der Akademie gewesen wäre? Diese alten Schriftzeichen kann doch heutzutage außer mir kaum einer lesen."

„Na, wenn schon! Dann hätte sie eben an einem ganz normalen Seminar teilgenommen. Das hätte auch gereicht, um sie ein bisschen abzulenken."

Während sie sich mit beiden Arme auf den Zaun stützte, brach Frau Shantotto in wieherndes Gelächter aus. „Hohohoho! Dann hätte ich sie also gar nicht so provozieren müssen, oder?"

Peta bedachte ihre ehemalige Kollegin mit einem sanften Blick, während die sich an die Szene mit Iris erinnerte und immer noch lachte. Seit Langem sah sie das Gesicht ihrer Freundin wieder lachen.

Frau Shantotto befand sich – genau wie Peta – auf einer langen Reise durch die Zeit.

2

Al, Iris und Max hatten sich verlaufen. Sie hatten nicht daran gedacht, dass weder Peta noch Shera sie begleiteten, die sich in Windurst auskannten.

Erst am Nachmittag erreichten sie endlich das Gasthaus „Zum Schwanz des Rarabu". Davor standen zwei Chocobos.

Als Iris sie entdeckte, beklagte sie sich gleich wieder: „Ach, wenn ich sie nur reiten könnte!" Da sie es nun einmal *nicht* konnte, war es völlig nutzlos, das zu sagen. Aber so war es immer, wenn man sich beklagte.

„Warum wurden diese Chocobos hier mitten in der Stadt abgestellt?“, wunderte sich Al.

Eigentlich standen sie in einem Stall. Normalerweise ritt niemand in der Stadt auf einem Chocobo herum.

„Vermutlich zwei, die es sehr eilig hatten“, tippte Max. Reisende, denen sogar die Zeit fehlte, ihre Chocobos unterzustellen.

Als sie die Tür der Gaststätte öffneten, drang die Stimme der Wirtin an ihre Ohren. Eine kraftvolle, muntere Stimme, die ihnen in den letzten Tagen vertraut geworden war. „Nein, nein! Der ist doch nicht rund! Ich kann nur runde Steine gebrauchen!“

„Oh, schon wieder!“, knurrte Iris.

Das Hobby der Wirtin war es nämlich, große, runde Steine zu sammeln.

Während er durch die Tür ging, warf Al einen kurzen Blick auf die Theke, wo die Wirtin Platz genommen hatte. Vor ihr stand eine Gruppe von Abenteurern, anscheinend Neulinge, mit verlegenen Mienen.

Die Spezialität dieses Gasthauses war „eingelegter Rabuschwanz“. Die Wirtin legte genau jene weißen Ähren ein, von denen Iris eine aus der Steppe von Sarutabaruta mitgenommen hatte – die übrigens noch immer an ihrer Hüfte baumelte.

„Das ist meine Spezialität, sogar das Gasthaus ist da-

nach benannt. Ich möchte unbedingt das beste Eingelegte fabrizieren. Deshalb mache ich keine Kompromisse bei den Steinen, mit denen man es beschwert. Also, geht noch mal auf die Suche!“, befahl die Wirtin und schickte die jungen Abenteurer zurück nach Sarutabaruta.

Die Armen! Sie mussten sich diesem Auftrag so lange unterziehen, bis jeder einen Stein gefunden hatte, der der Wirtin genau passte. Al konnte sich nicht mehr daran erinnern, wie viele junge Abenteurer hier bereits aufgetaucht waren. Einige begriffen nicht, dass die Wirtin mit diesem Auftrag ihre Ausdauer prüfte. Sie hatten bald die Nase voll und gaben die Suche auf.

Natürlich war diese Einstellung heikel, wenn man als Abenteurer leben wollte. Deshalb wählte die Wirtin immer wieder Neulinge aus, denen sie diesen Auftrag erteilte.

„Da seid Ihr ja! Ihr habt Gäste!“, rief die Wirtin Al und seinen zwei Kameraden zu. Erstaunt blieben die drei stehen.

Al konnte es kaum glauben. Wieso hatten sie Gäste? Es gab niemanden, den sie erwarteten.

Max rief mit lauter Stimme: „Ach! Du bist es, Kodai!“

Ein Galka dreht sich schnell um, der ganz hinten Platz genommen hatte. „Max!“ Sofort erhob er sich und kam ihnen mit großen Schritten entgegen. Sein rotes Haar war nach hinten gekämmt. Auf dem Rücken trug er eine beidhändige Axt. So eine riesige Axt hatte Al noch nie gesehen: Die Klinge war doppelt so groß wie sein Kopf.

„Kodai! Was machst du denn hier?!"

„Ich bin gekommen, um dich abzuholen. Wir brauchen deine Hilfe, Max."

Der machte zunächst ein verwundertes Gesicht, doch als Kodai weitersprach, erstarrte seine Miene. „Der ‚Tunnel von Korroloka' ist offen!"

„Was!? Wirklich!?"

Al hatte Max noch nie derart verblüfft gesehen. *Aha! Das war es also!*

Erst jetzt fiel es Al wieder ein: Das große Ereignis in Bastok. Was war dort passiert? Al hatte vergessen, die Konsulin danach zu fragen.

In seiner Erinnerung erklangen die Worte einer alten Geschichte seiner Großmutter:

„Es war einmal, Al. Vor langer, langer Zeit, vor hunderten von Jahren, da kam der Stamm der Galkas durch den ‚Tunnel von Korroloka' im Süden des Kontinents hierher, dessen Tor geöffnet worden war."

Dieses Tor musste doch versiegelt worden sein. Was hatte das zu bedeuten? Der große Tunnel im Süden des Kontinents Quon stand offen? Wenn das wahr wäre, so war es kein Wunder, dass im ganzen Land die größte Unruhe herrschte! Kein Zweifel, das war ein außergewöhnliches Ereignis!

„Deshalb sind wir gerade dabei, alle besonders fähigen

Leute zu sammeln. Dich brauchen wir auch, Max. Du solltest gleich zurückkommen. Vielleicht können wir unsere legendäre Heimat mit eigenen Augen sehen!"

Automatisch drehte sich Max zu Al und Iris um.

„Onkel …"

„… Iris, Al."

Da der größte Teil von Max' Gesicht dicht mit Haaren bedeckt war, konnte man seine Gefühle schwer lesen. Aber was zweifellos sofort auf seinem Gesicht zum Ausdruck kam, war ein Anzeichen von Qual. „Kodai, es tut mir leid. Ich kann nicht mitkommen."

Dieses Mal war es an Kodai, verblüfft zu sein. Er fragte Max, was das zu bedeuten hätte.

Als Kodai dann Max' Blick bemerkte, der sich auf die jungen Leute – Al und Iris – richtete, schien er endlich zu begreifen. Trotzdem ließ er sich von Max' Entscheidung nicht überzeugen: „Max, auch wenn du diesmal nicht kommst, du kannst dich sowieso nicht mehr lange dagegen sträuben. Denn es wurde nicht nur der ‚Tunnel von Korroloka' geöffnet.

„Was?!"

„Habe ich nicht recht?", rief Kodai zum hintersten Tisch.

Dort saß ein kleinwüchsiger Hume-Mann, der fast mit der Dunkelheit in der Ecke verschmolz.

Al erinnerte sich, dass es *zwei* Chocobos waren, die vorne an der Straße angebunden waren.

Bis jetzt hatte er diesen kleinen Mann gar nicht wahrgenommen. Er war so unscheinbar, dass er überhaupt nicht auffiel, solange er seine Anwesenheit nicht zu erkennen gab.

„Hey, komm mal her, Passer!"

Der Mann stand langsam auf und stapfte auf sie zu.

„Passer? Also ‚Vorübergehender'? Seltsamer Name …", murmelte Max.

„Das ist momentan mein Kamerad. Stell dich mal vor!"

Von Kodai gedrängt, nannte der Hume-Mann seinen Namen. Dass er ein übertrieben großes Messer an der Hüfte trug, war das Einzige, was an ihm auffällig wirkte.

„Ein Räuber …?"

Iris' Murmeln korrigierte Passer gedämpft: „Schatzsucher!"

„Und, was bedeutet das, ich könnte mich sowieso nicht mehr lange dagegen sträuben?", drängte Max ungeduldig.

Passer erzählte: „Der Schiffsverkehr zur Insel Elssimo wird wieder aufgenommen."

Diese Insel befand sich südlich von Mindartia. „Der Aufbau einer Handelsbeziehung mit Kazam und eine Expedition zum Tempel Uggalephi sind geplant. Die Straßen zum Dschungel von Yuhtanga und zur Wüste Alteba wurden ebenfalls geöffnet. Außerdem …"

Die Namen, die über Passers Lippen flossen, bezeichneten ausnahmslos Orte, die man nicht anders als „legendär“ oder „berühmt“ nennen konnte.

Max war sprachlos, dann atmete er schwer aus. „Um Himmels Willen! Warum? Warum ausgerechnet jetzt?“

„In Vana'diel ist eine neue Ära des Abenteuers angebrochen. Du wirst auf jeden Fall, früher oder später, irgendwohin geschickt“, verkündete Kodai und schaute Max so an, als wollte er sagen: *Hast du es endlich begriffen?*

„Aber, ich …“ Max konnte den Satz nicht beenden. Sein Blick schwebte ins Leere, als ob er dort nach einer Antwort forschen würde.

Wortlos legte er Iris seine Hand sanft auf die Schulter. Sie war es, die vor allem wollte, dass er blieb. Aber sie würde ihn nicht zurückhalten. Das wusste Al.

„Wo wirst du jetzt am meisten gebraucht!?“, bohrte Kodai.

„Aber, ich …“ Max senkte seinen Blick. Er konnte nicht antworten.

Sowohl Al als auch Iris schwiegen und überließen Max die Entscheidung. Zwar waren sie beunruhigt, wie es jetzt weitergehen mochte, aber sie warteten ab.

„Du kannst ruhig gehen.“ Es war eine fröhliche Stimme, die die Spannung mit einem Schlag zunichte machte.

„Ah, Pe…, Peta?“ Al erschrak.

Da stand Peta mit fröhlichem Lächeln. „Ja. Ich bin zurück.“ Als könnte sie kein Wässerchen trüben. „Also, erst mal beruhigen wir uns am besten. Wir wissen doch noch nichts über dieses Monster in Giddeus. Vielleicht ist es gar nicht so gefährlich."

„A... aber. Wir *alle* haben die ‚Mission' doch angenommen, oder?"

Als Bedenken ließ Peta nicht gelten.

„Das Siegel hält ja noch eine Weile, oder? Es ist nicht so, dass wir das Monster jetzt gleich erledigen müssen. Außerdem, falls es sehr stark ist", sagte Peta fröhlich und unbekümmert: „Dann laufen wir einfach davon, oder?"

Wie bitte? Darf man das? Al war zutiefst beeindruckt – was in Petas Kopf ablief, würde ihm gewiss ewig rätselhaft bleiben.

+ + +

Wer hätte das gedacht, dass ich so schnell zurückkomme. Während sie auf einer Straße im Waldbezirk unterwegs war, erinnerte sich Shera: Seit sie diese Stadt verlassen hatte, waren erst einige Monate vergangen. Damals hatte sie sich darauf gefasst gemacht, wahrscheinlich niemals mehr in ihre Heimat zurückzukehren. *Man weiß wirklich nie, was die Zukunft bringt.*

Wie um Sheras Gedanken zu unterbrechen, fiel plötzlich ein dunkler Schatten auf sie.

„Äääääää!" Langsam und träge landeten schleimige Tropfen auf ihrem Kopf.

Geistesgegenwärtig drehte sie ihren Körper. Shera riss ihren Rucksack vom Rücken und hielte ihn mit beiden Armen schützend vor sich. Dann blickte sie böse zu dem Vieh hoch, dessen Spucke sie getroffen hatte.

Auf der linken Straßenseite stand ein Dahlmel und reckte mit dummem Blick seinen Kopf zu ihr herüber. Hungrig fixierte es den Rucksack in Sheras Armen.

„Ich habe kein Futter für dich!“, rief Shera zu dem laut blökenden Dahlmel hinauf.

Sie befand sich soeben an der Dahlmel-Weide nördlich des Waldbezirks. Die dort weidenden Tiere waren zahm und bettelten vorbeikommende Fußgänger unweigerlich um Futter an.

Das darf ja wohl nicht wahr sein! Haben sie nichts zu fressen für dich, oder was? Dein Lieblingsessen habe ich aber nicht dabei!

Das Lieblingsessen der hiesigen Tiere war ein ganz bestimmtes Gras. Papaka hieß es. In Sarutabaruta wuchs es überall. Es konnte also nicht sein, dass dieses Dahlmel wirklich Hunger litt.

Shera beschleunigte ihre Schritte. Sie hatte keine Zeit zu verlieren. Sie ließ die Dahlmel-Weide links liegen, lief weiter, und als die Straße sich teilte, nahm sie die linke Abzweigung. Nach einer Weile teilte sich die Straße abermals. Sie ging nochmals nach links.

Die engen Gassen wurden immer zahlreicher. In diesem Viertel lebten besonders viele Mithras – es war die

Gegend, in der Shera aufgewachsen war. Hier würde sie sich niemals verlaufen.

Am Ende der Straße erhob sich eine große Villa. Ein Haus, das sie eigentlich nie wiedersehen wollte.

Ohne zu zögern öffnete Shera die Eingangstür und be rat das Haus. Sie kannte sich hier sehr gut aus. Sie war nämlich in dieses Haus schon einmal eingebrochen. Shera öffnete die Tür ‚ihres' Zimmers. Drinnen saß *sie* mit zwei weiteren jüngeren Mithras.

„Oh, bist du nicht Mirth Sheratte?" Die zwei jungen Mithras sprangen von ihren Stühlen auf und nahmen Shera sofort in die Mitte.

„Oh! Ich habe dich ja so vermisst", sagte *sie* mit schmeichlerischer Stimme. Wie immer benahm *sie* sich ein bisschen schleimig.

„Ich habe *dich* überhaupt nicht vermisst!", entgegnete Shera, dann wurde sie sofort von beiden Seiten an den Armen gepackt und gezwungen, den Kopf zu senken.

„Hey, kapierst du's nicht?"

„Also echt! Wie kannst du dich vor Frau Nanaa so unverschämt aufführen. Was bildest du dir ein? Du blöde Raubkatze!"

Die größte Raubkatze ist doch euer Boss, wollte Shera rufen.

Denn diese heuchlerische Frau, diese falsche Katze, war die große Räuberin, deren Name in ganz Windurst bekannt war: Nanaa Miehgo.

Ihr orangerotes Haar trug sie in der Mitte gescheitelt. Die Haare am Hinterkopf waren zu einem Knoten aufgesteckt. Eine niedliche Frisur, eigentlich. Ihr rotes Gewand wirkte grell und jugendlich. Sowohl ihre Frisur als auch ihre Kleidung würden einer jungen Frau in Iris' Alter gut stehen.

Nun, in gewisser Weise sah sie gar nicht schlecht darin aus, musste Shera zu ihrer eigenen Verblüffung zugeben.

Aber Nanaa war, trotz ihres Aussehens, mindestens so alt wie die Stammesführerin Perih Vashai, sagte man. *Schrecklich, wie man sich nur so jung zurechtmachen kann!*, überlegte Shera.

„Hey, du hast doch gerade wieder eine Unverschämtheit im Kopf, oder?"

„Nein, überhaupt nicht."

„Du musst mich nicht belügen, Schätzchen. Ich bin dir doch gar nicht mehr besonders böse, dass du meine Kollektion klauen wolltest."

Wie nervig! Shera beherrschte sich gerade noch. Sie war kurz davor, durchzudrehen. „Ich entschuldige mich dafür."

„Was? Du entschuldigst dich? Ah soooo?"

Nanaas rechte Hand wanderte auf Shera zu. Die rotgefärbten Nägel waren lang und spitz. Mit dem Nagel des Zeigefingers hob sie Sheras Kinn leicht an. Mit ihrer roten Zungenspitze leckte sie sich über die Lippen. Ihr heuchlerischer Tonfall verschwand. „Gut. Ich verzeihe dir, dass du versucht hast, mir meine Kollektion zu stehlen“, wiederholte Nanaa und zeigte kurz das wahre Gesicht der großen Räuberin: „Und … bist du nur gekommen, um dich zu entschuldigen?“

„Ich will mit dir ein Geschäft machen.“

Nanaas Wangen zuckten.

„Was? Ein Geschäft? Ich sag's dir gleich. Ich brauche keinen ‚Yagudo-Rosenkranz‘ mehr. Ich habe bereits jede Menge davon.“

Wozu braucht dieses Weibsbild überhaupt solchen Quatsch?, dachte Shera. Ihre Rosenkranz-Kollektion hatte sie ihr nur deswegen zu stehlen versucht, weil Nanaa so daran hing. Wie schön wäre es gewesen, ihr eins auszuwischen – aber leider war es daneben gegangen: Sie war erwischt und fast gefangen worden. *Aber dieses Mal werde ich nicht versagen.* „Etwas viel Besseres“, lockte Shera.

Nanaas Augen glitzerten gierig. Sie schnippte mit den Fingern.

Die zwei Mithras, die Shera gepackt hatten, ließen sie los.

Wortlos stellte Shera ihren Rucksack auf den Boden. Sie bückte sich, öffnete ihn und holte etwas heraus, das sie Nanaa wie beiläufig zuschleuderte.

Nanaa, die es mit beiden Händen auffing, verzog das Gesicht. Da es aus Metall war, hatte es ihr wehgetan.

Das hatte sie verdient! Mit einem Stoß kippte Shera

den Rucksack um. Noch mehr von den Dingern kullerten heraus. Eins, zwei, drei … nein, noch viel mehr … zehn, elf …, sie rollten scheppernd über den Boden. „So viele auf einmal hast du bestimmt noch nie gesehen, oder? Spezialität aus Selbina: Sandeidechsenschwanzeintopf! Verpackt in einer in den Metallwerken hergestellten Spezialaufbewahrungsdose! Hier in der Gegend sind die bestimmt nicht aufzutreiben!"

Es dauerte einige Sekunden, bis die Antwort kam.

Die letzte Büchse, die in die Ecke des Zimmers gerollt war, kippte um und blieb still liegen.

„Was … willst du dafür?"

Gewonnen! „Informationen! Es gibt eine Elvaanerin, die vor Kurzem in der Stadt angekommen ist. Du weißt doch, wo sie sich aufhält. Stimmt's?"

+ + +

Al und Iris verließen die Unterkunft und liefen im Wasserbezirk in Richtung Süden.

„Mann! Ich verstehe das nicht! Diese Stadt!" Iris war mal wieder mal kurz davor, auszurasten.

„Na, na, beruhige dich", besänftigte sie Al.

Auf ihrem Gesicht erkannte man deutlich die Müdigkeit. Sie konnte ihre Gereiztheit nicht mehr unterdrücken.

Kein Wunder! Nachdem sie ewig in der Stadt herumgeirrt waren, hatten sie endlich „Zum Schwanz des Rabu“ zurückgefunden. Und kaum hatten sie etwas gegessen, mussten sie schon wieder in die Stadt.

„Na ja. Hier ist die Hochburg der Magie. Da kannst du nicht verlangen, dass man hier so leicht einen Kämpfer auftreibt.“

Max war in der Unterkunft geblieben. Er wartete dort bis zum Abend mit Kodai und seinem Begleiter.

Ob Al und Iris bis dahin einen Kämpfer auftrieben, der Max ersetzen konnte? Aber wenn sie einen fänden, könnte sich Max mit etwas besserem Gewissen auf die Reise begeben, hatte Peta gemeint.

„Nein! Ich meine … die Leute in dieser Stadt!“

„Ah, ja.“ *Das verstehe ich auch*, dachte Al.

Abgesehen davon, dass sie nach einem Kämpfer suchten, sammelten sie unter der Bevölkerung Informationen über den Stamm der Yagudos und über Giddeus, die Siedlung, wo sie lebten.

Die Reaktionen der Stadtbewohner – hauptsächlich Tarutarus – entpuppten sich als zweigeteilt. Einige äußerten Zweifel oder Angst angesichts der freundschaftlichen Beziehung zu den Beastmen.

Trotz der jetzigen Entspannungspolitik waren die Yagudos immerhin vor zwanzig Jahren ihr erbitterter Feind gewesen, mit dem sie sich eine so heftige Schlacht geliefert hatten, dass ihre Hauptstadt im Wasser versunken war. So einfach konnte man ihnen nicht vertrauen.

Als Al und Iris genauer nachfragten, stießen sie sogar auf Fälle, wo Leute in Sarutabaruta unter rätselhaften Umständen verschwunden waren. Einige Stadtbewohner waren sicher, sie wären von Yagudos überfallen worden. Aber bislang mangelte es an Beweisen für diese Thesen.

Denn die Yagudos wagten keine Überfälle an der Landstraße oder in der Nähe der Hauptstadt. Genau wie Peta und Shera es prophezeit hatten.

Die andere Reaktion war argloser Optimismus: „Da passiert schon nichts! Schließlich unterhalten wir freundschaftliche Beziehung zu ihnen."

„Wie kann man nur so blind vertrauen?! Ich verstehe das wirklich nicht!"

Allerdings vertrauten diese Leute nicht in erster Linie den Yagudos, sondern ihrem eigenen Anführer, dem „Gotteskind der Sterne".

Da es seine Entscheidung gewesen war, konnte es unmöglich ein Fehler sein.

So sprachen sämtliche optimistischen Bürger der Stadt, wie aus einem Munde.

„Das bedeutet, dass er wirklich ein großartiger Mensch sein muss, oder?" *Außerdem ...*, setzte Al innerlich fort. *... Die Kraft von Windurst ist erschöpft.* Wahrscheinlich traf es doch zu, dass die Magierbrigade im letzten Krieg rapide dezimiert worden war. Wenn es sich irgendwie vermeiden ließe, wollten sie nicht kämpfen – das mochte die eigentliche Ursache für ihr Verhalten sein.

Daher lautete die wahre Meinung der Leute vermutlich nicht: „Alles ist in Ordnung, solange wir dem ‚Gotteskind' folgen." Sondern: „*Hoffentlich* ist es in Ordnung!"

Dieses Verhalten ärgerte Iris – was Al ebenfalls gut nachvollziehen konnte.

Al und Iris orientierten sich am Hafen. Denn ihnen war versprochen worden: „Dort findet ihr Typen, auf die Verlass ist." Obwohl sie nicht ganz davon überzeugt waren, ob sie das ernst nehmen sollten, da sie diese Auskunft von einem Mithra-Kind erhalten hatten.

Sie liefen am Konsulat von Bastok vorbei, das sich am Hafen befand, und marschierten dann zu den Lagerhallen. Viereckige, kistenförmige Gebäude reihten sich dort aneinander. Wie es ihnen empfohlen worden war, gingen sie zur Hinterseite. Sie bogen um die Ecke eines Lagergebäudes.

„Keine Bewegung!"

Automatisch deckte Al Iris mit seinem Rücken. Er schubste sie an die Wand des Lagergebäudes und stellte sich vor sie, sodass sie in Sicherheit war.

„Uh", machte Iris, als sie an die Wand klatschte.

„Ich sagte: *Keine Bewegung!* Siehst du mein Schwert nicht!?"

„Ah … ja … äh … ich sehe es schon, aber …" *Ein Schwert? Dieses Holzstück? Dieses Spielzeug?*

Auf Als Hals, nein, auf seinen Bauch war ein einfacher Holzstecken gerichtet, dessen Ende angespitzt war. Der

Typ, der ihm dieses Ding entgegenreckte, war ein Tarutaru. „Kannst du es bitte wegnehmen? Du machst mir Angst damit."

„Du machst dich lustig über uns, weil wir Kinder sind, oder?"

„Nein, nein!"

Kinder? Ja! Plötzlich waren Al und Iris von einem Haufen Kinder umringt, Tarutarus und Mithras.

„Seit wann belauscht du uns schon? Du bist bestimmt ein … Schbion, oder!?"

„Nein, nein! Ich bin kein Spion!" Als Al fleißig seinen Kopf schüttelte, steckten sie alle ihre Köpfe zusammen und besprachen sich:

Schließlich sagte einer: „Dann bist du ein … Reuba!"

„Nein! Ein Räuber bin ich auch nicht! Ihr seht es doch daran, wie wir angezogen sind!"

„Hm?"

Grummelgrummel. Wieder begannen sie, sich zu beraten.

Es war Al ziemlich egal, was sie da besprachen, aber der Holzstecken berührte noch immer seinen Bauch und kitzelte ziemlich.

„Du bist also nicht der Reuba, der den Schwanz von Pichichi gestohlen hat?", fragte der Tarutaru, der anscheinend ihr Anführer war.

Al begriff nicht so recht. „Äh … ich verstehe leider gar nicht, worum es geht. Vor allem, wer seid ihr?"

Das war das Startzeichen für die Kinder, ihre Konferenz fortzusetzen. „Alle hierher, alle hierher! Eine Geheimsitzung!"

Wenn wir auch alles hören, dann kann es nicht ganz so geheim sein, dachte Al.

„Chef! Die beiden Typen scheinen nichts zu wissen", meinte einer.

„Aber die Erwachsenen sind Lügner. Man kann ihnen nicht trauen", sagte der andere. Der Dritte rief begeistert: „Toll, toll! Wir machen eine Geheimsitzung!"

Ja, ohne Zweifel eine Geheimsitzung!

Endlich schienen sie zu einem Beschluss gelangt zu sein. Auf einmal trennten sie sich, und der Stecken verschwand von Als Bauch.

„Wir sagen euch, wer wir sind!", prahlte ihr Anführer.

„Wir! Wir sind für Gerechtigkeit, Mut und Zwiebeln! Für Liebe, Träume und Rarabuschwänze! Wir sind die Verschwörer der Gerechtigkeit! Wir sind …"

Dann sprachen sie alle zusammen: „Die Sternzwiebelbrigade!"

Kämpfer für Gerechtigkeit kann man doch nicht ‚Verschwörer' nennen, oder? „Wie bitte? Stern-Zwie-bel?!" Al sprach es unwillkürlich nach. *Ich kann es nicht glauben, aber sollen das vielleicht die Typen sein, auf die man sich verlassen kann?*

Iris' Kichern hörte auf einmal auf. Sie trat neben Al

und zeigte auf eines der Kinder: „Du? Bist du nicht die kleine Pichichi?“

„Hallo, Iris!“

Ein Tarutaru-Mädchen, das unauffällig ganz hinten gestanden hatte, trat nach vorne.

„Iris, kennst du sie?“

Diesmal waren Al und Iris an der Reihe, sich leise zu unterhalten. Iris flüsterte ihm zu: „Hast du sie noch nicht kennengelernt? Das Kind der Wirtin vom ‚Schwanz der Rarabu‘.“

„Bitte?“

Bei genauer Betrachtung war in ihrem Gesicht eine Spur von Ähnlichkeit zu erkennen.

„Als ihr Name vorhin genannt wurde, habe ich mich schon gewundert“, meinte Iris.

„Stimmt, sie sagten etwas vom ‚Schwanz von Pichichi‘“, erinnerte sich Al. „Was ist denn damit gemeint?“

„Seid ihr wirklich keine Schbione oder Reuba?“, fragte der Bandenchef der *Sternzwiebelbrigade*, der sich als Kohlo Lakolo vorgestellt hatte, immer noch misstrauisch.

„Nein, wir sind Abenteurer.“

„Verstehe. Ihr seid also keine Erwachsenen, sondern Abenteurer. Dann kann ich es euch verraten: Ein Rarabuschwanz, den die kleine Pichichi sehr gemocht hat, ist verschwunden.“

Als Kohlo das sagte, verzerrte sich Pichichis Gesicht.

In ihren Augenwinkeln erschienen Tränen. Sie war kurz davor, loszuheulen. Sie unterdrückte es mit aller Kraft.

Pichichi hatte immer einen Rarabu-Schwanz als Glücksbringer dabei.

„Meine Mutter macht aus ihnen Eingelegtes, wenn sie welche zu Hause hat. Aber einen habe ich bekommen, den hat sie nicht eingelegt. Und jetzt ist er weg", schniefte sie.

Davon kann man haben, so viel man will, wenn man nach Sarutabaruta geht, wollte Al fast sagen. Dann fiel ihm ein: In ihrem Alter durfte sie bestimmt noch nicht nach draußen.

Als Iris die Geschichte erfahren hatte, wollte sie ihr gleich ihren Rarabuschwanz geben, den sie noch immer an der Hüfte trug: „Pichichi! Wenn du willst, kannst du meinen haben."

Pichichi hob sogleich ihr Gesicht. Dann warf sie einen bangen Blick auf Kohlo, den Bandenführer.

Kohlo lehnte ab: „Das geht nicht. Wir haben die Bande der *Sternzwiebelbrigade* gegründet, um den gemeinen Erwachsenen Widerstand zu leisten. Wir wollen ihnen zeigen, dass wir alle Probleme selber lösen können!"

„Aber … sag doch …" … *so etwas nicht und nimm ihn bitte!*, diese Worte schluckte Iris hinunter.

Sowohl Al als auch Iris hatten bemerkt, dass die Kinder, die sie umringten, sie mit klaren und entschlossenen Augen anblickten. Mit den *Erwachsenen* werden wir uns nicht einlassen. Das verrieten diese Gesichter. *Wir wollen ihnen beweisen, dass wir es selbst schaffen.*

Aus irgendeinem Grund tat es Al tief im Herzen weh. *Ihr seid also keine Erwachsenen, sondern Abenteurer.* Plötzlich erinnerte sich Al an diese Worte von Kohlo. Er hatte das Gefühl, dass damit etwas sehr Wichtiges gesagt worden war.

„Also, lasst uns ein Geschäft machen“, schlug Al vor.

„Ein Geschäft machen?“

„Ich meine, lasst uns etwas tauschen. Es ist nicht so, dass wir euch einfach etwas geben. Hm? Wir sind ja keine *Erwachsenen*, oder? Können wir dann nicht eure Verbündeten sein? Dafür geben wir euch diesen Rarabuschwanz.“

Die Kinder schauten sich nacheinander ins Gesicht. Dann begann wieder eine *Geheimsitzung*, bei der sie ihre Köpfe zusammensteckten. Diesmal war es sogar noch lauter als vorher.

Auch Al und Iris sprachen leise untereinander: „Iris, tut mir leid, dass ich das allein entschieden habe.“

„Nein. Macht nichts. Und … ah, sie scheinen sich entschlossen zu haben.“

Kohlo erklärte feierlich in Vertretung der Bande: „Für Pichichi! Für Frieden, Liebe und Gerechtigkeit in Windurst! Wir haben beschlossen, euch, Abenteurer, ausnahmsweise in die Bande der *Sternzwiebelbrigade* aufzunehmen.“

Wow! Jubel brach aus.

Al und Iris bekamen jeder eine Brosche, wie auch die Kinder sie trugen. Sie hatte die Form eines kleinen Sterns. Danach mussten sie den Eid der Bande leisten.

Iris nahm den Rarabuschwanz von der Hüfte

Als sie ihn Pichichi reichte, nahm diese ihn mit einem Strahlen entgegen.

„Nächstes Mal machen wir zusammen eine Expedition", wurden Al und Iris eingeladen.

Darauf nickten sie beide. Dann verabschiedeten sie sich von den Kindern, die ihnen wie wild hinterherwinkten, und machten sich wieder auf den Weg in die Stadt.

Einen Kämpfer hatten sie nicht gefunden. Aber sie fühlten sich um einiges leichter.

Die Broschen, die sie an der Brust trugen, spiegelten das Licht der Abenddämmerung wider und leuchteten auf.

3

Vom Waldbezirk über das Tor zum Wasserbezirk musste sie reisen. *Den Transportzauber mag ich gar nicht, dabei wird mir übel …* Mit noch schwindelndem Kopf folgte Shera der Straße nach Süden.

„Entschuldigt! Steht mir dieser Hut?", fragte ein Junge, der aus einem Hutladen an der rechten Straßenseite herausgesprungen und gegen sie gestolpert war.

„Nein, überhaupt nicht!“, antwortete sie barsch.

Es war ein Hume-Jäger, der vor Schreck erstarrte.

Was will ein Abenteurer mit einem Hut auf dem Kopf! Sie warf ihm einen schiefen Blick zu. Dann schritt sie weiter. Nach einer Weile bog sie nach rechts ab, ging weiter und bog dann noch einmal nach rechts ein.

Als sie eine heruntergekommene Villa erreichte, dämmerte es bereits. Sie schlich hinter die Villa und betastete das Türschloss. „Dilettantin …“

Das Schloss war offen. Auch wenn das Haus leer stand, war das äußerst unvorsichtig. Wenn sie sich hier eingenistet hatte und es ohne Erlaubnis benutzte, dann hätte sie wenigstens eine Falle aufstellen sollen. Aber das war wohl zu viel verlangt, dachte Shera.

Diese Frau war schließlich eine fahrende Sängerin. Dass sie auch Mäuse dressieren konnte, ließ darauf schließen, dass sie „nebenbei“ auch Dompteuse war. Aber eine Räuberin war sie nicht. Die wenigsten Menschen konnten zwei Begabungen gleichzeitig ausbilden. Geschweige denn drei. Nach ihren Informationen schien sie keine weiteren Kameraden zu haben. *Trotzdem sollte ich vorsichtig sein*, ermahnte Shera sich selbst. Sie öffnete die Tür, und achtete darauf, kein Geräusch zu verursachen. Ein Haus aus Holz. Es war nach Süden hin errichtet. Ursprünglich hatte es wohl einer Mithra gehört. In solche Bruchbuden einzubrechen, gestaltete sich äußerst anstrengend, denn der Boden quietschte bei jedem Schritt.

Während sie sich auf Zehenspitzen bewegte, spähte sie vorsichtig nach allen Seiten.

Vom Ende des Flurs war eine Stimme zu hören.

Noch drei Türen.

Die schimpfende Stimme einer Frau. Dieser Frau – Leysha. Volltreffer! Shera bedankte sich innerlich bei Nana.

Dann bückte sie sich und presste ihr Ohr an die Tür.

„Gerald, bitte überlege es dir noch einmal! Es ist unsere Pflicht! Was du gerade tust, ist ein Verrat gegenüber unserem Dienstherren“, hörte sie Leysha in mahnendem Tonfall sagen.

„So ist das also“, murmelte Shera vor sich hin. Sie erinnerte sich an die Geschichte, die ihr Peta gestern erzählt hatte.

Peta hatte schon lange Jeds wahres Gesicht gekannt: „Die Dails waren eine berühmte Ritterfamilie in San'doria ...“ Nach dieser Vorbemerkung erzählte Peta unter der Leucht-Blume, die von der Zimmerdecke hing, die Tragödie jenes Ritters aus San'doria. „Diese Familie ist einmal beinahe zerfallen.“

Sie wählte ihre Worte langsam und bedächtig, doch ihr Tonfall klang sorglos wie immer. „Der Feldzug nach Ghelsba vor sieben Jahren hatte mit einem Misserfolg geendet. Der Ritterorden wurde fast vollständig aufgerieben. Um die Verantwortung dafür jemandem in die Schuhe zu schieben, wurde der Familie Dail ihr Ritter-

Titel aberkannt. Der ältere Bruder verschwand. Zurück blieben nur die Mutter und der jüngere Bruder, so weit ich weiß.“

Der Name dieses älteren Bruders war Gerald, hatte Peta gesagt. Sogar die Liste der Adeligen kannte diese erstaunliche Person auswendig!

Shera war insgeheim sehr verblüfft gewesen.

„In Wahrheit ist Jed …“

Glais, der Vater von Gerald Dail, war ums Leben gekommen, als Gerald 18 Jahre alt war.

Ein Ritter hatte die Familie aufgesucht. „Herzliches Beileid …“, salutierte er und senkte tief seinen Kopf. Er war ein noch junger Mann, der zusammen mit Geralds Vater gegen die Ghelsba-Festung gezogen war.

Gerald hörte zwar, was er sagte, aber es war, als ob er über einen fremden Menschen redete. Er konnte es noch nicht fassen. *Mein Vater, der so stark war!*

„Ihr verehrter Vater hat versucht, uns entkommen zu lassen …“

Den Rest konnte er sich vorstellen, ohne zuhören zu müssen. Jed hatte es geahnt. Wenn sein Vater hatte sterben müssen, dann weil er sich für andere geopfert hatte.

Das größte Problem waren jetzt die Mutter und der kleine Bruder, die keinen Ernährer mehr hatten. Der jüngere Bruder von Gerald, Michél, war erst zehn Jahre alt.

„Ich werde arbeiten gehen!“

Doch diesen Worten seines kleinen Bruders durfte er natürlich kein Gehör schenken. Gerald begrub seinen Traum, ein Ritter zu werden.

„Zum Ritter bist du viel besser geeignet als ich", sagte er zu seinem kleinen Bruder, dann begab er sich auf die Reise. Seiner Mutter sagte er, dass er Abenteurer würde. Denn so könne er besser für sie sorgen.

Seine Mutter und sein Bruder glaubten vermutlich immer noch, dass das Geld, das er ihnen regelmäßig jeden Monat schickte, aus seinem Verdienst als Abenteurer stammen würde.

Um allein reisen zu können, hatte er sich auch magische Techniken angeeignet. Offiziell war er ein ausgebildeter Rotmagier.

Selbst wenn er nach San'doria zurückkehrte, besuchte er seine Familie selten. Öfter hatte ihn irgendein Auftrag hierher geführt, und er hatte sowieso keine Zeit gehabt. Außerdem wollte er kein Heimweh empfinden.

Beim letzten Feldzug zur Ghelsba-Festung befand sich unter den Rittern aus San'doria auch Michél. In seiner Erinnerung war er immer noch ein zehnjähriger Junge – während Jed als Spion in den Diensten der Regierung von San'doria stand.

Aber seitdem waren acht Jahre vergangen. Michél sah als 17-jähriger Ritter so prächtig aus, dass er es mit jedem der anderen Ritter, die sich dort einreihten, aufnehmen konnte.

Das Ohr dicht an die Tür gepresst, belauschte Shera die Unterhaltung.

Jeds Stimme: „Gib es mir zurück!“

Sheras Herz klopfte heftig.

Sie spitzte die Ohren. Doch Jed schwieg. *Aber ich habe mich nicht verhört. Er sagte, sie solle es ihm zurückgeben …*

„Nein“, erwiderte Leysha. „Das gehört San’doria. Denn unsere Truppe hat es entdeckt.“

Das stimmt nicht! Innerlich schrie Shera empört auf. *Wir, unser sechsköpfiges Bündnis, haben das entdeckt. Zwei Hume, ein Galka, ein Elvaaner, eine Tarutaru und ich. WIR haben das entdeckt!*

„Gerald. Ist dir klar, was du gerade im Begriff bist zu tun? Es ist besser, wenn dieser Bauplan in San’doria bleibt. Es ist nicht nötig, ihn diesen Zwergmagiern oder sonst jemandem zugänglich zu machen“, sprach Leysha in eindringlichem Ton, jedes Wort extra betont. Etwas raschelte – vermutlich ihr Kleid. Das Geräusch wurde lauter. Leysha näherte sich der Tür. Wahrscheinlich ging sie auf Jed zu, der direkt an der Tür stand.

„Das ist also der Befehl, den du erhalten hast?“, stellte er fest.

„Ja.“

„Von Prinz Piejue?“

Shera hörte keine Antwort – vielleicht wusste Leysha nicht, was sie sagen sollte. Piejue war einer der beiden

Prinzenbrüder. Der Listigere der beiden. Aha! Es wunderte sie sich nicht, dass er Spione beschäftigte.

„Nein … er soll sogar dagegen argumentiert haben. Dieser Beschluss stammt direkt von oben. Aber ich bin sicher, dass es keine Fehlentscheidung ist. Ursprünglich hast du den Fehler begangen. Warum hast du es nicht gleich mitgeteilt, als ihr den Bauplan entdeckt habt?“

Jetzt schwieg Jed.

Wenn man es so betrachtete, hatte sie Recht.

Es war Al, der vorgeschlagen hatte, den Bauplan in Anwesenheit von Vertretern aller Länder vorzustellen. Aber während sie von der Festung zurückgekehrt waren, hätte Jed eigentlich Zeit gehabt, etwas zu unternehmen.

„Bitte denk noch einmal darüber nach, Gerald!“ In ihrer Stimme lag ein flehender Unterton. Ihr Flüstern kam aus großer Nähe. Wahrscheinlich schmiegte sie sich gerade eng an Jed und …

„Auch dir wurde ein Befehl erteilt: Dass du nach San'doria zurückkehren sollst. Bitte! Lass uns zurückgehen! In unserer Heimat …“, schmeichelte sie.

Jed blieb schweigsam.

Warum sagt er nichts ? Shera biss sich nervös auf die Lippen, während sie ihr Ohr weiter an die Tür presste.

„Du kommst mit zurück, habe ich recht? An einem Ort, wo sich Zwergmagier und räuberische Katzen herumtreiben, sollten wir uns nicht länger aufhalten. Wenn du nicht zurückkommst, werde ich etwas unternehmen, damit du nicht in dieser Stadt bleiben kannst!" Dann kündigte sie mit verführerischer Stimme etwas Ungeheuerliches an: „Selbst wenn ich die ganzen Raubtiere vom Ödland hierher bringen müsste – ich werde in dieser Stadt ein Chaos anrichten!"

In diesem Moment knallte bei Shera eine Sicherung durch.

Aus dem Beutel an der Hüfte holte sie ihren Allzweckschlüssel und öffnete im Handumdrehen das Schloss. Mit ganzer Kraft trat sie gegen die Tür.

Wumm! Als die Tür mit einem lauten Knall aufflog, stieß sie gegen Jeds Rücken und schleuderte Jed und Leysha durch den Raum.

„Hey, was willst du denn hier!?", kreischte Leysha.

Was ich will, fragst du mich! Shera kochte vor Wut. Warum trug Leysha eigentlich so ein tiefes Dekolleté?! Diese Schlampe!

„Jed!"

Der Rotmagier, der weggestoßen worden war und mit einem Bein auf dem Boden kniete, richtete sich kopfschüttelnd auf. „Shera!"

„Ja, allerdings."

„Was willst du hier?", stotterte Jed.

Das war die dümmste Frage, die Shera je gehört hatte. Sie packte Jed am Kragen und schüttelte ihn. „Was ich hier will? Ich bin gekommen, um dich zu holen!"

Jed blinzelte, als ob er nicht recht verstünde, was sie damit meinte.

„Unsinn! Gerald komm mit mir zurück nach San'doria! Und du, Raubkatze, sei brav und geht gefälligst in deinen Bau!", Leysha nahm ihre Harfe vom Tisch neben sich.

Shera zog ihren Dolch von der Hüfte und schleuderte ihn nach ihr.

„Aua!"

Der Dolch ritzte Leyshas Hand und zeichnete eine rote Linie auf ihren Handrücken, wie mit Rouge gezogen.

Die Harfe fiel zu Boden.

„Wenn du nicht sofort deine Klappe hältst, wirst du das nächste Mal nicht mehr spielen können!" Shera wandte ihr Gesicht Jed zu und fuhr ihn an: „Lass dir nicht von dieser Fremden einreden, was du tun sollst, du verdammter Trottel!"

Während sie das sagte, strömten ihr Tränen übers Gesicht. *Warum mache ich mir eigentlich solche Mühe mit diesem Idioten?* Shera ärgerte sich über sich selbst. „Du hast doch selber gesagt, dass sie es dir zurückgeben soll! Also hast du dich schon entschlossen!" Jetzt brüllte sie ihn aus ganzer Kraft an: „Wenn du dich entschieden hast, bleib dabei, du Idiot!" Shera schloss einen Augenblick die feuchten Augen.

Ein Finger berührte sanft ihre Wange. Zärtlich wischte er ihr die Tränen aus den Augenwinkeln. Als sie ihre Augen öffnete, stand Jed vor ihr, so wie sie ihn kannte: Mit völlig ausdruckslosem Gesicht. Man konnte nicht wissen, was er gerade dachte.

Er drehte sich schnell um und ging auf Leysha zu.

Als er seine Hand ausstreckte, erstarrte Shera für einen Moment. Aber seine Hand ging an Leysha vorbei und ergriff die Schriftrolle, die auf dem Tisch lag – der Bauplan.

„Leysha …“, begann Jed ruhig. „Ich komme nicht zurück! Sag Michél, dass er sich um meine Mutter kümmern soll! Er kann das, ich weiß es. Er ist viel besser als ich zum Ritter geeignet.“ Dann fügte er noch hinzu: „Das Haus der Familie Dail ist in Ordnung, so lange er da ist.“

„Willst du San'doria verraten?“

„Ich glaube nicht. Er hatte Recht – dies ist keine Sache, die San'doria allein besitzen darf.“ Mit *er* war Al gemeint. Der Führer des Bündnisses von Shera *und* Jed.

„Willst du damit sagen, dass du aufhörst, für San'doria zu arbeiten?“

Jed bewegte nur leicht den Kopf.

Er nickt! Sheras Herz klopfte schneller.

Als er an Shera vorbeiging, hauchte er ihr kurz ins Ohr: „Lass uns zurückgehen!“

An der Tür drehte er sich um. „Es gefällt mir besser, als Abenteurer zu leben.“

„Bitte? Das sagst du erst jetzt!?“, keifte Leysha. Aber

sie rührte sich nicht. Seit Jed sie mit einem klaren, gelassenen Blick anschaute, konnte sie sich nicht mehr bewegen. „Gerald! Bitte! Überleg es dir!"

„Ich habe es satt, nur in den Diensten von San'doria zu stehen. Außerdem ...", fuhr Jed fort, „Al und Iris, diese beiden zu begleiten, macht irgendwie mehr Spaß."

Leyshas blasse Wangen röteten sich.

Auch Sheras Herz hüpfte heftig. *Was!?* Shera rieb sich unwillkürlich die Augen. Es konnte nicht wahr sein: Jed lachte!

Nach einem kurzen Schweigen pfiff Leysha laut auf den Fingern.

Mit einem Krach zerbarst der alte Fensterladen, und ein Tier sprang in das Zimmer. Ein riesengroßer Fuchs!

„Ich lasse dich nicht gehen!"

„Hey, hey! Es ist doch streng verboten, dass Abenteurer sich gegenseitig bekämpfen, oder?", rief Shera, während sie zur Tür – zu Jed – zurücktrat.

„Das ist mir egal. Ich lasse dich nicht gehen!"

„Willst du vielleicht mitten in der Stadt eine Panik verursachen?"

Diese Verrückte. Wenn ihr das Signet aberkannt würde, könnte sie ihre Arbeit an den Nagel hängen.

„Lass uns gehen!", sagte Jed.

„Yep!" *Kämpfen ist eher meine Schwäche, aber Fliehen ist meine Stärke. Keiner ist besser als eine Räuberin, wenn es darum geht, abzuhauen.* „Und tschüss!" Shera drehte sich um, und die beiden spurteten los so schnell sie konnten.

Zu ihren Kameraden.

+ + +

„Der Bauplan“, Jed reichte Al ein aufgerolltes Pergament aus Schafsleder.

„Danke“, sagte Al nur und nahm es entgegen.

Jed machte ein Gesicht, als ob er noch etwas erklären wollte. Aber er schluckte es hinunter und nahm wortlos Platz.

Neben ihm grinste Shera.

„Wir haben keinen Kämpfer gefunden“, berichtete Al den anderen, die alle um den Tisch saßen.

Die Gaststätte „Zum Schwanz des Rarabu“ füllte sich langsam, da Essenszeit war. Al und seine Kameraden hockten an einem Tisch ganz hinten im Raum.

„Na ja, da kann man nichts machen“, resignierte Peta. Dann fügte sie hinzu: „Aber ihr scheint euch entschieden zu haben?“

Al und Iris nickten beide. „Wir werden noch ein paar Tage suchen. Aber wenn es nicht anders geht …“ Al schaute sich um. Jed, Shera, Peta und Iris – sein Blick wanderte langsam über seine Kameraden. „Dann werde ich nur mit euch gehen.“ Es gelang ihm mit Mühe, diesen Satz ohne Zittern zu Stande zu bringen.

Jed neigte mit fest zusammengekniffenen Lippen seinen Kopf.

Shera murmelte: „Es wird schon klappen."

Peta und Iris lächelten leise.

Max machte den Mund auf, dann schloss er ihn wieder.

Kodai klopfte ihm leicht auf die Schulter.

Passer war bereits aufgestanden. Als ob er am liebsten gleich jetzt aufbrechen würde.

Max sagte kurz: „Passt auf euch auf!"

Al nickte.

Der Galka seufzte tief.

Kodai sagte: „Du kannst sie nicht immer und ewig beschützen. Sie müssen langsam flügge werden."

„Ja, du hast Recht."

„Aber es wäre schon gut, wenn wir noch einen Abenteurer für die Vorhut hätten. Soll ich den ‚Himmelsturm' fragen, wie viel Tage sie uns noch Zeit geben können?" Kaum dass Petas zu Ende gesprochen hatte, stellte sich heraus, dass dieser Wunsch nicht in Erfüllung gehen würde.

Mit einem Knall wurde die Tür des Gasthauses aufgestoßen. Ein Bote des ‚Himmelsturms' rief Als Namen.

Es gab da wohl einige Abenteurer, die bereits übereifrig nach Giddeus aufgebrochen waren, um das Problem vor Als Bündnis zu lösen.

Folgt ihnen, holt sie ein und haltet sie zurück! Das war es, was Al und seinen Kameraden mitgeteilt wurde.

Y A G U D O

KAPITEL 4

I

Über den dunklen Himmel zischte ein weißer leuchtender Schweif. Sofort folgte der nächste. Erstaunlich viele tummelten sich am Firmament. Wahrscheinlich rückte die Nacht näher, in der man, wie Chitto gesagt hatte, „richtig viele Sternschnuppen beobachten kann". Al erinnerte sich an jene Nacht auf dem „Sternenfall-Hügel", während er in den Himmel starrte.

„Glaubst du, wir holen sie noch ein?", fragte er Shera, die ihm gegenüber am flackernden Feuer kauerte.

Der Wind, der über das Flachland von Sarutabaruta blies, bog die Flammen sanft auseinander.

„Keine Ahnung", erwiderte Shera missmutig.

Al und Shera hatten Wachdienst. Die anderen schliefen, fest in ihre Wolldecken eingewickelt.

„Auf jeden Fall ist Semih uns voraus."

Es gab gute Gründe, warum Shera so schlechte Laune hatte. Sie ärgerte sich über den Fehler des „Himmelsturms". Es war nicht schlimm, dass vor Als Bündnis auch andere Abenteurer entsandt worden waren. Wenn sie es sich leisten konnten, sollten sie ruhig noch mehr Kämpfer dorthin schicken, so wie bei dem Feldzug gegen die Ghelsba-Festung.

Es kam nicht selten vor, dass der „Himmelsturm" drei Bündnisse beauftragte, sich zu einer Allianz zusammenzuschließen, die dann gemeinsam einen Auftrag durchführte.

Aber so unerfahrene Leute dorthin ziehen zu lassen, das sei einfach unmöglich, regte Shera sich auf.

„Bloß, weil der Anführer einen Chocobo reiten kann, haben sie geglaubt, dass alle Mitglieder des Bündnisses erfahren genug für eine solche Aufgabe sind.“

Der „Himmelsturm“ war von den Yagudos sehr eindringlich gebeten worden, Maßnahmen gegen das Monster zu ergreifen. Da die Windurster Regierung die Annährungspolitik nicht gefährden wollte, hatten sie diese Leute geschickt, ohne sie vorher einer genauen Überprüfung zu unterziehen.

Anhand der Signets hatten sie nun endlich deren Abenteurerlaufbahn untersucht und herausgefunden, dass sie alle – bis auf den Bündnisführer – Neulinge waren, noch unerfahrener als Al und Iris. Daraufhin hatten sie sehr verwirrt und hastig eine weitere Entscheidung getroffen.

Offenbar hatte sich dieses Bündnis in Windurst erst neu gebildet, nachdem die Abenteurer alle einzeln dort eingetroffen waren.

„Wer ist eigentlich diese Semih Lafihna?“

Nachdem der „Himmelsturm“ den Stand der Dinge geklärt hatte, hatten sie die Anführerin der „Sibyllengarde“ – Semih Lafihna – losgeschickt, um diese unerfahrenen Leute zurückzuholen.

Eigentlich wusste Al nicht einmal, was eine „Garde“ sein sollte. „Das sind spezielle Soldaten, die ausschließlich für den Schutz des ‚Gotteskindes der Sterne‘ zuständig sind, das oben in der Spitze des ‚Himmelsturms‘ lebt. Alle sind äußerst fähige Kämpfer vom Stamm der Mithras.“

„Wie? Alles Mithras? Und sie beschützen die ‚Starsybille‘ vom Stamm der Tarutarus?“

„Das ist eine sehr komplizierte Geschichte“, seufzte Shera und verschränkte ihre Hände auf den Knien. Seit dem Krieg gegen die Beastmen gab es so einige Dinge, die sich sehr verwickelt und undurchsichtig verhielten.

„Auf alle Fälle ist diese Semih Lafihna eine Meisterin im Bogenschießen. Viele sagen sogar, dass sie die nächste Stammesführerin wird. Aber so stark sie auch ist, sie kann nicht alles alleine erledigen. Es wäre wirklich gut, wenn sie die anderen Abenteurer vor Giddeus einholen könnte.“

Al stimmte zu, dass das am besten wäre. „Aber morgen kommen auch wir schon in Giddeus an. So gesehen, ist es ziemlich wahrscheinlich, dass sie sie doch nicht vorher einholen konnte.“

Seit sie Windurst verlassen hatten, durchquerten sie in einem Gewaltmarsch das Flachland von Sarutabaruta. Sie zogen nach Westen, immer nach Westen.

Bis jetzt hatten sie die Gruppe nicht einholen können.

Wahrscheinlich würden sie erst in Giddeus auf sie treffen.

„Wenn man es sich mal überlegt, haben wir schon ziemlich viel Kampferfahrungen gegen die Beastmen gesammelt“, murmelte Shera und blickte zum Himmel auf.

Al nickte. Gegen die Goblins in Gustaberg, die Quadavs in der Mine von Palborough, die Orks in der Ghelsba-Festung … Die heftigen Kämpfe der letzten Monate tauchten in Als Erinnerung auf.

„Diese Leute haben sich bisher hauptsächlich mit Monstern auf dem Ödland herumgeschlagen, hat der Himmelsturm gesagt?“

„Ja, so habe ich es verstanden. Das heißt, sie besitzen keine Erfahrung mit der hinterlistigen Kampfweise der Beastmen. Du solltest auch aufpassen in Giddeus. Man kann nicht sicher sein, dass die Yagudos wirklich auf unserer Seite stehen.“ Denn die freundliche Beziehung zu den Yagudos wäre durch und durch eine Illusion. Mehr nicht, schätzte Shera und kniff den Mund fest zusammen.

Die Nacht verging still und ruhig.

Am nächsten Morgen erreichten Al und seine Kameraden den westlichen Zipfel von Sarutabaruta. Daraufhin folgten sie dem Rand des Gebirges in Richtung Süden.

Währenddessen veränderte sich die Landschaft: Zu

beiden Seiten ragten nun hohe Felsen empor. Sie gelangten an eine schmale Schlucht.

„Dort beginnt bereits Giddeus“, Peta wies auf das jenseitige Ende der Schlucht.

Al machte sich auf alles gefasst. Er wollte gerade weitergehen, da sah er einen kleinen Schatten auf sie zu rennen.

„Hiiiiiil-feeeee!“

Iris wusste sofort, wer dieses Geschrei verursachte. Sie zog ein genervtes Gesicht, als hätte sie langsam genug von diesem Kerl.

Der Schatten blieb klein, selbst als er immer näherkam.

Als der Junge vor Iris' Augen stolperte und hinfiel, sagte sie trocken: „Und was hast du jetzt wieder angestellt?“

Flink hob er sein Gesicht. „Hallo, Alte! Nett, dich zu sehen!“

Chitto, der unbesiegbare Mönch, lachte ihr unschuldig ins Gesicht.

+ + +

„Wirklich!“, wiederholte Chitto zum x-ten Male. „Ich wurde wirklich von Yagudos verfolgt!“

Trotz seiner Beteuerungen fiel es Al und seinen Kameraden schwer, ihm zu glauben. Selbst wenn sie sich hier im Gebiet der Beastmen befanden. Außerdem konnten sie weit und breit keinen Yagudo entdecken, der Chitto auf den Fersen war.

Al und die anderen seufzten heimlich.

„Ich lüge euch nicht an!"

„Ja, ja, schon gut." Shera versuchte, ihn zu beruhigen und empfahl ihm, nach Windurst zurückzukehren.

Doch davon wollte Chitto nichts hören. Kaum hatte er nämlich erfahren, dass Als Bündnis damit beauftragt war, ein Monster zu erledigen, fing er auch schon an zu betteln: „Nehmt mich mit, bitte, bitte! Über Giddeus bin ich viel besser informiert als ihr!"

„Woher willst du das denn wissen?"

Auf Sheras fiese Frage antwortete Chitto gelassen: „Weil ich gerade eben da war!"

„Na und! Das kann man nicht als ‚informiert' bezeichnen, oder?"

„Egal! Jedenfalls war ich dort! Außerdem, ihr habt nur einen für die Vorhut. Ihr braucht bestimmt noch jemanden, der die erste Front bildet …, oder!?"

Chittos verzweifelten Überzeugungsversuch kommentierte Iris grausam: „Wir brauchen zwar noch einen Kämpfer, aber nicht dich."

„Was soll das heißen?! Hey, fühlst du dich etwa nicht unsicher? Du hast nur dieses Langohr und einen Tagträumer als Beschützer."

Nach Chittos Bemerkung bellte ihn Iris mit zorniger Stimme an: „Was hast du da eben gesagt?"

„Hey, was hast du denn, Alte …?“

„Kannst du das bitte wiederholen? Wer ist hier *verträumt, dusselig und leichtsinnig*, he?“

Äh, von „dusselig“ und „leichtsinnig“ war doch gar nicht die Rede, dachte Al. Dann versuchte er, Iris zu bremsen, die gerade mit ihrem Stock ausholte. Obwohl er sich fragte, warum er sie eigentlich zurückhielt, wo sie ihn doch gerade in Schutz genommen hatte. „Reg dich nicht so auf, Iris!“

„AL!“

„Ups, ja. Was denn?“

„Wehr dich doch gegen ihn!“

Al kratzte sich verlegen die Wange. Er wusste nicht so recht, was er jetzt tun sollte. Aber es freute ihn, dass Iris sich an seiner Stelle ärgerte.

Weder Shera noch Jed boten ihm in dieser verzwickten Situation Hilfe an. Sie schauten nur zu, und zwar sichtlich amüsiert.

Al warf einen hilfesuchenden Blick auf Peta.

„Nehmen wir ihn mit! Ich glaube, dieser Bursche ist gar nicht so übel“, meinte sie leichthin.

Nach Petas Vorschlag blies Iris zwar schmollend ihre Wangen auf, doch sie unternahm nichts dagegen. Wohl, weil sie Petas Entscheidung vertraute.

Auch Al vertraute ihr. „Gut, dann komm mit!“

„Na also! Warum nicht gleich so!“ Begeistert stellte er sich an die Spitze der Truppe und lief los.

Ihm folgend flüsterte Al Peta zu: „Ob das wirklich eine gute Entscheidung war?“

Sie befanden sich bereits auf dem Territorium der Yagudos. Al war bewusst, dass es auch ein bisschen gefährlich sein könnte, ihn alleine zurückzuschicken.

„Es wird schon. Außerdem, ich glaube, dieser Bursche kann uns eine Hilfe sein, wenn er's wirklich will“, flüsterte Peta zurück. „Er hat nur die schlechte Angewohnheit, immer gleich wegzurennen.“

Sich aus taktischen Gründen zurückzuziehen, war für einen Abenteurer unabdingbar. Oder besser gesagt: zwischen Kampf und Rückzug die richtige Entscheidung treffen zu können – das war sehr wichtig. Doch um wieder zum Thema zurückzukommen: Die Worte von Peta bezogen sich zwar auf Chitto, doch für Al hörte es sich an, als ob damit auch das Land Windurst gemeint wäre.

Sie wanderten in der Schlucht weiter nach Süden. Nachdem sie den verschlungenen Weg überwunden hatten, erreichten sie eine offene Siedlung: Giddeus.

Als sie für eine Weile am Ortseingang stehenblieben, kam ihnen ein Wächter entgegen, ein Yagudo-Soldat.

Ein Vogelmensch!

Al und Iris schluckten vor Schreck, da sie zum ersten Mal einen Yagudo sahen.

Die Yagudos glichen Vögeln. Am Rücken hatten sie schwarze Flügel und im Gesicht einen Schnabel.

Der ganze Körper dieses Yagudos war mit schwarzen Federn bedeckt.

Kurz: Er glich einem Raben mit zwei Händen und Füßen.

Man erzählte sich, der Stamm der Yagudos würde einem eigentümlichen Glauben huldigen und in einer Art Gottesstaat lebten. Wie zum Beweis dafür trug der Soldat eine Halskette aus vielen großen Kugeln. So etwas wurde als „Yagudo-Rosenkranz“ bezeichnet. Ein Rosenkranz war ein religiöser Gegenstand, der zum Beten benutzt wurde und in einigen östlichen Gegenden angeblich weit verbreitet war. So etwas Ähnliches wie ein Talisman, hatte Al mal gehört.

An der Hüfte trug der Yagudo ein großes Schwert, „Katana“ genannt.

„Los, zeig es ihm! Schnell, Al!“

Von Peta darauf hingewiesen, holte Al hastig den Schlüssel hervor, der aus einem dünnen Metallstück bestand, in das rote magische Zeichen eingraviert waren.

Als der Yagudo-Soldat ihn sah, nickte er. Gebrochen sagte er in der Sprache des Volkes von Altana: „Mir folgen!“

Al hatte vor Kurzem erfahren, dass die Beastmen die allgemeine Sprache des Volkes von Altana verstanden.

Aber er hatte nicht erwartet, dass das auch auf gewöhnliche Soldaten zutraf.

Vielleicht, damit sie jederzeit mit Windurst verhandeln konnten? *Auf jeden Fall ist es günstig für uns, dass wir uns verständlich machen können.* „Äh, sind vielleicht gerade einige Leute hier durchgekommen?“, fragte Al den Soldaten, der sich an die Spitze des Bündnisses gesetzt hatte. Da sie die Abenteurer bis jetzt nicht eingeholt hatten, mussten sie hier gewesen sein.

„Sie da waren. Vor Kurzem.“ Die Worte, die er durch den Schnabel presste, hatten eine eigenartige Intonation und waren schwer verständlich.

„Vor Kurzem?“

Als Nachfrage beantwortete der Yagudo-Soldat nur mit einem Nicken.

„Wir beeilen uns besser“, meinte Jed.

Al und seine Kameraden beschlossen, ihre Schritte zu beschleunigen.

Zu beiden Seiten der Siedlung erhoben sich Felswände, in die unzählige Höhlen gebohrt waren, sodass sie fast wie Bienenwaben aussahen. Die Yagudos benutzten diese Höhlen als Behausungen.

„Wir werden beobachtet“, flüsterte Iris.

„Ja.“

Auch Al hatte es bemerkt: In jeder dieser Höhlen zeichnete sich ein Schatten ab, der schnell wieder verschwand. Al hatte das Gefühl, als ob das ganze Dorf sie anstarrte – und dieses Gefühl war sicher zutreffend. Er spürte scharfe, stechende Blicke. Man konnte wirklich nicht behaupten, dass hier eine freundliche Stimmung herrschte.

Als Al neben sich blickte, bemerkte er, dass Chitto den Kopf einzog und ganz verängstigt wirkte. Die Munterkeit, die er eben noch an den Tag gelegt hatte, war spurlos verschwunden.

Es war schwierig, in der Schlucht die Zeit und die Richtung genau zu bestimmen. Trotzdem ließ sich anhand der Sonne, die über den steil emporragenden Felswänden gerade noch zu erkennen war, vermuten, dass es kurz vor Mittag sein musste und dass sie in südliche Richtung liefen. Sie durchquerten mehrere Tunnel, die durch die Felsen getrieben waren.

Je weiter sie gingen, desto mehr wuchs Als Unruhe. *Werden wir vielleicht gerade überlistet und in einen Hinterhalt gelockt? Wohin gehen wir bloß? Wenn die Yagudos, die uns jetzt belauern, plötzlich über uns herfallen, haben wir keine Chance*, dachte Al.

Zwar beruhigte Peta ihre nervösen Gefährten: „Mit dem Signet kann man feststellen, wo ein Abenteurer umgekommen ist. Deshalb überfallen sie uns bestimmt nicht mitten im Dorf."

„Da." Der Yagudo hielt an.

Vor ihnen lag eine Felsenhöhle.

„Am Ende Podium von Balga ist."

Auf Als Nachfrage begann der Yagudo-Soldat, der die Höhle als Erster betrat, kurz zu erklären. Demnach war das Podium von Balga ein heiliger Ort, der ihrem Gott geweiht war. Dort hätte sich ein Monster eingeschlichen.

Überstürzt hatten die Yagudo-Magier das Podium versiegelt und das Monster dort eingesperrt. Aber damit konnten sie ihre religiösen Zeremonien nicht mehr abhalten. Dagegen sollten Al und seine Kameraden etwas unternehmen.

Obwohl es in der Höhle keinerlei Beleuchtung gab, war es erstaunlich hell. Al fiel auf, dass dies an einer Art von leuchtendem Moos lag, das auf den Felswänden wuchs.

Im diesem glimmenden Licht liefen Al und seine Kameraden in Begleitung des Yagudo-Soldaten weiter.

Sie kamen ans Ende der Höhle.

„Eine Sackgasse?“ In Als Kopf blitzte der Verdacht auf, sie wären doch überlistet worden. Da bemerkte er, dass auf dem Boden vor der Wand eine rote Linie gezogen war: Das magische Siegel.

„Halte den Schlüssel hoch und geh einfach weiter, Al! Oh! Vorher führe ich noch schnell einen Zauber für euch durch“, kommandierte Peta.

Auch Iris rezitierte die Zauberformel für den *Schutzra-Zauber*, und Jed leitete durch sein eigenes Schwert den Zauber „Donner+“.

„Komm, Chitto!“ Peta klopfte ihm ermutigend auf den Rücken.

Chitto stammelte leise: „Ja!“, dann faltete er seine Hände vor der Brust übereinander. Er löste sie langsam, ließ sie sinken und legte sie an seine Hüften. „Huaaaaaaa!“ Er atmete mehrmals tief ein und aus. Die Faustkämpfer verwendeten diese spezielle Atemtechnik, um ihre innere Kraft hart, spitz und scharf zu machen. Man nannte diese Technik „Boost“.

Auch die Schwertkämpfer verdichteten ihre innere Energie. Doch die Faustkämpfer mussten diese Energie noch dazu aufladen, um im richtigen Moment genügend Schlagkraft zu besitzen. Gleich in den ersten Schlag die ganze scharf geschliffene Körperkraft hineinzulegen, darauf kam es an. Oder so ähnlich. Das hatte Chitto ihnen stolz erklärt.

Al hatte es allerdings nicht so genau verstanden.

„Jetzt kannst du loslegen, Al“, flüsterte Peta

Al holte den Schlüssel heraus und hielt ihn hoch.

„Ihr alle, bleibt dicht bei Al!“

Al machte einen Schritt und betrat die rote Linie.

Die roten Schriftzeichen des Schlüssels begannen zu flimmern. Mal stärker, mal schwächer, wie der Pulsschlag, so blinkten die roten Zeichen. Daraufhin fing auch die rote Linie an zu flimmern. Mal stärker, mal schwächer. Dann drang aus ihr ein weißes Licht, als ob sich im Boden eine Spalte aufgetan hätte. Plötzlich strahlte es gewaltig auf und beleuchtete die gesamte Umgebung. Im nächsten Moment wurde es stockdunkel.

In diesem Augenblick war die Wand, die den Weg versperrt hatte, verschwunden. An ihrer Stelle öffnete sich ein schmaler Gang.

„Gehen wir!“ Al machte den ersten Schritt.

Der Yagudo-Soldat folgte ihnen nicht. Er schien die Angelegenheit lieber Als Bündnis überlassen zu wollen.

Al fand das schon ein wenig eigenartig – schließlich waren sie und die Yagudos ursprünglich Feinde gewesen.

Als sie den Gang eine Weile entlangmarschiert waren, erreichten sie den Rand einer schmalen Talsohle. Über ihren Köpfen wölbte sich blauer Himmel.

„Dass hier religiöse Zeremonien durchgeführt worden sind, scheint immerhin zu stimmen“, Shera zeigte auf das Tal.

Zu beiden Seiten waren in regelmäßigen Abständen mehrere, etwa mannshohe Steintürme aufgestellt Oben befanden sich schalenförmige Gefäße, in denen rote Flammen züngelten wie Schlangen. Unzweifelhaft waren das magische Flammen.

Einige waren schon erloschen.

Ein Schrei! Vom Ende des Weges.

Sofort rannten Al und seine Kameraden los.

Der kurvige Weg öffnete sich plötzlich. Vor ihnen lag

das Podium von Balga. Es bestand aus einem riesigen scheibenförmigen Stein, der auf dem Boden lag. Auf diesen Stein war ein rotes Symbol gezeichnet. Es sah aus wie mehrere übereinander gelegte Sterne. Auf den Rand des Steines waren rote, magische Schriftzeichen eingeritzt. Am Ende dieses Podiums erhob sich ein riesiges steinernes Standbild. Es glich einem Vogel mit weit ausgebreiteten Flügeln.

Davor stand ein Monster.

„Was soll das denn sein, dieses Ding!?“ Das Wesen bot einen wirklich außergewöhnlichen Anblick. In Sheras Stimme schwang tiefe Abscheu mit.

„Scheint ein Monster aus einer verfluchten Welt zu sein“, meinte Peta.

Tatsächlich konnte man nicht glauben, dass es sich um ein Lebewesen von dieser Welt handelte. Sein Körper war gelb und rund wie ein Luftballon, daran befanden sich zwei Flügel. Sie sahen zwar wie riesige Ohren aus, doch waren es tatsächlich Flügel. Damit flatternd, hielt es sich in der Luft – vermutlich. Außerdem hatte es zwei dünne Beine, die es kaum tragen konnten. Schlaff und kraftlos hingen sie herab. Mitten im Körper befand sich ein riesiges Auge.

Damit blickte es scharf auf den Gegner vor sich: eine Mithra-Kämpferin, die gerade ihren Bogen spannte. Neben ihr lagen sechs Abenteurer auf dem Boden.

Sind sie tot?

„Ah, mir scheint, wir sind gerade rechtzeitig gekommen“, stieß Peta unbekümmert aus, als die sechs Leute sich gerade mühsam erhoben.

Sie leben noch!

„Ihr!“, schrie die Mithra-Kämpferin, ohne ihre Augen von dem Monster zu wenden: „Könnt ihr es eine Weile ablenken?!“ Im selben Moment schoss sie einen Pfeil ab.

Das Monster drehte sich zur Seite, um ihm auszuweichen.

Währenddessen betete einer der Abenteurer, die jetzt alle wieder standen, zur Göttin. Der Wind der Heilung begann zu wehen.

„Al!“

Er war schon unterwegs: Dieser Weißmagier, der gerade sein Gebet verrichtet hatte, wäre absolut wehrlos, wenn er jetzt angegriffen werden würde.

Al trat zwischen das Monster und den Abenteurer und schrie: „Lauft weg!“ Gleichzeitig drang er mit dem Schwert auf das Ungeheuer ein.

Doch dieses wich ihm mit Leichtigkeit aus.

„Ah! Sind schon wieder ein paar Idioten zum Sterben gekommen …“ Das Maul unter dem riesigen Auge öffnete sich und grinste böse. Darin zeigten sich spitze Zähne. Das Monster schwebte hoch in die Luft.

Am Rand von Als Sichtfeld brachte die Bogenschützin die verletzten Abenteurer in Sicherheit.

„Ihr entkommt mir nicht …“ Wieder öffnete sich das Monstermaul. Worte von teuflischem Klang kamen heraus.

„Mist! Hindere es daran! Schnell!“

Auf Petas Ruf schleuderte Shera ihren Dolch.

Doch ein starker Windstoß lenkte ihn ab.

„Was!?“ Auch Sheras Stimme verschluckte der Wind, der so plötzlich und stark zu wehen begonnen hatte.

Er kam mitten aus dem magischen Symbol auf dem Podium. Wie ein Tornado brauste er auf.

Al brauchte all seine Kraft, um nicht weggeweht zu werden.

Er ging in die Hocke, krallte seine Zehen in den Boden und hielt stand.

„Da kriecht etwas heraus!“, schrie Iris mit greller Stimme.

Tatsächlich: Aus der Mitte des Symbols versuchte, etwas ans Tageslicht zu kommen.

„Ich bin das ‚Auge des Königs‘! Ich rufe dich! Komme hervor! Du magische Bestie aus uralter Zeit! Meine Gegner sind deine Gegner! Vernichte sie!“

Der Wind wurde stärker, als ob das ruchlose Gebet des Monsters, das sich selbst „Auge des Königs“ nannte, der Auslöser wäre.

Al begriff erst jetzt, dass es in Wirklichkeit die riesigen Flügel waren, die den Wind verursachten. Aus der Mitte des rotstrahlenden Symbols schoben sie sich langsam

hervor. Sie hoben sich. Dann schmetterten sie mit einem Knall auf den Boden und breiteten sich aus. Es hatte ausgesehen, als ob die Luft zerriss, und aus diesem Riss entfalteten sich die Flügel.

Dann zeigte sich ein schwarzer Körper, groß wie ein Berg. Anschließend der Hals, der sich plötzlich aufrichtete. Zwei schlangenähnliche Augen blickten herab. Vom Kopf bis zum Rücken hatte das Ungetüm spitze Zacken. Zum Schluss kamen vier Beinen zum Vorschein, die es trugen.

„Das kann doch nicht wahr sein! Ist das ein Drache?" Iris' Stimme zitterte.

Al biss seine Zähne fest zusammen. „Eine der magischen Bestien, die man rufen kann?"

„Das nicht, glaube ich, aber so etwas Ähnliches", antwortete Peta düster: „Ein Ungeheuer, das an einem verfluchten Ort im Norden lebt. Ich habe es nicht mehr gesehen, seit der Schattenlord gefallen ist."

„Das Auge des Königs" lachte: „Nichts weißt du! Gar nichts! Aber du musst auch nichts wissen! Du musst sterben!"

„Verteilt euch!"

Auf Jeds Kommando rannten sie alle in verschiedene Richtungen auseinander.

+ + +

Die Gardistin mit dem Bogen konnte mit den sechs Abenteurern gerade noch von dem Podium fliehen.

Al nahm dies nur aus den Augenwinkeln wahr und verfolgte die Bewegung des schwarzen Drachens.

Sein langer Hals schwang hin und her, als würde er tanzen.

Den gefletschten Zähnen in seinem knapp über den Boden klaffenden Maul wich Al aus, indem er sich zur Seite warf. Er rollte über das Podium und sprang auf.

Dann versetzte er dem langen Hals, der ihm hinterge-saust war, einen Schlag! „Ah!" Fast ließ er das Schwert fallen.

Die Schuppen des Drachens waren viel härter als gedacht. Seine Hand fühlte sich an wie betäubt.

„Hähähä! Mit so einem stumpfen Schwert kannst du ihm nicht mal einen Kratzer verpassen." Das „Auge des Königs" schwebte hoch in der Luft und genoss in aller Seelenruhe den Kampf.

„Nicht mal einen Kratzer, sage ich! Ihr Kämpfer von Altana taugt wirklich nichts mehr!"

„So? Und wie ist es damit? Hier kommt der Bio-Zauber", Petas Stimme hallte in der schmalen Schlucht wider.

Die grüne Strahlung des Bio-Zaubers umfing den Drachen, doch plötzlich verschwand sie wie eine geplatzte Seifenblase.

„Wie bitte? Abgewehrt?!" Peta war verblüfft.

„So etwas wirkt bei ihm nicht!“, höhnte das „Auge des Königs“: „Böser Drache erledige diese lästige Zwergin!“

Daraufhin schmetterte der Drache seinen mit spitzen Stacheln bewehrten Schwanz auf Peta herab.

Gerade noch! Jed hatte sie gepackt, und die beiden rollten zur Seite.

„Mir wird schwindlig!“

„Da musst du wohl durch!“

Sie rollten zusammen weiter und stürzten vom Podium.

Al schlug mit seinem Langschwert zu, um einen weiteren Angriff des Drachen auf Peta zu verhindern.

„Gyaaaa!“, brüllte der Drache.

Die Luft vibrierte. Mit vor Wüt glühenden Augen blickte er auf Al herab.

Mist! Das sieht gar nicht gut aus!. Wie er es befürchtet hatte, waren zwei Kämpfer nicht genug. Jed und Al standen vor und hinter dem Drachen. So konnten sie ihn zwar von zwei Seiten angreifen, doch hatte der Drache einen wendigen Hals und einen langen Schwanz, mit denen er sich gleichzeitig verteidigte.

Wenn sie nur einen dritten Kämpfer hätten, der auf die Flanke losging, wäre der Drache für einen Moment abgelenkt.

„Hey, du! Mach endlich deine Arbeit!“

Selbst als Chitto von Iris laut angefahren wurde, schien er sich nicht bewegen zu können. Er war starr vor Angst.

Hinter Al stand Iris und hinter Jed befand sich Peta. Die beiden Frauen führten Unterstützungszauber durch, von denen jedoch höchstens jeder zweite wirkte. Die anderen wurden – so wie Petas Bio-Zauber vorhin – von dem Drachen abgewehrt.

Sollten wir lieber fliehen?

Als ob es Als Gedanken gelesen hätte, höhnte das „Auge des Königs“: „Flucht nützt nichts!“

„Wieso nicht?“, rief Al absichtlich laut.

Vorher hatte der Drache Peta angegriffen, weil das Monster es ihm befohlen hatte. Offensichtlich wurde die es Ungeheuer also von ihm gesteuert. So ähnlich, wie die Dompteure ihre Raubtiere kontrollierten.

Das bedeutete, wenn die Aufmerksamkeit des „Auges“ abgelenkt wäre …

„Weil dieser schwarze Drache nur der Anfang ist!“ Das riesige Auge wurde weit aufgerissen. Die Worte, die dann aus seinem Mund sprudelten, ließen Al fast seine ursprünglichen Absichten vergessen.

„Die Zeit ist reif, dass die verfluchten Bestien aus uralten Zeiten auferstehen. Nicht nur in Windurst. Über ganz Vana'diel werden sie bald herfallen! Dann gibt es keinen Ort mehr, an den ihr noch fliehen könnt.“ Es lachte schauerlich.

Was!? Auferstehung der verfluchten Bestien?!

Die Flügel des Drachen sausten herab. Der Wind pfiff. Al verlor das Gleichgewicht.

In diesem Augenblick sauste ein krallenbewehrter Fuß auf ihn herab. Es war unmöglich, ihm standzuhalten. Al versuchte trotzdem, die tödlichen Krallen zur Seite zu lenken, indem er seinen Schild schräg nach oben streckte. Er hörte die Krallen laut über die Metalloberfläche kratzen.

Den linken Arm, an dem er den Schild trug, durchzuckten heftige Schmerzen.

Ein gedämpftes Geräusch ertönte.

„Aua!“ Der Arm war gebrochen.

„Al!?“ Das war Iris.

„Nein! Komm nicht näher! Ich bin in Ordnung!“ Al war froh, dass er ein einhändiges Schwert trug. Noch konnte er wenigstens das Schwert führen.

„Es ist besser für dich, wenn du schnell stirbst, nicht wahr?“, grollte das Monster.

„Halt die Klappe, verdammt!“ Shera schleuderte abermals den Dolch.

Aber die Flügel des Drachen breiteten sich aus und fegten ihn direkt vor dem „Auge des Königs“ weg.

„Das war ja eine nette Warnung. Hm! Ich könnte euch doch fliehen lassen.“

„Was?!“, erwiderte Al keuchend. Seine Aufmerksamkeit musste abgelenkt werden. Egal wie! Wenn er nur für einen kurzen Moment seine innere Energie verdichten könnte!

Als Blick traf sich mit Jeds und Sheras. Sie nickten sich unauffällig zu.

„Bald werden wir die Beastmen vereinigen und die Herrschaft in Vana'diel übernehmen."

„Die Beastmen vereinigen? Wollt ihr denn diesen Alptraum vor zwanzig Jahren wiederholen?!", fauchte Shera.

„Allerdings! Dann werden die Völker von Altana sowieso alle vernichtet! Deshalb habe ich euch gesagt: Es gibt keinen Ort, an den ihr fliehen könnt! Entweder sterbt ihr hier oder ihr lebt noch eine Weile und geht durch die Hölle!"

Mit gepresster Stimme entgegnete Al: „Zu beidem sagen wir: Nein danke! Chitto, mach dich bereit!"

Chitto hob sein Gesicht – das sah Al aus den Augenwinkeln. Den günstigsten Moment abpassend, versuchte er jetzt, mit Jed und Shera zusammen anzugreifen.

Doch es war nicht möglich, diesen Drachen zu dritt zu besiegen.

Dazu reichte ihre Kraft nicht.

„Chitto, wenn du jetzt nicht kämpfst, gibt es kein nächstes Mal!"

Chitto hatte sich aufgerichtet.

Wenn du jetzt nicht kämpfst, gibt es kein nächstes Mal. Das sagte der junge Hume-Kämpfer.

Er hatte nicht viel mehr Erfahrung als Chitto selber. Er wurde dauernd von diesem jungen Hume-Mädchen gescholten. Chitto hatte ihn für einen laschen und unentschlossenen Typen gehalten. Er fragte sich, warum er sich auf einmal so mies fühlte. Warum er auf diesen Kerl namens Al auf einmal so neidisch war. Er wusste die Antwort. Dieser Kämpfer hatte ihm etwas erzählt, was seine Großmutter ihm beigebracht hatte: *Wenn du ein Abenteurer sein willst, dann bleibe niemals stehen, sondern gehe weiter. Immer weiter. So wie die Sternschnuppen. Erst dann kannst du strahlen.* So wie dieser Al jetzt strahlte.

„Es ist Zeit. Böser Drache, mach ein Ende!"

Nach diesen Worten reckte sich der Hals des schwarzen Drachen besonders hoch. Er riss seinen Schlund auf, und aus der Tiefe seines Schlundes spuckte er eine Feuerlohe. Die Flamme raste über das Podium von Balga wie eine riesige rote Zunge.

Iris sah, wie Al von den züngelnden Flammen gepackt wurde.

Er fiel auf die Knie, dann brach er zusammen.

AL! Ihre Hände, die den Stock umklammerten, waren heiß. *Am liebsten würde ich hingehen und den Drachen damit verprügeln!* Aber Iris beherrschte sich. *Es ist in Ordnung. Mit ihm ist alles in Ordnung. Er wird wieder aufstehen. Er stirbt nicht. Weil er immer wieder aufsteht, egal, wie heftig er verletzt wird. Und außerdem: Ich lasse ihn nicht sterben. Dazu habe ich diesen Stock. Denn ich bin eine Weißmagierin!*

Iris griff den Stock fest und rezitierte die Zauberformel „Heilen II“, die sie erst vor Kurzem gelernt hatte.

Der weißstrahlende Wind der Heilung umwehte Al sanft. In seinen Körper kehrte die Kraft zurück. Sich auf ein Knie stützend, erhob er sich mühsam.

Der Drache hatte es jetzt auf Iris abgesehen, die hinter ihm stand.

Ich lasse dich nicht an sie heran! Aus der Tiefe seines Körper stieg ein Gefühl auf, so ähnlich wie Wut: *An mir kommst du niemals vorbei!*

Der Kopf des Drachen schoss rasend schnell herab.

Al bremste ihn, indem er seinen Schild dagegen schlug.

„Hier kommt der Fessel-Zauber!“ Petas Spruch wirkte diesmal.

Die Beine des Drachen konnten sich für einen Moment nicht bewegen.

„Los!“, kommandierte Al

Shera war schon unterwegs. Geräuschlos schlich sie sich hinter den Drachen, wo sie seinem Blick verborgen blieb. Hinter dem Rücken von Jed sprang sie plötzlich hervor, dann zog sie der Bestie ihren Dolch über die Flanke. Eine Technik, die „Windschnitt“ genannt wurde. Die Räuber wendeten sie häufig an.

Im nächsten Moment hüpfte sie zurück und überließ Jed ihren Platz.

Jeds Schwert blitzte auf, vollständig mit verdichteter innerer Energie geladen. Er stieß es tief in die von Shera geschnittene Wunde, dann riss er es nach oben und führte die „Schnelle Klinge“ aus. Jeds innere Energie mischte sich mit der von Shera, und beide drangen durch die Wunde in den Drachen ein.

Der verdrehte gequält seinen Körper – das hatte gesessen!

Al hob sein Schwert, das er direkt vor seine Augen gehalten hatte. Er ließ seine verdichtete innere Energie in die Klinge fließen.

Sie begann rot zu glühen. *Noch mehr! Noch mehr! Mach weiter! Wenn du dich entschlossen hast – bleib dabei!*

Der Drache griff jetzt Jed und Shera an. Noch war das Schimmern der übereinander gelegten inneren Energien der beiden zu sehen.

Es ist noch nicht zu spät – bestimmt nicht. Von Als Klinge loderte eine scharlachrote Flamme auf!

„Jetzt!“, schrie Jed.

Al hieb sein flammendes Schwert in den Halsansatz des Drachen.

Der Drache brüllte auf: „Gyäääääää!“

„Jetzt du, Chitto!“

Auf diesen Zuruf von Al sprang ein kleiner Körper dicht an den Drachen heran. „Huaaaaaaaaaaaaaaaaaaaaaaaaaaaaaaaaaa!“ Als wollte er etwas befreien, was tief in ihm gefangen lag, drosch er dem Drachen mit ganzer Kraft seine rechte Faust in den Bauch. Das Ungetüm schwankte zur Seite. Am Hals, der sich jetzt herabsenkte, landete er seinen nächsten Treffer mit der Linken. Zum Schluss schnellte er hoch und haute mit einem mächtigen Hieb in den Halsansatz, wo Als Flammenschwert bereits eine verkohlte Brandspur gezogen hatte!

„Ihr alle, zurück!“

Auf Petas Warnung hin warfen sie sich nach hinten.

„Feuer!“

Den ganzen Körper des Drachen umloderten Flammen. „GYÄÄÄÄÄÄÄÄÄÄÄÄÄ!“ Mit einem ohrenbetäubenden, langen Schrei neigte der Drache sich langsam zur Seite und fiel.

Im nächsten Moment explodierten die aufberstenden Flammen auf dem Podium von Balga! Der Körper des Drachen wurde weggeschleudert und prallte gegen das steinerne Vogel-Standbild.

„Sieh doch, Al! Das Monster!“

Als Al hastig aufblickte, trudelte gerade das „Auge des Königs“ ohnmächtig in Richtung Boden. Wohl deswegen, weil der Drache gefallen war, den es gesteuert hatte, oder weil es von der Gewalt der Explosion erwischt worden war. Jedoch erlangte es sein Bewusstsein wieder, knapp bevor es aufschlug. „Ihr entkommt mir nicht!“

Dass das Auge sich zusammenzog und einen unheimlichen Ausdruck annahm, hatte auch Al gesehen – aber was kam jetzt?

Vor diesem Auge stand Shera.

„Es ist der ‚böse Blick‘! Schnell, weiche ihm aus!“

Aber Shera konnte nicht ausweichen. Dazu war einfach die Zeit viel zu knapp, die ihr noch blieb.

Doch jemand, schnell wie ein Schatten, huschte vor Shera, um sie zu decken.

Jed.

Das „Auge des Königs“ strahlte unheimlich stark.

Jed, den die Strahlung traf, brach auf der Stelle lautlos zusammen.

Hinter ihm verharrte Shera wie angewurzelt. Sie begriff überhaupt nicht, was da gerade passierte.

„Jed!“ Al war bereits losgestürzt. Während er rannte, kam es ihm so vor, als ob alles um ihn herum plötzlich stillstand.

‚Das Auge‘ wandte sich Al zu.

Er erkannte, dass es erneut seine magischen Kräfte darin bündelte. Aber diesmal zu spät.

Als Schwert näherte sich bereits unaufhaltsam seinem Ziel. Dann versetzte er dem Monster einen Hieb nach seinem Herzen – er trennte ihm einen Flügel vom Leib.

Das „Auge des Königs“ schwankte. „Ooooo!“, knirschte es, sich windend vor Qual.

Ein weiterer Schlag sauste auf seinen Körper herab. Dann prallte das „Auge des Königs“ mit einer schräg klaffenden Wunde auf dem Podium von Balga auf.

„Huooooooo! Du Wicht!!!“

„Kehr in deine dunkle Welt zurück, Ungeheuer!“

Sich windend warf das Monster Al einen letzten Blick zu. „Du hast es immer noch nicht kapiert, du Grünschnabel!“, ächzte es. Das Auge war bereits halb geschlossen.

„Ihr Narren! Ich bin nur ein Vortrupp, mehr nicht. Auch die Auferstehung des Bösen Drachen ist nur ein Signal für die Auferstehung unseres Herrn, des hochverehrten Schattenlords … Ha, ha, ha …“ Das Auge schloss sich, während es noch ein letztes Mal „ihr Narren“ vor sich hin grummelte. Dann bewegte es sich nicht mehr.

„Der ‚Schattenlord‘ …“

Während er noch auf das Monster herabblickte, atmete Al endlich aus, als ob er sich erst jetzt wieder ans Atmen erinnerte.

„Jed … Jed! Hey, was ist mit dir!“

Sheras ängstlicher Aufschrei ließ Als Körper erstarren.

„Ich bin schon in Ordnung.“

„Wie kannst du das behaupten!?“

Als Al sich umdrehte, sah er Jed, der sich an Sheras Schulter lehnen musste. Sein Gesicht war leichenblass. Seinen ganzen Körper schien die Kraft verlassen zu haben. Er konnte sich gerade noch aufrechthalten, indem er sich auf Shera stützte.

„Was ist mit ihm?“

„Wahrscheinlich liegt es am Fluch des bösen Blicks“, erwiderte Peta.

„Was!? Ein Fluch!?“, kreischte Shera hysterisch.

Peta nickte: „So ein Pech! Den kann man wohl nur mit einer ziemlich komplizierten Heiltechnik lösen.“

„Iris, trotzdem, hilf ihm bitte!“, forderte Al sie auf.

„Ja, ich führe erst mal ‚Heilen‘ durch.“

Damit schlossen sich zumindest seine äußeren Verletzungen.

„Jed, kannst du allein laufen, bis wir aus Giddeus raus sind?“

Bei Als Frage warf Shera ihm einen ärgerlichen Blick zu. Doch früher oder später musste jemand diese Frage stellen.

„Ja, könnte funktionieren“, erwiderte Jed und löste sich von Sheras stützendem Arm.

„Halt, warte!“

„Shera, nein! Bitte, beherrsche dich! Wir müssen sehr vorsichtig sein, bis wir hier raus sind. Wir dürfen uns keine Schwäche anmerken lassen“, ermahnte sie Peta, die Als Gedanken sofort verstanden hatte. Auch Shera musste das klar sein.

„Wir brauchen einen Beweis. Wie sollen wir es machen?“

„Was meinst du mit ‚Beweis‘?“, fragte Iris Peta.

„Einen Beweis, dass wir das Monster erledigt haben. Ansonsten glauben uns die Yagudos vielleicht nicht und machen uns Schwierigkeiten.“

Al nickte. Er näherte sich dem gefallenen Drachen und

brach ihm einen langen spitzen Zahn aus dem Unterkiefer. „Den nehmen wir als Beweis mit.“

Sie gingen zu dem magischen Symbol zurück. Als Al wieder den Schlüssel hochhob, löste sich das Siegel und öffnete den Weg zur Höhle.

Die Yagudos warfen ihnen finstere Blicke zu, als sie zurückkamen.

Doch Al und seine Kameraden ignorierten sie und ließen Giddeus so schnell wie möglich hinter sich.

Als sie das Flachland von Sarutabaruta erreichten und noch eine Weile liefen, trafen sie auf Semih und die anderen Abenteurer, die dort rasteten.

Dann brach Jed endgültig zusammen.

+ + +

Jed und Shera beschlossen, mit Semih und den anderen Abenteurern langsam zurückzukehren.

Al und die anderen drei wollten möglichst schnell nach Windurst zurück. Denn sie mussten dem „Himmelsturm“ einen genauen Bericht über das Vorgefallene liefern.

Zwar hatte Semih über die Verbindungsperle bereits das Gröbste mitgeteilt, aber vieles ließ sich auf diesem Weg schwer vermitteln.

Kurz bevor sie die Hauptstadt von Windurst erreichten, ging die Sonne unter.

Am Lagerfeuer erzählte ihnen Chitto endlich, warum

er von den Yagudos verfolgt worden war. „Ich wollte in Giddeus einen Schatz stehlen."

„Verstehe", nickte Peta.

„Das heißt, du bist verjagt worden, weil du etwas gestohlen hast?"

Auf Iris' Frage schüttelte Chitto den Kopf: „Nein. So weit bin ich gar nicht gekommen. Aber ...", dann zögerte er.

„Was denn?"

„Also ... ich bin in eine ihrer Höhlen eingebrochen. Da habe ich etwas Merkwürdiges gesehen."

„Etwas Merkwürdiges?" Petas Augen funkelten.

„Ja ... irgendwie. Sie haben da etwas gebaut, etwas, das riesig groß war. Ein Ding, das ich noch nie gesehen habe. Mit riesigen Eisenrädern und eisernen Platten."

„Das ist, wie ich befürchtet habe, sehr wahrscheinlich eine Waffe", vermutete Peta.

Erschrocken blickten die drei anderen auf.

„Du meinst, so etwas wie der ‚Panzer'!? Glaubst du, sie haben Chitto verfolgt, weil er dieses Ding gesehen hat?", forschte Al.

„Ja, sehr wahrscheinlich. Obwohl ich nicht sicher bin, ob es sich um einen ‚Panzer' handelt."

In Als Kopf fügten sich seine Gedanken zusammen. Auf einmal war ihm alles klar: „Das bedeutet, die Yagudos rüsten sich für einen Krieg?" Da fiel ihm noch etwas ein: Dieses Monster, das „Auge des Königs", hatte doch angekündigt, dass sich der Beastmen-Krieg wiederholen würde.

„Hm. Glaubt ihr, dass die Yagudos mit diesem einäugigen Typen verbündet waren?“ Für Iris war sogar ein Monster aus einer verfluchten Welt als nichts anderes als ein „einäugiger Typ“. „Was gibt’s denn da zu kichern?“

„Nein, nichts. Ich denke schon, dass du Recht hast.“

Dann legte Al seine Gedanken dar: „Wenn jemand, der das Signet besitzt, in Giddeus ums Leben kommt, werden die Yagudos verdächtigt, ihn ermordet zu haben. Das wäre ungünstig für sie, stimmt’s?“

Iris nickte.

„Aber wie wäre es, wenn er von einem Monster ermordet würde?“

„Dann fällt kein Verdacht auf sie!“, stimmte ihm Iris zu.

„Sie teilen also der Regierung von Windurst mit, sie wären überfallen worden. Wenn die Yagudos Windurst bitten, das zu erledigen, ist die Regierung gezwungen, ihnen zu helfen, oder? Und wenn die Soldaten, die aus Windurst zu Hilfe kommen, von diesem ‚Auge des Königs‘ und dem Drachen umgebracht werden, dann schwächt das die militärischen Kräfte von Windurst“, schloss Al.

„Wow, ganz schön schlau, Alter!“, lobte Chitto.

„Was hast du da gerade gesagt? Doch nicht etwa ‚Alter‘, oder?“, Iris warf ihm einen scharfen Blick zu.

„Äh, äh. Al!"

„Gut", Iris lächelte zufrieden. Dann klopfte sie Chitto leicht auf die Schulter.

„Aua! Das tut weh, Alte … äh, Iris", erwiderte Chitto, sichtlich glücklich.

Wann hatten die beiden es bloß geschafft, das Kriegsbeil zu begraben?

„Ich glaube, das stimmt. Entschuldigt bitte", bat Peta mit schamvoller Miene.

Iris fragte sie, warum sie sich entschuldigte.

„Weil die Regierung von Windurst auch darüber Bescheid wusste, nicht wahr?", knurrte Al.

Iris wollte das einfach nicht glauben.

Aber Al war überzeugt davon. Windurst wusste ganz genau, dass es sich um eine Falle der Yagudos handelte. Deshalb vermieden sie es, ihre eigenen Soldaten zu schicken. Aus diesem Grund schonten sie die Magierbrigade, ihre wertvollste Waffe, und warben stattdessen Abenteurer aus anderen Ländern an. „Bist du deswegen mit uns gekommen, weil du das gewusst hast?"

Peta schwieg. Aber eine „Gelehrte auf Wanderung" musste sich wohl so ihre Gedanken gemacht haben.

„Und was jetzt?", wollte Iris wissen.

„Ich glaube, wir sollten zunächst nach Bastok zurückgehen", meinte Al.

Es gab jemanden, der den Beastmenkrieg wiederholen wollte. Dahinter steckte jemand, der sich „Schattenlord“ nannte, der eigentlich seit 20 Jahren tot sein müsste.

Darüber wollte Al die Regierung von Bastok unbedingt informieren.

„Ja. Ich denke auch, das wird am besten sein“, erwiderte Peta ruhig.

STERNENFALL-HÜGEL

EPILOG

„Oh! Da! Schon wieder!“, jubelte Iris und zeigte nach oben.

„Klasse! Die Sternschnuppen fallen wirklich eine nach der anderen.“ Auch Al blickte begeistert zum Himmel auf.

Zwar war es ein bisschen kühl, aber das vergaß man sofort, wenn man diesen sternenübersäten Himmel betrachtete. Unmengen von Sternschnuppen zogen dort ihre leuchtenden Bahnen. Oben auf dem „Sternenfall-Hügel“, am Fuß des „Funkelnden Baums“, standen Al und Iris mit zwei Kameraden.

„Das ist toll, nicht wahr? Ich wollte es euch unbedingt zeigen, bevor ihr zurückkehrt. Es gibt kaum einen Ort, wo man die Sterne so gut sehen kann, obwohl diese Welt so groß ist“, begeisterte sich Peta.

„Schau, Al! Da kommen Shera und Jed“, rief Chitto.

Al drehte sich um und sah zwei Schatten langsam den Hügel heraufsteigen.

„Glaubst du, er ist bald wieder gesund?“, fragte Iris besorgt.

„Immerhin nimmt er die Medikamente, die seine Körperkraft wieder herstellen“, antwortete Peta.

Jed ging ihnen entgegen, mit einem Arm stützte er sich auf Shera.

„Entschuldigt, dass wir zu spät sind“, bedauerte er.

„Nein, nein, macht gar nichts! Aber es tut mir leid, dass du dich so anstrengen musstest, um hier heraufzukommen“, winkte Peta ab.

Es wäre schon Ordnung, erwiderte Jed, aber seine Schritte fielen immer noch unsicher aus.

Auch Shera wirkte besorgt.

„Ich danke dir für das Empfehlungsschreiben.“

„Ah, nein, wirklich! Nichts zu danken!“ Peta kratzte sich am Hinterkopf. Sie sah ein bisschen verlegen aus.

Jed wollte gleich zum Großfürstentum Jeuno aufbrechen. Dort gab es Spezialisten, die den Fluch lösen konnten, der seinen Körper schwächte. Es brachte ihn zwar nicht um, doch war es ihm so unmöglich, weiter als Abenteurer zu leben.

Mit einem von Peta und Frau Shantotto angefertigtem Empfehlungsscheiben sollte er nach Jeuno reisen, um sich von dem Fluch befreien zu lassen. Shera wollte ihn begleiten.

Wohl deswegen, weil es sonst sie getroffen hätte, wenn Jed sie nicht geschützt hätte.

Aber Al hatte das Gefühl, dass sie ihn sowieso begleitet hätte.

„Ich habe gehört, dass du hierbleiben willst“, sagte Shera zu Peta.

„Ja. Im ‚Himmelsturm‘ gibt es noch einiges für mich zu erledigen.“

„Hm … Ich mache mir aber ein bisschen Sorgen um die beiden. Glaubst du, dass man dieses Mädchen und diesen Jungen ganz allein lassen kann?“ Sie zeigte auf Iris und Al. „Es wird ihnen nichts passieren, oder?“

„Nein! Es wird nichts passieren!“, wiederholten Peta und Iris gleichzeitig.

Shera lachte. „Ihr wollt beide zusammen nach Bastok zurück, stimmt's, Al? Du scheinst großes Vertrauen zu genießen! Allerdings weiß ich nicht, wie du das findest, wenn sie sagt: ‚Es wird nichts passieren!‘, obwohl sie zusammen mit einem jungen Mann verreist“, zog Shera ihn auf.

Iris' Wangen liefen in der Dunkelheit rot an. „Was meinst du denn damit?!“

„Ach, nichts! Ich meine damit gar nichts, oder?“ Da Iris, was Alter und Erfahrungen betraf, Shera tatsächlich unterlegen war, sagte sie etwas ärgerlich: „Du, Dummkopf!“ Und zwar zu Al, was der sehr ungerecht fand, weil er sich doch aus dem Wortgefecht rausgehalten hatte. *Wieso denn?*

„Ich werde in Sarutabaruta noch fleißig trainieren“, erzählte Chitto.

Das wäre am besten für ihn, nickten die anderen beifällig.

„Aber du solltest dabei Giddeus nicht zu nahekommen“, scherzte Peta.

Alle lachten wieder.

Auch Jed lächelte leise.

„Ich habe vor, zunächst nach Bastok zurückzugehen und dort auch weiter zu üben“, verkündete Al und schaute in die Gesichter seiner Kameraden. „Bis Herr Max zurückkommt. Denn bis jetzt bin ich immer noch nicht stark genug.“

Dann bemerkte er zu Iris: „Aber ich werde stärker! Lass uns auch Informationen über das Geisterschiff sammeln!“

Erschrocken starrte sie Al an: „Ja … Al!“ Iris wischte sich die Tränen ab, die in den Augenwinkeln schimmerten.

Shera witzelte: „Ja, ja! Gerade hast du noch gemeint, dass nichts passiert, und schon weinst du!“

Der Wind, der auf dem Hügel wehte, bog die Gräser und streichelte ihnen zärtlich über das Haar.

„Hier müssen wir uns trennen …“, das Gemurmel von Iris vermischte sich sacht mit dem Säuseln des Windes.

Das Schweigen kehrte zurück.

„Aber …“, räusperte sich Al. Klar und sicher konnte er es sagen: „Wir sind Abenteurer! Und so lange wir unterwegs sind, werden wir uns eines Tages wiedertreffen!“

Vielleicht funkelten ja dann keine Sterne mehr am Himmel – so viele Sternschnuppen regneten in diesem Moment herab. Kreuz und quer zogen sie ihre leuchtenden Bahnen über den dunklen Himmel.

Al und seine Kameraden verabschiedeten sich nicht endgültig voneinander.

„Wir sehen uns wieder!“, schworen sie sich.

Sie verließen den Hügel und vertrauten auf ihren Schwur, den der Wind mit sich trug, und auf den Weg, der vor ihnen lag.

Die Wege der strahlenden Sternschnuppen würden sich wieder kreuzen. Doch zu diesem Zeitpunkt konnte das noch niemand von ihnen wissen.

Das Abenteuer geht weiter in
FINAL FANTASY XI,
Band 3 – Der Bund der Ewigkeit

FINAL FANTASY XI Band 1:
Das Lied des Sturms
ISBN 3-8332-1455-4

FINAL FANTASY XI Band 2:
Der Sternenschwur
ISBN 3-8332-1456-2
Ab Dezember

Vorläufiges Cover

FINAL FANTASY XI Band 3:
Der Bund der Ewigkeit
ISBN 3-8332-1457-0
Ab Februar 2007

DER ONLINE-ERFOLG AUS JAPAN

FINAL FANTASY® XI
ONLINE

– endlich auch als Romanreihe!

Weitere Infos zu den Romanen unter
www.paninicomics.de/videogame

PANINI BOOKS